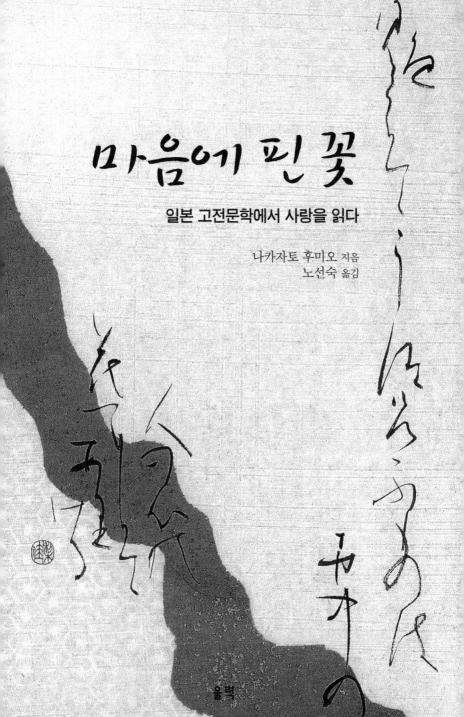

마음에 핀 꽃

일본 고전문학에서 사랑을 읽다

나카자토 후미오 지음
노선숙 옮김

울력

마음에 핀 꽃 일본 고전문학에서 사랑을 읽다

지은이 | 나카자토 후미오
옮긴이 | 노선숙
펴낸이 | 강동호
펴낸곳 | 도서출판 울력
1판 1쇄 | 2013년 10월 5일
등록번호 | 제10-1949호(2000. 4. 10)
주소 | 서울시 구로구 고척로4길 15-67 (오류동)
전화 | 02-2614-4054
팩스 | 02-2614-4055
E-mail | ulyuck@hanmail.net
가격 | 15,000원

ISBN | 979-11-85136-02-8 03830

이 도서의 국립중앙도서관 출판시도서목록(CIP)은 서지정보유통지원시스템 홈페이지(http://seoji.
nl.go.kr)와 국가자료공동목록시스템(http://www.nl.go.kr/kolisnet)에서 이용하실 수 있습니다.
(CIP제어번호: CIP2013017745)

· 잘못된 책은 바꾸어 드립니다.
· 옮긴이와 협의하여 인지는 생략합니다.

옮긴이의말

  이 책은 나카자토 후미오中里富美雄의 『고전 속 사랑의 모습 古典の中の愛のかたち』(三省堂, 1986)을 번역한 것이다. 지은이는 일반적으로 접근하기 어려운 고전을 알기 쉽고 재미있게 소개하고 싶다는 의도로 본서를 저술하였고, 그런 점이 옮긴이의 취지와 일치하였다.

  지은이의 말에서 밝힌 바와 같이, 지은이는 『문예광장』이라는 잡지에 게재된 순서에 맞춰 이야기를 나열하였으나, 역서에서는 목차를 달리하였음을 밝혀둔다. 먼저 원서에 수록된 25편의 이야기를 시대순으로 배열한 후, 그것을 다시 네 개의 장으로 나누었다. 각 장은 상대(794년까지), 중고(794-1192), 중세(1192-1603), 근세(1603-1868)로, 가장 일반적인 문학사적 시대구분법에 따라 구분하였으며, 원서에는 없는 장 구분과 제목을 각 시대와 작품별 특성에 맞게 역자 나름대로 새로이 붙였다. 또한 각 작품의 제목도 이야기의 내용에 맞춰 원서와는 달리 하였음을 밝혀둔다.

본 역서에 수록된 고전 작품의 범위는 시기적으로는 상대·중고·중세·근세 시대의 작품으로 근대 문학 이전의 작품을 주로 다루고 있다. 내용에 있어서는 역사서를 비롯하여 일본 전통 가집歌集인 와카집和歌集, 모노가타리(소설), 일기문학, 설화, 괴기소설, 우키요조시浮世草子(근세의 현실주의적 소설), 기행문학, 극문학 등 모든 장르를 망라하고 있다. 지은이는 이들 다양한 장르의 각기 다른 시대의 작품을 '사랑'이라는 통일된 테마에 맞춰 소개하고 있다.

일본 문학에 있어 상대는 신화와 전설이 주를 이루는 시대였다. 이 시대에 완성된 고전으로 본서에 수록된 두 편의 사랑 이야기는 『고지키古事記』와 『만요슈万葉集』에서 따왔다. 『고지키』는 일본의 건국사를 신화와 전설을 중심으로 엮은 문학적인 성향을 띤 최초의 역사서이며, 『만요슈』는 고대 일본인의 로망을 현재에 전하는 일본에서 가장 오래된 와카집이다. 이 두 작품에서 본 사랑은 궁정 사회 속 일부다처제와 근친결혼이라는 제도 하에 펼쳐진 질투와 비극이라는 사랑의 또 다른 모습으로 나타나고 있다.

두 번째 장에서 다룬 고전 속 사랑 이야기는 '귀족 사회와 사랑'이라는 테마로 묶어 보았다. 이 시대는 중고 시대에 해당하며, 가장 큰 특징은 왕조문학, 귀족문학이라는 점과 창작의 주체가 여성 주도적이라는 점을 들 수 있다. 이 시대의 작품으로 열한 편의 사랑에 관한 이야기가 소개되어 있다. 장르에 있어서는 일기와 모노가타리, 그리고 설화에 해당하는 내용이다. 상대에 이어, 일부다처제가 가져오는 질투라는 사랑의 이면을 그린 「허망한 사랑」, 당시의 이상적인 남성의 다양한 여성 편력을 그린 「오이디푸스 콤플렉스」, 귀족 자제의 알 수 없는 사랑을 그린 「사랑은 얼굴보다 마음!」, 여색을 밝히는 남편의 「바람 같은 사랑」, 그리고 한국의 콩쥐팥쥐전과 같이 전처소생을 학대하는 이야기를 다룬 「신데렐라의 사랑」, 그리고 일개 중류 계층의 딸과 황태자의 신분을 초월한 사랑을 다룬 「황태자의 첫사랑」. 특히 「사랑, 인간의 조건」은 달나라에서 온 외계인을 사랑한 천황과 귀족 자제들의 고군분투를 그린다는 점에서 이채롭다. '인간이란 무엇인가'라는 본질적인 물음을 독자에게 던지는 작품이기도 하다. 인간에게 있어 달나라는 번뇌도 없고 죽음도 없는 이상향이지만, 이성을 사랑하고 그 사랑으로 괴로워하는 것이야말로 인간이 누릴 수 있는 특권이라는 메시지도 전하고 있다. 「금지된 사랑」에서는 군주와 불도에 정진하는 스님조차도 한순간에 정념의 혼돈 속으로 빠뜨린 분별없는 욕정을 그리고 있다. 젊은 청춘 남녀의 이루어질 수 없는 사랑을 그린 「임 향한 일편단심」과, 사랑하기에 헤어질 수밖에 없었던 비극적인 사랑을 그린 「엇갈린 사랑」에는 애잔한 사랑이 담겨 있다. 이와 같이 중고 시대는 다양한 장르와 작품 속에 다양한 모습의 사랑을 담고 있다. 때로는 순수하고, 때로는 열정적이며, 그러기에 더욱 비극적인 사랑의 다면적인 모습이 그려지고 있다.

중세 시대는 전란의 시대였다. 거듭된 천재지변과 계속되는 전란 속에서 사랑도 그러한 시대적 암울함을 비켜갈 수는 없었다. 정치사회적 격변 속에서 사람들은 절대적인 것을 추구하고 고뇌하면서 종교적인 구원에 매달렸다. 이 시대에는 전쟁에 패해 죽음을 맞이한 장군의 부인이 겪게 되는 처절한 사랑과, 당대를 호령하던 최고 권력자에게 사랑받다 버림받게 된 여인의 비애가 각각 「전쟁과 사랑 I」과 「변덕스러운 사랑」에 담겨 있다. 그리고 정치에서 한발 물러난 상황上皇의 부조리한 사랑과 그 사랑에 휘둘린 여인의 고뇌가 「자유분방한 사랑 I」에 소개되어 있다. 한편, 전 시대에서는 볼 수 없었던 일반 서민의 사랑도 소개되고 있어 흥미롭다. 외모 지상주의가 만연한 오늘날에도 공감할 수 있는 외모와 관련된 사기 결혼과, 굉장한 힘을 지닌 여인의 한결같은 사랑을 담은 「괴력을 지닌 여인의 사랑」, 그리고 바닷물을 길어 나르는 미천한 신분의 두 자매가 죽음을 초월하여 연모의 정을 이어가는 「사랑과 영혼」 등이 있다.

마지막으로, 근세는 중세와 마찬가지로 무사 정권이었지만 전 시대와는 달리 정치사회적으로 안정되고 평안한 시대였다.

이 시대 문학의 특징은 유교 사상이 근저를 이룬다는 점이다. 중세 시대는 끊임없는 전란과 배신이 이어지는 변화무상한 시대였던 만큼 불교가 인심을 지배하였다. 하지만 근세에는 봉건사회의 질서와 안정을 유지시키기 위하여 유교를 중용하고 한학을 장려하였다. 그런 연유로 중세 문학의 주조를 이루었던 종교적, 은둔적, 신비적, 상징적 작품 경향과는 달리 근세의 문학은 도덕적, 현세적, 상식적, 사실적 경향이 강하게 드러나고 있다.

따라서 당대의 소설이나 희곡에서 의리의 정신이 중시되었고, 의리와 인정 사이에서 갈등하는 인간의 모습이 주제로 다뤄지게 되었다. 본 역서에 수록된 근세의 작품은 네 편에 불과하여 그 특징을 파악하기는 어렵지만, 「치명적인 사랑 I」은 바람피우는 남편을 지극정성으로 떠받들며, 심지어 남편이 좋아하는 상대방에 대해서도 같은 여성이라는 입장에서 동정하고 보살피는 정숙한 부인의 사랑과 불행이 그려지고 있다. 조강지처를 죽음으로까지 내몬 바람피우는 남편의 「치명적인 사랑 II」의 이야기는 서늘한 사랑을 보여 준다. 그리고 이 시대에 가장 주목할 만한 점은 향락적이고 호색적인 소설의 등장이라 할 수 있을 것이다. 그 대표적인 작품이라 할 수 있는 「자유분방한 사랑 II」에서는 가난한 집안과 부모를 위해 희생하는 것이 효행이라 여겨졌던 당시의 봉건적인 도덕관념에 따라 유곽에 몸을 팔 수밖에 없었던 여인의 애달프고 굴절된 사랑이 그려지고 있다.

이상과 같이 모두 스물다섯 편의 일본 고전에 담긴 다양한 모습의 사랑을 소개하였다. 앞서 밝힌 원서의 제목과는 달리 본 역서에는 '마음에 핀 꽃'이라는 제목을 달았다. 아무리 격정적인 사랑도 시간이 흐름에 따라 차츰 식어 간다. 그런 연유에서일까 일본의 유명한 여류 가인인 오노노 고마치小野小町는 다음과 같이 노래하고 있다.

사랑! 그것은	色見えで
보이는 빛깔 없이	うつろふものは
그의 가슴에	世の中の
피었다 지고 마는	人の心の
마음속 꽃이어라	花にぞありける

—『고킨와카슈古今和歌集』

자신을 사랑한 사람의 사랑을 마음속에 핀 꽃에 빗대었다. 꽃의 고운 빛깔은 눈에 보여 그 빛이 바래서 퇴색되는 것도 보이지만, 사랑하는 사람의 가슴속에 핀 마음의 꽃은 눈에 보이지도 않으면서 어느 틈엔가 그 빛을 잃어 간다고 노래하고 있다. 시간의 흐름과 더불어 사랑하는 사람의 변심을 지켜볼 수밖에 없는 체념을 담담하게 읊조리고 있다. 한편 『고킨와카슈』 편찬에 관여한 기노 쓰라유키紀貫之는 사람의 마음에 대해 다음과 같이 노래하고 있다.

바람에 지는	桜花
벚꽃, 빨리 진다고	とく散りぬとも
생각지 않네	思ほえず
사람의 마음속 꽃	人の心ぞ
바람 그치기 전 지니	風もふきあへぬ

— 『고킨와카슈』

벚꽃만큼 빨리 지는 것은 없다고 말하는 사람에게 기노 쓰라유키가 읊어 보낸 와카이다. 사람의 마음이야말로 바람이 다 불기도 전에 바뀌니 그에 비하면 벚꽃이 빨리 떨어진다 생각하지 않는다는 것이다. 이렇듯 너무나도 쉽사리 변하는 사람의 마음에 관한 노래가 눈에 띄는 걸 보면 사람 마음의 덧없음은 예나 지금이나 다를 바가 없는 듯하다. 하지만 변하는 것은 그 사람의 마음만은 아닐 것이다. 상대의 변화는 배신이라 원망하고, 자신의 변화는 정직한 마음이라 변호하지만, 시간이 지나면 어쩔 수 없이 모두의 마음은 변한다. 서로 다른 인격체인 두 사람이 가까워져 거리를 좁혀 가면 갈수록 결국에는 헤어짐이 기다리고 있다. 그리고 예정된 헤어짐 앞에 고통을 느끼지 않는 사람은 없을 것이다. 더욱이 서로의 관계가 농밀하면 할수록 이별의 아픔은 더욱더 깊어지며, 그런 헤어짐은 사별보다도 더 크나큰 슬픔으로 다가온다.

만남은 헤어짐의 시작이라는 말이 있다. 멀어져 가는 사람의 마음을 받아들이는 과정이 이별일 것이다. 사랑의 모습이 저마다 다르듯이 이별에 대처하는 모습도 다양하다. 본 역서에 수록된 일본 고전에 담긴 사랑이라는 마음의 꽃 또한 피었다가 퇴색되어 가고, 그 과정 속에서 슬픔과 고통, 그리고 견딜 수 없는 그리움과 때로는 분노의 감정을 여실히 드러내고 있다. 하지만 받아들이기 힘든 이별 앞에서 예전 그가 안겨준 가슴 벅찬 사랑과, 사소한 말 한마디에 담겼던 그의 따뜻한 마음을 되새기며 잊지 않는다면 시간의 흐름 앞에 모든 사랑이 퇴색된다 하더라도 사랑은 언제까지나 아름다운 추억과 흔적이 되어 영원한 마음속 꽃으로 남을 것이다.

시대를 막론하고 사랑만큼 진부할 정도로 많이 다뤄진 테마도 없을 것이다. 하지만 사랑이라는 통속적인 테마에 맞춰 일본 고전 문학을 소개한 본 역서가 독자에게 일본 고전에 한 걸음 다가서는 계기가 되기를 간절히 바란다. 글을 옮기는 데 있어 무엇보다 지은이의 글을 정확히 전달하려 노력하는 한편, 독자의 독서를 방해하는 어색한 번역투의 문체를 피하려 부심하였지만 많은 부분에서 부족함을 느낀다. 독자 여러분의 질정을 바란다.

노선숙

차례

003   옮긴이의 말

궁정 사회와 사랑 (8세기경)

016   질투라는 이름의 사랑   고지키古事記

028   근친결혼의 비극   만요슈萬葉集

귀족 사회와 사랑 (9세기~12세기)

042   금지된 사랑   니혼료이키日本靈異記

052   사랑, 인간의 조건   다케토리 모노가타리竹取物語

064   임 향한 일편단심   이세 모노가타리伊勢物語

075   엇갈린 사랑   야마토 모노가타리大和物語

084   신데렐라의 사랑   오치쿠보 모노가타리落窪物語

096   허망한 사랑   가게로 닛키蜻蛉日記

107   오이디푸스 콤플렉스   겐지 모노가타리源氏物語

119 황태자의 첫사랑   이즈미시키부 닛키和泉式部日記

132 세 가지 빛깔의 사랑   쓰쓰미츄나곤 모노가타리堤中納言物語

142 사랑은 얼굴보다 마음!   오카가미大鏡

152 바람 같은 사랑   곤쟈쿠 모노가타리슈今惜物語集

전란과 사랑 (13세기~14세기)

162 전쟁과 사랑 I   헤이지 모노가타리平治物語

172 전쟁과 사랑 II   기케이키義経記

184 사기 결혼   우지슈이 모노가타리宇治拾遺物語

193 꿈같은 사랑   겐레이몬인 우쿄노다이부슈建礼門院右京大夫集

204 변덕스러운 사랑   헤이케 모노가타리平家物語

213 괴력을 지닌 여인의 사랑   고콘쵸몬쥬古今著聞集

221 자유분방한 사랑 I   도와즈가타리とはずがたり

232 사랑과 영혼   요쿄쿠「마쓰카제松風」

유교 사회와 사랑 (17세기-18세기)

242 나그네 연정   오쿠노호소미치奥の細道

254 자유분방한 사랑 Ⅱ   고쇼쿠이치다이온나好色一代女

264 치명적인 사랑 Ⅰ   신쥬텐노아미지마心中天の網島

274 치명적인 사랑 Ⅱ   우게쓰 모노가타리雨月物語

285 지은이 후기

일러두기

1. 이 책은 中里富美雄의 古典の中の愛のかたち(三省堂, 1986)을 텍스트로 하여 번역하였다.

2. 작품을 이해하는 데 필요한 개념이나 용어에 대해서는 옮긴이가 각주를 달았다.

3. 작품에 나오는 와카(和歌)는 5/7/5/7/7의 5구(句) 31음으로 이루어진 정형시이고, 하이쿠(俳句)는 5/7/5의 17음으로 이루어진 정형시이므로, 우리말로 옮기면서 그에 맞추려 노력하였다. 그리고 이해를 돕기 위하여 일본어 원문도 함께 실었다.

4. 책에 나오는 서명, 인명, 지명, 관직명 등은 옮긴이의 뜻에 따라 대부분 원음대로 표기하였다.

궁정 사회와 사랑

(8세기경)

질투라는 이름의 사랑

고지키 古事記

『고지키』[1]는 일본의 수많은 고전 작품 중에서 가장 오래된 작품으로 신화와 전설뿐만 아니라 남녀의 천진난만한 사랑 이야기로 가득 차 있다. 그중 하나를 소개하고자 한다.

닌토쿠仁德 천황의 황후인 이와노히메노미코토石日売命는 질투가 매우 심한 여성이었다. 고대 일본은 남녀관계에 매우 관대하였다. 남자는 부인을 여럿 둘 수 있었으며, 배다른 형제자매와의 결혼, 이른바 근친결혼도 많았으므로 질투는 일상다반사였을지도 모른다. 『고지키』의 기록에 따르면, 닌토쿠 천황도 잇달아 네 명의 지체 높은 여인과 관계를 맺어 아들 다섯과 딸 하나를 두었으며, 그 밖에도 여러 명의 부인이 있었다고 한다.

---

1. 천황의 명을 받아 오노 야스마로(太安万侶)가 712년에 기록한 일본에서 가장 오래된 역사서로 천지창조와 관련된 신화로부터 영웅과 관련된 전설 등을 3권에 걸쳐 문학적으로 기술하였다.

이런 상황이었으니 황후의 마음이 불편한 것은 당연한 일이었을 것이다. 한편, 닌토쿠 천황은 어진 정치를 행한 천황으로 알려져 있는데, 기키記紀[2]에는 다음과 같은 일화가 보인다.

천황이 높은 산에 올라 사방을 죽 훑어보고는, "나라 안에 밥 짓는 연기가 나지 않고 백성은 가난하니 지금부터 삼 년간 백성의 공물과 노역을 면제하라"고 명하였다. 백성들의 굶주림을 생각하여 심지어 자신이 거처하던 궁궐의 수리도 하지 않아 비가 심하게 샜다. 삼 년 후 다시 높은 곳에 올라 나라를 살피니 곳곳에 밥 짓는 연기가 피어올랐다. 그리하여 백성이 잘 산다고 판단한 천황은 다시 백성들에게 조세와 노역을 명하였다.

그래서 『고지키』에는 "그 시대를 칭송하여 성군의 치세"라 기록하고 있다. 또한 닌토쿠 천황은 토목공사에도 공을 들였다. 연못을 만들고 제방을 쌓았으며 나니와難波 다카쓰 궁[3]의 북쪽 들판을 파서 남쪽 물(야마토 강)을 끌어들여 서쪽 바다(오사카 만灣)로 흐르게 하는 등 수전水田 개발에도 주력하였다는데, 이는 『니혼쇼키』에 기록되어 있다.

---

2. 『고지키(古事記)』와 『니혼쇼키(日本書紀)』를 총칭하며, 두 작품의 마지막 글자를 따서 기키(記紀)라고 부른다. 『니혼쇼키』는 『고지키』와 유사한 에피소드를 소개하면서도 '이 에피소드에는 이러한 설도 있다'라는 이설을 병기하는 객관적인 기술 방침을 취하고 있어 일본 최초의 정사로 인정받은 역사서이다. 720년에 완성되었으며, 전 30권으로 편년체로 기술되어 있다.
3. 닌토쿠 천황이 거처하던 궁으로 오사카(大阪) 성 부근에 위치하였으며, 지금은 성터만 남아 있다.

생전에 자신의 능을 조영하도록 명했던 일도 유명한 이야기이다. 현존하는 닌토쿠 천황의 능을 보면 실로 규모가 장대하여 역시 스케일이 큰 왕이었을 것이라는 점을 엿볼 수 있다. 하지만 '영웅호색'이라 했던가. 천황은 수많은 여성들과도 사랑을 나누었던 듯하다.

여성의 입장에서 보면, 남편이 잇달아 다른 여성에게 마음을 빼앗기는 것을 지켜봐야만 하는 것은 견디기 힘든 일이므로, 이와노히메노미코토 황후의 질투가 심했던 것은 당연하지 않았을까. 그렇다고는 하나 이 황후의 질투는 보통이 아니었다. 그 한 예로 다음과 같은 일화가 남아 있다.

황후는 천황을 모시는 나인 가운데 조금이라도 수상한 거동을 보이는 자가 있으면 발버둥치며 질투를 했다고 한다. '발버둥치며 질투하셨다'고 전하는 걸 보면, 그 질투의 정도가 매우 심했던 듯하다. 그로 인해 나인들은 천황의 방에는 절대로 들어가지 않았다고 한다.

어느 날 천황은 기비吉備 성을 가진 구로히메黑日売라는 아리따운 처자가 있다는 소문을 듣고는 그녀를 불러들여 곁에서 시중들게 했다. 그러나 구로히메는 황후가 질투할 것을 두려워하여 고향인 기비[4]로 도망가고 말았다. 그러자 천황은 궁궐의 가장 높은 곳에 올라 바다에 떠 있는 구로히메가 탄 배를

---

4. 기비(吉備)는 산요(三陽) 지방의 옛 지명으로, 비젠(備前. 현재 오카야마 현 남동부) · 비츄(備中. 현재 오카야마 현 서부) · 미마사카(美作. 현재 오카야마 현 북부)를 일컫는다.

바라보면서 노래를 읊었다.

저 앞바다에	沖方には
내 그녀 탄 작은 배	小船連らく
둥실 떠있네	黒鞘の
나의 사랑 그녀가	まさづ子我妹
나를 두고 떠나네	国へ下らす

　황후는 이 노래를 듣고 크게 진노하여 선착장으로 사람을 보내 배에서 구로히메를 끌어내 걸어서 돌아가도록 쫓아버렸다. 이쯤 되면 질투도 섬뜩하다.

　한편, 천황은 구로히메를 잊지 못해 황후에게는 아와지시마 淡路島 섬에 간다고 거짓말을 하고는 아와지시마 섬에서 기비 지방으로 구로히메를 만나러 건너간다. 그녀를 만난 천황은 단둘이 산 속에 있는 밭에서 나물을 캐며,

산골짜기에	山方に
자라난 푸성귀	蒔ける青菜も
기비吉備에 사는	吉備人と
그녀와 함께 캐니	共に採めば
너무 행복하여라	楽しくもあるか

라는 노래를 읊는다. 성군으로 알려진 천황도 사랑하는 여성

과 함께 있을 때에는 실로 천진난만하다. 얼마 후 천황이 환궁하려 하자, 이번에는 구로히메가 다음의 노래를 천황에게 지어 바친다.

바람에 날려	倭方へ
흩어지는 구름처럼	西吹き上げて
당신 저 멀리	雲離れ
떠난다 해도 어찌	退き居りとも
꿈엔들 잊으리까	我忘れめや

애처롭고 애잔한 노래이다. 다행히 질투심이 많은 황후에게는 이 밀회가 알려지지 않았다. 그런데 그 후 큰 사건이 생긴다.

이번에는 천황이 야타노와카이라쓰메八田若郎女라는 여인과 사랑을 나누게 되는데, 마침 이때 이와노히메노미코토 황후는 주연에 사용할 떡갈나무 잎을 따러 궁정을 떠나 기이紀伊[5] 지방으로 가 있었다. 당시 떡갈나무 잎은 음식을 담을 때 사용되었다. 황후는 떡갈나무 잎을 배 가득히 싣고 환궁하는 도중, 나니와 해상에서 황후의 배에 타지 못해 뒤늦게 다른 배를 타고 출발한 궁녀들을 태운 배를 우연히 만나게 된다. 이때 황후는 그 궁녀들로부터 모이도리[6] 관청에서 사역 후 고향으로 돌

---

5. 대부분은 지금의 와카야마(和歌山) 현이며, 일부는 미에(三重) 현에 속하는 지역을 지칭한다.
6. 궁중의 음료수를 관장하는 관청이다.

아가는 노역자에게 전해 들은 이야기를 듣게 된다.

"천황께서는 요즘 야타노와카이라쓰메를 새로 맞아들여 밤낮으로
사랑을 나누고 계신답니다. 마마께서 이 사실을 아직 모르실 거라
생각하시고 마음 편히 즐기고 계시겠죠."

궁녀들은 자못 큰 공이나 세운 듯 자랑스런 얼굴로 아뢰었
을 것이다. 어느 시대건 수다스러운 여성들이 있는 법이다. 아
니나 다를까 황후는 이 이야기를 듣고 너무나 화가 나고 분해
서 배에 실었던 떡갈나무 잎을 모조리 바다 속에 던져 버리고,
궁궐로 돌아가지 않고 야마시로山城[7] 지방으로 가버리고 만다.
배에 가득 실었던 짐을 전부 바다에 던져 버렸다고 하니, 이
때 황후의 질투가 얼마나 컸을지는 상상이 간다. 지금으로 보
자면 천황에 대한 시위인 셈이다. 이쯤 되자 제 아무리 천황이
라 하더라도 황후에 대한 걱정으로 심기가 편치는 않았을 것
이다. 그래서 천황은 몸소 황후가 있는 궁으로 가서 다음과 같
은 노래를 읊는다.

야마시로 여인[8]이	つぎねふ 山代女の
가꾼 저 무 잎이	木鍬持ち
흔들려 소리를 내듯	打ちし大根 さわさわに

---

7. 야마시로는 지금의 교토 남부를 가리킨다.
8. 황후가 야마시로에 머물고 있었으므로 이와 같이 부르고 있다.

그대 심하게 말하기에	汝が言へせこそ
뽕잎의 누에처럼 여럿이	打ち渡す 八桑枝なす
그대 모시러 왔네	来入り参ゐ来れ

천하의 닌토쿠 천황이라 할지라도 질투의 화신이 된 황후를 감당하기는 어려웠던 것 같다.

한편, 천황과 야타노와카이라쓰메는 사이가 좋았다. 그런데도 얼마 안 있어 이번에는 야타노와카이라쓰메의 동생인 메도리노미코女鳥王에게 첫눈에 반해버린 천황이 그녀를 새로운 부인으로 맞이하고자 하였다. 메도리노미코는 야타노와카이라쓰메의 배다른 동생이긴 하지만, 두 사람은 어엿한 자매지간이다. 결국 닌토쿠 천황은 이복자매 두 명 모두를 부인으로 삼은 셈인데, 이러한 근친결혼은 고대 일본 남녀 사이에서는 드문 일이 아니었다.

천황은 이 결혼의 중매인 역할로 자신의 동생인 하야부사와케노미코토速総別王를 메도리노미코에게 보내는데, 메도리노미코는 천황의 명을 받고 온 그의 동생을 사랑하게 된다. 그래서,

"황후의 질투가 심하여 천황께서는 언니인 야타노와카이라쓰메조차도 생각대로 하지 못하고 계십니다. 저는 그런 천황을 섬길 마음이 없습니다. 차라리 저를 당신의 부인으로 맞아 주세요."

라며 하야부사와케노미코토와 결혼해 버린다. 사정이 이렇다

보니 하야부사와케노미코토는 형인 천황에게 답변을 보내지
못하게 된다.

한편, 아무런 소식이 없어 염려가 된 천황은 직접 메도리노
미코의 집으로 행차하였다. 그곳에서는 메도리노미코가 베틀
에 앉아 옷감을 짜고 있었다. 이에 천황은,

내 사랑 그대	女鳥の
지금 베틀에 앉아	我が大君の
누구 옷을	織ろす機
짜고 있는가	誰が料ろかも

라고 노래한다. 그러자 메도리노미코도 노래로서 답한다.

힘세고 빠른	高行くや
하야부사와케노미코토	速総別の
입으실 옷이라오	御襲衣料

메도리노미코의 답가를 들은 천황은 그녀가 동생인 하야부
사와케노미코토를 사랑하고 있음을 눈치 채고 환궁하게 되는
데, 내심은 평온치 않았음이 분명하다. 이러는 사이에 남편인
하야부사와케노미코토가 귀가하자, 메도리노미코는 남편에게
다음과 같은 노래를 속삭인다.

저 종달새도	雲雀は
하늘 높이 오르니	天に翔る
'힘세고 빠른 매'라는	高行くや
이름을 지닌 그대여!	速総別
굴뚝새 따위 잡아버려요[9]	雀取らさね

그러나 이내 그 말이 천황의 귀에 들어가고 만다. 이 말은 결국 천황을 죽이고 당신이 황위에 앉으라는 의미였으므로, 닌토쿠 천황은 격분한다. 그렇지 않아도 자신이 연모하는 여성을 가로챘으니 동생인 하야부사와케노미코토가 밉살스럽고, 자신에게 등을 돌린 메도리노미코도 곱게 보일 리가 없었다. 질투가 난 천황은 병사들을 보내 두 사람을 죽이라고 명령한다. 병사들에게 쫓기는 신세가 된 하야부사와케노미코토와 메도리노미코는 야마토에 있는 구라하시 산倉橋山[10]까지 도망치게 된다. 여기서 남편은 다음과 같은 노래를 읊는다.

험하디 험한	梯立の
구라하시 산을	倉椅山を
오르지 못해	険しみと

---

9. 하야부사와케노미코토라는 이름의 '하야부사'에는 '매'라는 의미가 있으며, 닌토쿠 천황의 이름인 오사자키노미코토라는 이름의 '사자키'는 '굴뚝새'라는 의미가 있으므로, 노랫말 속의 매와 굴뚝새는 각각 천황의 동생과 천황을 상징한다.

10. 나라(奈良) 현 사쿠라이(桜井) 시에 위치한 산.

| 어쩔 줄 몰라 하며 | 岩懸きかねて |
| 내 손 잡는 그대 | 我が手取らすも |

구라하시 산이 사다리를 세워 놓은 것과 같이 험하여 가녀린 부인이 바위에 매달리지 못해 내 손을 잡는 것이 애처롭기만 하다는 의미이다. 연이어 다음과 같은 노래를 부른다.

험하디 험한	梯立の
구라하시 산	倉椅山は
험할지라도	険しけど
그대와 함께 오르니	妹と登れば
힘든 줄 모르겠네	険しくもあらず

그러나 이 부부는 결국 그들을 추격해 온 병사들에 의해 우다노소니宇陀蘇邇(나라 현 우다군宇陀郡에 위치한 이가伊賀와 이세伊勢의 경계에서 가까운 산 속)에서 살해된다. 실은 황제의 동생인 하야부사와케노미코토와 메도리노미코도 배다른 오누이 사이였다. 금실 좋은 이 부부는 반역죄로 살해되었지만, 실상은 형인 천황의 질투로 결혼 생활은 물론 생까지 마감하고 만 것이다. 덧붙이자면, 이 이야기에는 다음과 같은 후일담이 전해지고 있다.

두 사람을 추격한 병사들의 대장 격이었던 야마베노오다테노무라지山部大楯連는 사망한 메도리노미코가 팔에 차고 있던

옥으로 만든 팔찌를 착복하여 자기 부인에게 주었다. 그 후 궁
중에서 연회가 열렸을 때 대장 부인이 그 팔찌를 끼고 입궐한
것이 사건의 발단이 되었다.

그날 황후인 이와노히메노미코토는 술잔으로 쓰일 떡갈나
무 잎을 연회에 참석한 부인들에게 몸소 건네었는데, 대장 부
인이 끼고 있는 팔찌의 주인이 자신의 동생임을 눈치 챈 황후
는 대장 부인에게는 술잔을 주지 않고 당장 연회장에서 쫓아
냈다. 그리고 그녀의 남편인 야마베노오다테노무라지 대장에
게,

"메도리노미코와 하야부사와케노미코토는 불경스런 일을 저질러
처벌되었으니, 이는 죽어 마땅하다. 허나 네 이 놈, 윗사람이 차고
계신 팔찌를, 그것도 죽어 아직 온기도 채 가시기 전에 빼앗아 자
기 부인에게 주다니 무엄하기 그지없다."

라고 말하고 그를 사형에 처한다. 지금이라면 면직이나 좌천
정도였을 텐데 사형에 처했던 것이다. 이 이야기는 『니혼쇼키』
에도 기록이 남아 있는데, 그 책에서는 내용이 약간 다르다. 노
래가 다를 뿐만 아니라, 두 사람이 죽음을 맞이한 장소도 전술
한 바와 같이 『고지키』에는 '우다노소니'로, 『니혼쇼키』에는
이세伊勢의 고모지로노蒋代野라는 곳으로 되어 있다.

격분하여 가신을 사형에 처한 황후도 『니혼쇼키』에서는 이
와노히메노미코토가 아니라 야타노와카이라쓰메로 되어 있

다. 그녀에게 있어 살해된 메도리노미코는 동생이므로 그녀가
애용하던 팔찌를 아는 것은 당연하며, 동생을 죽였다는 원한
도 컸을 것이다. 줄거리로 보자면『니혼쇼키』쪽이 자연스러운
데,『고지키』에는 이와노히메노미코토가 '질투가 굉장히 심한'
여성으로 묘사되고 있으므로 이와노히메노미코토라 기록하고
있는 것 같다.

그런데 생각해 보면 남녀간의 질투라는 것은 사랑의 또 다
른 표현이기도 하다. 사랑이 깊어 가면 그만큼 질투도 깊어지
는 것이 당연하다. 또한 질투란 사랑하는 사람을 독점하고자
하는 마음이며, 사랑하는 사람을 다른 사람에게 빼앗기고 싶
지 않은 심정이므로, 특히 일부다처제 사회에서 여성의 질투는
더욱더 심했을 것이라 생각된다.

근친결혼의 비극

만요슈 万葉集

　언니와 동생이 한 남성에게 사랑받고, 그 자매가 그를 향한 사랑과 질투를 함께 나누며 속으로는 어떻든 표면적으로는 사이좋게 지냈던 시대, 형과 동생이 한 여성을 사랑하여 형이 동생 부인을 빼앗는 일이 이상한 일이 아니었던 시대, 그리고 같은 핏줄을 나눈 오누이의 결혼이 드물지 않았던 시대에는 남녀 사이도 오늘날 우리들로서는 상상할 수 없을 정도로 너그러웠다. 『만요슈』[1]에 수록된 노래가 불리던 시대는 정말로 그런 시절이었다.

　소몬相聞이라는 아름다운 말이 있다. 이는 글자 그대로 서로가 상대방의 마음을 묻는다는 뜻에서 '연애'라는 의미로 해석

---

1. 일본에 현존하는 가장 오래된 가집으로, 4,500수에 달하는 노래가 20권에 걸쳐 수록되어 있다. 수록된 노래의 제작 연도는 400년경의 작품부터 759년에 이르는 약 350년에 걸쳐 있으며, 8세기 후반에 편집된 것으로 추정되고 있다.

되고 있다. 따라서 소몬카相聞歌라 하면 사랑의 노래를 말한다.
『만요슈』에 나오는 소몬카 하나를 소개하고자 한다.

금지된 영토	あかねさす
자색풀밭 들어가	紫野行き
소매 흔들며	標野行き
내게 손 흔든 그대를	野守は見ずや
파수꾼은 봤을까요?	君が袖振る

덴지天智 천황이 오우미近江의 가모노蒲生野에서 사냥을 할 때
의 일이다. 덴지 천황은 자신의 동생인 오아마 황자大海人皇子
를 비롯하여 천황 측근의 총신 및 군신들을 대동했다. 그 당시
누카타노오키미額田王는 덴지 천황의 총애를 받고 있었으므로
당연히 동행했다. 위의 노래는 사냥하러 간 장소에서 누카타
노오키미가 옛 애인이었던 오아마 황자에게 보낸 노래이다.

다른 사람 눈을 의식하지 않고 대담하게 나에게 인사하는
걸 망 보는 이가 보았다면 큰일이라고 자중을 촉구하면서도,
내심으로는 옛 애인인 오아마 황자가 소매를 흔들어 준 것이
더할 나위 없이 기뻤던 것이다. 이에 대해 오아마 황자는 곧바
로 다음 노래를 읊는다.

자색풀처럼	紫草の
아름다운 그대를	にほへる妹を

미워한다면	憎くあらば
다른 이의 여인인	人妻ゆえに
당신을 이토록 그릴까	恋ひめやも

　이렇듯 일반인의 출입이 금지된 천황의 영토 내에서, 천황의 연인인 당신에게 감히 사랑의 인사를 건네는 위태로운 행동을 하는 것도 당신이 어여쁘기 때문이라며 대범하게 고백을 한 것이다.

　『니혼쇼키』[2]에 따르면, 처음에 누카타노오키미는 오아마 황자(훗날 덴무天武 천황이 됨)의 부인이었다. 더구나 두 사람 사이에는 도오치 황녀十市皇女라는 딸까지 있었다. 동생 부인이었던 누카타노오키미를 형인 나카노오에 황자中大兄皇子(훗날 덴지 천황)가 빼앗았는지, 누카타노오키미가 나카노오에 황자를 좋아하게 됐는지 진상은 불분명하다. 그러나 아마 나카노오에 황자가 아름답고 재기발랄한 누카타노오키미를 연모하여 측근에서 모시도록 했을 것이다. 누카타노오키미 역시 늠름한 나카노오에 황자에게 매력을 느껴 사랑하게 되었다는 사실은 다음 노래에서도 상상할 수 있다.

| 애타게 그대 | 君待つと |

2. 720년에 도네리신노(舍人親王)에 의해 완성된 일본에서 가장 오래된 정사(正史). 30권으로 되어 있으며 신대(神代)로부터 지토(持統) 천황 시대까지 조정에 전해 내려오던 신화, 전설, 기록 등을 한문으로 기술한 편년체의 역사서이다.

오길 기다리노라면	吾が恋ひ居れば
문에 걸어 둔	吾が宿戸の
포렴 살랑거리며	簾うごかし
가을바람만 분다	秋の風吹く

이러한 정취를 지닌 사랑의 노래를 덴지 천황에게 보내는 한편, 옛 남편이자 천황의 동생인 오아마 황자에게도 사랑의 마음을 전하고 있는 것을 보면, 당대 굴지의 여류 가인은 연애에 있어서도 분방한 여성이었음을 알 수 있다. 하기야 가모노에서 읊은 소몬카는 남몰래 나눈 사랑의 노래가 아니라 수렵이 끝난 후 저녁 연회 석상에서 흥을 돋우기 위한 노래였다.

예전에 오아마 황자와 누카타노오키미가 부부였다는 사실을 그 자리에 있는 사람 중에 모르는 사람은 없었다. 그럼에도 불구하고 "파수꾼은 봤을까요?"라며 다른 사람 눈을 의식하는 그녀의 수줍음은 풋풋하다.

일설에는 이것이 파수꾼에게 들키는 걸 두려워한 것이 아니라 천황이 눈치를 채고 기분이 상하시지 않았을까 두려워하여 읊은 것이라는 견해도 있는데, 이쪽이 더 그럴듯하다. 노골적으로 '천황'이라고 말할 수 없으니까 '파수꾼'이라 표현했다고 생각하는 편이 로맨틱하다.

이에 대해 황태자 오아마는 당신을 사랑하기에 다른 사람의 여인임에도 이토록 그리워하는 것이라며 당당하게 사랑을 고백하고 있다. 이것을 형인 천황에 대한 도전이라고 생각하는 쪽이 우습다. 요즘 식으로 말하자면 이 세 사람은 삼각관계로, 나카노오에 황자는 필시 아마노카구 산天香具山과 미미나시 산耳成山이, 우네비 산畝火山의 사랑을 차지하려고 싸웠다는 내용의 노래인 「삼산가三山歌」를 읊어 이런 관계를 넌지시 암시하고 있다.

천황과 오아마 황자는 표면적으로는 서로를 신뢰하였다. 형은 동생을 좋은 협력자로서 의지하였고, 동생은 형을 도우면 언젠가는 자신에게 황위가 돌아올 것이라 생각하고 있었다.

나카노오에 황자(덴지 천황)는 후지와라노 가마타리藤原鎌足와 계획하여 소가노 이루카蘇我入鹿를 무너뜨릴 정도의 책략가였으므로 동생을 회유하는 술수도 마련해 두었다. 즉, 자기의 두 딸인 오타 황녀大田皇女와 우노사사라 황녀鸕野讚良皇女(후에 지토 천황이 됨)를 동생인 오아마 황자와 결혼시킨 것이다. 문헌에 의하면, 이들은 열네 살, 열세 살로 아가씨라 하기에는 아직 어린 아이였다. 분명 정략적인 결혼이었다.

그 후 오에 황녀大江皇女와 니타베 황녀新田部皇女라는 두 딸도 오아마 황자의 부인이 되었으니 오아마 황자는 형의 딸 네 명을 연달아 자신의 부인으로 삼은 셈이다. 그리고 그녀들과의 사이에서 딸과 아들을 여러 명 낳는다.

한편, 누카타노오키미에게는 가가미노오키미鏡王女라는 언니가 있었는데, 이 가가미노오키미도 덴지 천황의 총애를 받았다. 결국, 자매 모두 덴지 천황에게 사랑받은 셈인데, 누카타노오키미와 마찬가지로 가가미노오키미도 정식 황후가 아니었으므로 정사에는 이름을 남기고 있지 않다.

가가미노오키미는 후에 덴지 천황의 심복인 후지와라노 가마타리와 정을 통하는 사이가 되었는데, 천황은 순순히 양보하여 자기 부인인 가가미노오키미를 가마타리에게 선사했다. 누카타노오키미와 마찬가지로 가가미노오키미도 재기 넘치는 여류 가인이었다.

가을 산 나무	秋山の
그늘 아래 남몰래	樹の下がくり
흐르는 물처럼	逝く水の
그대 그리는 마음	吾こそ益さめ
나 향한 그대 맘보다 크네	御思ひよりは

라는 노래를 덴지 천황에게 헌상하는가 하면, 한편으로는

우리의 사랑	玉くしげ
감출 수 있다며	覆ふを安み
훤한 아침에	明けて行なば
가시면 동네방네	君が名はあれど
소문 나 곤란한 것을	吾が名し惜しも

이라는 노래를 읊어 새신랑인 가마타리에게 투정을 부리고 있다. 그런데 가마타리가 천황에게 선사받은 것은 가가미노오키

미만이 아니었다. 궁중의 우네메采女[3] 가운데서도 미모로 평판이 자자한 야스미코安見兒라는 여성도 선물로 받았다. 우네메란 천황의 식사나 술자리에서 시중드는 후궁으로 신분은 낮았지만, 야스미코는 굉장한 미모로 모든 사람으로부터 구애를 받고 있었다. 그런 아리따운 미인을 부인으로 맞이하게 된 가마타리는 야스미코를 독차지하게 되었다고 덩실덩실 춤을 추며 기뻐하면서 다음과 같은 노래를 읊는다.

아아! 나는야	吾はもや
야스미코를 얻었네	安見得たり
모든 사람이	皆人の
원하는 고운 여인	得がてにすてふ
야스미코를 얻었네	安見得たり

가마타리는 덴지 천황에게 충절을 바치는 한편, 차기 천황 자리에 오를 오아마 황자에게 자기 딸을 내밀며 비위를 맞추는 일을 잊지 않을 정도의 수완가였지만, 역시 여성에 관해서는 물렁했다.

한편, 나카노오에 황자가 가마타리와 오아마 황자 등의 조력으로 다이카 개신[4]을 완수한 때는 스무 살의 젊은 황태자 시

---

3. 천황의 식사 시 시중을 드는 등 잡일을 맡았던 후궁의 여관(女官)으로, 지방 행정구역인 고리(郡)의 차관급 직책을 맡은 자의 딸 중에서 용모가 아름답고 재능이 뛰어난 여인이 선발되었다.

4. 다이카 개신(大化改新)은 다이카 원년(645) 여름, 나카노오에(훗날의 덴지

절이었다. 그 당시 천황은 모후인 고교쿠 여제皇極女帝였다. 나카노오에 황자가 덴지 천황이 된 것은 바로 가모노로 사냥 갔던 해이므로, 그의 나이 마흔네 살 때의 일이다. 결국 이십삼 년간이나 황태자 자격이긴 하나 실질적으로는 국정을 지배하고 있었던 셈이다. 그 이유 중 한 가지로 생각할 수 있는 것이 하시히토間人 황녀와의 근친결혼이다.

고교쿠 여제의 뒤를 이어 그녀의 아들인 나카노오에 황자가 황위를 잇는 것은 당연한 일이다. 그러나 실제로는 고교쿠 여제의 동생, 즉 나카노오에 황자의 숙부가 황위에 올라 고토쿠孝德 천황이 된다. 고토쿠 천황의 황후는 고교쿠 여제의 딸, 즉 나카노오에 황자로서는 피를 나눈 누이인 하시히토 황녀이다. 이 하시히토 황녀와 나카노오에 황자는 은밀한 연인 사이였다. 그러나 이것은 같은 피를 나눈 오누이 사이의 사랑이었으므로, 제 아무리 근친결혼에 관대하던 시대라 하더라도 공표할 수는 없는 실정이었다. 그래서 세상 이목을 고려하여 하시히토 황녀를 고토쿠 천황에게 출가시킨 것이라 생각된다.

하지만 하시히토 황녀를 향한 나카노오에 황자의 사랑은 억

천황)를 중심으로 중신인 후지와라노 가마타리 등 혁신적인 조정 호족이 소가(蘇我) 대신 가문을 무너트리고 개시한 고대 정치사상의 대개혁을 말한다. 고토쿠(孝德) 천황을 내세워 나니와(難波)로 도읍지를 옮기고, 이듬해 봄 사유지와 사유민을 폐지하고, '구니(国)·고리(郡)·리(里)'제로 개편하여 지방 행정권을 중앙 조정으로 집중시켰다. 또한 호적을 정리하고 경작지를 조사하여 반전수수법을 실시하였으며, 조(調)·용(庸) 등 세제를 통일하는 등 4강목으로 구성된 개신 조칙을 공포하여 고대 동아시아적인 중앙집권 국가 성립의 출발점이 되었다.

제하기 어려운 지경에 이르렀으며, 하시히토 황녀도 나카노오에 황자를 향한 사랑을 주체하지 못해 결국 고토쿠 천황을 버리고 나카노오에 황자 품에 안기고 만다. 이때 고토쿠 천황은 다음 노래를 부인인 하시히토 황녀에게 보낸다.

마구간 안에	鉗つけ
고이고이 기르던	あが飼ふ駒は
나의 애마를	引き出せず
소중한 나의 애마를	あが飼ふ駒を
누군가 보고 말았네	人見つらむか

황후를 말에 비유하여 자기 부인을 다른 사람이 훔쳐가 버렸다고 읊고 있다. '보다見る'라는 말은 남녀가 정을 나눈다는 뜻이다. 결국, 이 노래는 자신을 버리고 간 황후와 그녀를 가로챈 나카노오에 황자를 향한 원통한 마음을 전한 노래이다. 고토쿠 천황은 이름뿐인 천황으로, 정치 실권은 황태자인 나카노오에 황자가 쥐고 있었다. 게다가 부인까지 빼앗겼으므로 고토쿠 천황은 비탄과 통분으로 인해 그 다음 해에 사망하고 만다.

이번에야말로 나카노오에 황자가 황위에 오를 차례인데, 천황이 되면 황후를 정해야만 한다. 그렇다고 해서 하시히토 황녀를 황후로 삼을 수는 없었다. 그런 연유로 모후가 다시 황위에 올라 사이메이齊明 천황이 되었다. 그런데 다행인지 불행인지 사이메이 천황이 황위에 오른 지 사 년 후 하시히토 황녀가 사망한다. 그래서 겨우 나카노오에 황자의 즉위가 실현되는데, 그가 바로 덴지 천황이다.

숙부인 고토쿠 천황으로부터 황후를 빼앗고 황위도 실질적으로 빼앗은 나카노오에 황자에게 가장 거북한 존재는 단 한 사람, 바로 고토쿠 천황의 아들인 아리마 황자有馬皇子였다. 이 황위 계승의 유력한 후보자인 아리마 황자도 결국 나카노오에 황자에 의해 살해되고 만다. 나카노오에 황자에 의해 억울하게 모반죄를 뒤집어쓴 아리마 황자는 자신의 죽음을 예감하고, 체포되기 직전에 소나무 가지에 매듭을 묶어 일말의 희망을 걸어보며 다음과 같은 비통한 노래를 읊는다.

이와시로[5] 해변	磐代の
해송 가지에 매듭[6]	浜松が枝を
묶어 빈다네	引きむすび
무사히 돌아온다면	真幸くあらば
다시 이 매듭 보리	また還り見む

나카노오에 황자의 취조로부터 무사히 살아 돌아오기만을 바랐던 희망도 헛되이 아리마 황자는 열아홉의 나이로 교수형

---

5. 지금의 후쿠시마(福島) 현 중부 및 서부 지역에 해당한다.
6. 나뭇가지나 풀의 줄기, 또는 끈으로 매듭을 만들어, 기억·표식·굳은 맹세 등 마음을 다지는 상징적인 주술 행위이다.

에 처해지고 만다. 이것은 일본판 『햄릿』의 비극이다. 셰익스
피어는, 『햄릿』이 집필되기 약 천 년이나 더 전에, 자신의 작품
과 똑같은 황실의 비극이 일본에 있었다는 사실을 미처 알지
못했을 것이다.

덴지 천황은 자기에게 방해가 되는 존재를 차례차례 제거하
여 결국 권력을 장악했는데, 이번에는 누구에게 황위를 양위할
것인가로 고심한다. 당연히 황태자로서 오랫동안 자신을 도운
동생인 오아마 황자가 황위 계승의 일순위였지만, 천황은 강
인하고 똑똑하게 성장한 자기 자식인 오토모 황자大友皇子에게
황위를 물려주고 싶었던 것이다. 천황이기 이전에 한 사람의
아비로서 이것은 당연한 일이지만, 오아마 황자로서는 가령 천
황이 자신에게 양위를 한다고 해도 오토모 황자가 있는 한 받
아들일 수는 없게 된다. 덴지 천황의 피를 이어받은 영재 오토
모 황자와 천황의 동생인 호방한 오아마 황자의 숙명적인 대
립은 여기서부터 시작된다.

한편, 누카타노오키미와 오아마 황자 사이에서 태어난 도오
치 황녀는 아름답게 성장하여 오토모 황자의 부인이 되었다.
누카타노오키미에게 있어 오토모 황자는 사랑하는 딸의 남편
이며, 오아마 황자는 누구보다도 깊이 사랑해 온 정인情人이었
다. 이 두 사람의 숙명적인 대립을 그녀는 누구보다도 가슴 아
프게 지켜보고 있었음에 틀림없다.

결국 덴지 천황이 사망하자 그의 아들인 오토모 황자가 고
분弘文 천황으로서 권력을 행사하게 되었다. 그러나 고분 천황

은 즉위한 지 얼마 되지 않아 오아마 황자에게 공격을 받자 스
물다섯 살의 젊은 나이로 자살하고 만다. 이로써 황위를 둘러
싼 분쟁인 진신壬申의 난은 싱겁게 막을 내린다. 도오치 황녀는
아버지에게 자기 남편을 잃은 셈이 되었으니, 이것이야말로 근
친결혼이 빚어낸 비극적인 결말인 것이다.

귀족 사회와 사랑

(9세기-12세기)

금지된 사랑

니혼료이키日本靈異記

『니혼료이키』는 야쿠시지藥師寺의 스님인 게이카이景戒가 나라 시대의 기이하고 진귀한 이야기를 모아 엮은 불교 설화집이다. 성립 시기는 사가嵯峨 천황 고닌弘仁 말년(822-823) 무렵이므로, 일본에서 가장 오래된 설화집이다. 상중하 세 권으로 되어 있으며, 총 116편의 설화를 수록하고 있다. 유랴쿠雄略 천황[1] 때로부터 이 작품집의 성립 시기로 추정되는 사가 천황 때까지의 기록이 거의 연대순으로 배열되어 있다. 상권의 첫 번째 이야기가 지금부터 소개할 내용으로, 원제는 「천둥을 붙잡은 남자의 이야기」로 되어 있다.

옛날 유랴쿠 천황 때의 일이다. 그는 오하쓰세 와카타케大泊瀬稚武 천황이라고도 불렸는데, 하쓰세初瀬의 아사쿠라朝倉 궁[2]

---

1. 『고지키』와 『니혼쇼키』에 등장하는 5세기 후반의 천황이다.
2. 나라 현 사쿠라이(桜井) 시에 자리한 황궁이다.

에서 이십삼 년간이나 천하를 통치했다. 이 이야기는 유랴쿠 천황이 이와레磐余 별궁[3]에 머물고 있던 당시에 있었던 일이다. 어느 날 천황이 정무를 집행하는 정전인 다이고쿠덴大極殿에서 황후와 사랑을 나누고 있었다. 그런데 천황의 심복 가운데 스가루栖輕라는 자가 천황과 황후가 낮에, 그것도 정전에서 사랑을 나누고 있을 줄은 꿈에도 생각하지 못하고 정전으로 불쑥 들어가 두 사람이 서로 교합하고 있는 장면을 보고 만다.

필시 하늘에서 요란하게 천둥이 치기 시작하자 황후가 무서운 나머지 천황에게 바싹 달라붙고, 그렇게 부둥켜안고 있는 사이에 서로 정욕을 느껴 그 지경에 이르렀던 것 같다. "천황은 머쓱해하며 그대로 멈추셨다"고 적혀 있다. 마침 그때 하늘에서 커다란 천둥소리가 또다시 울려 퍼졌다. 그러자 천황은 자신의 멋쩍은 행동을 얼버무리는 한편 성교를 중단시킨 분풀이로, 스가루에게 "그대는 저 천둥을 이곳으로 불러올 수 있는가?"라고 물었다. 그러자 스가루는 "예, 불러오겠습니다"라며 선뜻 대답했기에, 천황은 "그럼 불러오너라"라고 명령한 것이다.

칙명을 받은 스가루는 궁전에서 물러나자마자 이마에는 붉은색 덩굴을 붙이고 창에는 붉은색의 작은 깃발을 달고는 출발했다. 붉은 색은 마귀를 쫓기 위한 부적의 색이다. 창에 붉은 깃발을 단 것은 무사로서의 운명이 장구하기를 기원하는 의미로, 이는 당시 출진하는 무사의 모습이었다.

───────────
3. 나라 현 북서부 시키(磯城) 군에 위치한 천황의 별궁이다.

말을 탄 스가루는 아베阿部 마을의 야마다山田를 지나 도요
라데라豊浦寺⁴ 앞을 쏜살같이 달렸다. 이윽고 가루輕(현재의 가시
하라시橿原市)의 모로고시諸越라는 마을에 당도한 스가루는, "천
둥의 신이여! 천황이 부르신다"라며 큰 소리로 천둥을 불렀다.
그러고는 거기서 말을 되돌리면서 "제 아무리 천둥의 신이라
해도 천황의 부르심을 어찌 거부할 수 있겠는가"라고 말했다.
당시 유랴쿠 천황은 신라에까지 원정군을 파견했을 정도로 막
강한 힘을 가진 천황이었다는 기록이 역사서인 『니혼쇼키』에
남아 있다.

말머리를 돌려 되돌아오는데, 마침 도요라데라와 이오카飯岡
의 중간 지점에 천둥 하나가 떨어져 있었다. 이를 발견한 스가
루는 곧바로 신관을 불러 땅에 떨어진 천둥을 가마에 실었다.
천둥을 궁전으로 운반한 스가루는 천황에게 "천둥을 대령하였
습니다"라고 아뢴다. 그때 갑자기 천둥이 빛을 발하며 밝게 확
번뜩였다. 그 빛이 너무나도 눈부셔서 앞이 안 보일 정도였으
므로, 천황은 이를 보고 두려워하며 천둥을 떨어졌던 곳으로
다시 돌려보냈다. 그러고는 그곳에다 공물을 바치도록 명했
다. 지금도 천둥이 떨어진 그곳을 천둥 언덕이라 부르고 있다
(그 장소는 아스카飛鳥의 오하리다小治田 궁 북쪽에 있다고 『니혼료이키』
에는 쓰여 있다).

그 후 몇 년이 지나서 스가루는 세상을 뜬다. 천황은 그의

---

4. 나라 현 다카이치군(高市郡) 아스카무라(明日香) 마을에 있으며, 일본 최
초의 절로 알려져 있다.

죽음을 안타까워하며, 유해를 이레 밤낮 동안 가매장하고 제
사를 지내도록 명하였다. 그리고 스가루 생전의 충성을 기려
천둥이 떨어졌던 장소에 묘를 만들어 주었다. 또한 그의 영예
를 오래도록 기리기 위하여 비석을 세웠는데, 묘비에 "천둥을
잡은 스가루의 묘取雷栖輕之墓也"라고 새겼다.

　예전에 스가루에게 잡혔던 천둥은 이런 비문을 세운 것에 앙
심을 품고 천둥번개를 쳐서 비문의 기둥을 발로 차고 짓밟았
다. 그런데 오히려 천둥이 묘비의 갈라진 틈에 끼여서 또다시
잡히고 말았다. 스가루의 혼령이 다시 한 번 천둥의 신을 잡은
셈이다. 이 사건을 전해들은 유랴쿠 천황은 천둥을 묘비 틈새
에서 끌어내 풀어주도록 명했다. 천둥은 가까스로 목숨을 건
졌으나 정신을 차리지 못하고 이레 밤낮을 멍하니 허탈 상태
에 빠져 지상에 머물렀다고 한다.

　천황은 다시 명을 내려 새로운 묘비를 세우고, 묘비에 "살아
있을 때뿐만 아니라 죽어서도 천둥을 잡은 스가루의 묘生之死
之捕雷栖輕之墓也"라고 적도록 명했다. 이것이 6, 7세기에 이 장
소가 '가미나리노 오카(천둥 언덕)'라고 불리게 된 연유이다. 이
이야기는 지명의 기원에 얽힌 지명 설화로, 불법佛法과 직접적
인 관련은 없다. 그러나 천황을 향한 충성이 죽은 후의 명예가
되었다고 하는 인과를 담은 이야기로, 넓은 의미에서는 인과응
보의 불교 설화로 이어진다. 그건 그렇다 하더라도 "살아 있을
때뿐만 아니라 죽어서도 천둥을 잡은"이라는 묘비의 문구는 고
대 제왕의 유머러스한 인간미가 느껴져 절로 웃음 짓게 한다.

스가루라는 기묘한 이름의 남자가 아무 생각 없이 다이고쿠
덴에 들어갔다가 그곳에서 천황의 성교 장면을 목격하고 말았
다는 에피소드도 솔직해서 재미있다. 다이고쿠덴은 당시 천황
이 정사를 보는 궁중의 정전正殿으로 오야스미도노大安殿라고
도 불렸다. 그런 장소에서 황후와 누워 성교하던 천황은 겸연
쩍음과 신하의 갑작스러운 등장에 대한 분풀이로 천둥을 불러
오라고 명령하였는데, 천둥이 치지 않았더라면 성교라는 사태
도 일어나지 않았을지 모른다.

천둥이 성교의 계기가 되는 경우는 에도 시대의 단편에도 종
종 등장한다. 예를 들면, 천둥을 무서워하는 남녀가 모기장 안
에 들어가 결국 정교情交하기에 이른다는 이야기가 있다. 본
『니혼료이키』 하권 제18화에도 법화경을 베껴 쓰는 스님이 법
당 내에서 비를 피하고 있는 동안에 옆에 있던 처녀와 정교에
이른다는 이야기가 있다. 간단히 소개하면 다음과 같다.

가와치河內 지방[5] 다지히多治比 고을에 다지히多治比라 불리
는 사경사寫経師가 있었다. 그는 경문의 필사를 업으로 하는 사
람으로, 성이 다지히多治比였으므로 그냥 다지히 사경사라 불
렸다. 어느 날 어떤 사람이 다지히에게 경문을 필사하여 줄 것
을 주문한다. 그는 그 경문을 공양하여 기원을 드리려던 것이
었다. 마침 이 고을에는 불법 수행을 닦는 노나카도野中堂라는
도량이 있었다. 호키宝亀 2년(771) 여름 6월에 그는 노나카도로
다지히를 초청하여 법화경을 베껴 쓰도록 했다. 그러자 불법에

---

5. 현재의 오사카 가와치 군(河内郡)을 말한다.

관심 있는 여인들이 봉사하기 위해 몰려들기 시작했다. 그들은 경문을 베끼는 데 필요한 먹물을 계속 보충하고 있었다.

그런데 오후 세 시경, 갑자기 구름이 몰려들어 비가 내리기 시작했다. 여인들은 비를 피해 법당 안으로 들어왔는데, 법당 안이 비좁았으므로 불경을 베끼던 다지히와 여인들은 같은 장소에 앉게 되었다. 그러자 다지히는 음란한 감정이 고조되어 여인을 덮쳐서는 속옷을 들어 올려 교접하고 만다. 그런데 남근이 여음에 들어가자마자 두 사람은 서로 껴안은 채 모두 죽고 만다.

이 죽음이 불교를 수호하는 신이 내리신 형벌이라는 것을 확신한다며 게이카이는 이 이야기를 맺고 있다. 성교 중의 죽음이라니 너무나도 충격적인 사건이다. 불법을 수행하는 장소에서 음란한 마음을 일으키어 부정한 행위를 해서는 안 된다는 교훈을 지닌 불교 설화이다. 이것과 유사한 설화가 중권 제13화에도 수록되어 있다. 열반경에 "음란한 사람은 그림에 그려진 여자에게서도 애욕을 느낀다"고 적혀 있는데, 이 말 그대로를 반영한 설화이다.

이야기의 내용은 이러하다. 쇼무聖武 천황(724-749) 시절에 시나노信濃 지방[6]에 우바새優婆塞(출가하지 않은 불도 수행자)가 있었다. 그는 어떤 연유에서인지 모르나 이즈미 지방[7] 이즈미 和泉 마을에 있는 지누血渟 산사에 와서 지내게 되었다. 이 산사

---

6. 현재의 나가노(長野) 현을 지칭한다.
7. 오사카 남서부 지역이다.

에는 흙으로 빚은 길상천녀吉祥天女[8] 상이 있었는데, 우바새는
이 길상천녀 상을 한 번 보고 나서부터는 애욕의 마음을 도저
히 잠재울 수가 없었다. 오로지 일편단심으로 사모하게 되었
는데, 하루에 여섯 번 행하는 근행 때마다 길상천녀와 같은 어
여쁜 여인을 자신에게 보내달라고 빌었다.

그러던 어느 날 밤 우바새는 길상천녀 상과 교접하는 꿈을
꾸었다. 다음 날 길상천녀 상을 자세히 보니 허리 부분의 옷
자락에 부정한 오물이 얼룩져 더럽혀져 있는 것이 아닌가. 그
는 그것을 보고 마음속으로 창피해하며, "저는 당신과 닮은 여
인을 만나게 해 달라고 빌었거늘, 어찌하여 송구스럽게도 천
녀 당신이 직접 저와 교접을 하신 것입니까?"라고 말씀드렸
다. 그리고 너무 창피해서 이 일에 관해서 아무에게도 말하지
않았다. 그런데 제자 한 명이 몰래 이 이야기를 엿듣고 있었다.
그 후 이 제자가 우바새에게 예를 다하지 않았으므로, 우바새
는 그 제자를 호통치며 절에서 쫓아냈다. 절에서 쫓겨난 제자
는 마을로 나가 우바새의 욕을 하며 천녀 상과의 정사를 폭로
하고 만다. 그 이야기를 전해들은 마을사람들이 우바새에게로
몰려와 그 사건의 진위를 묻는다. 이에 우바새는 길상천녀 상
이 오물로 얼룩져 더럽혀져 있었기 때문에 어쩔 수 없이 사건
의 경위를 소상히 고백하게 된다.

이 이야기의 끝에 "신심이 깊으면 부처님은 무엇이든 들어준

---

8. 행복을 가져온다는 여신으로 인도 신화에서 불교로 유입된 미모의 여신
이다.

다는 사실을 확실히 알게 되었다"고 게이카이는 적고 있다. 예로부터 길상천녀는 미녀의 전형으로 숭배되어 왔기 때문에, 이러한 길상천녀 영험담이 설화 문학에는 자주 등장한다. 『곤쟈쿠 모노가타리슈今昔物語集』 17권 제45화에는 이와 거의 똑같은 이야기가 「길상천녀 상을 범한 사람의 이야기」라는 제목으로 실려 있다. 또한 『고혼세쓰와슈古本説話集』에서는 길상천녀 상과 정사를 하는 사람이 범종을 치는 승려로 그려진다. 더욱이 이 설화의 뒤에는 「가난한 공주가 길상천녀 상을 공경하여 현세에서 보답을 받는 이야기」가 소개되고 있다(중권 제14화).

천황의 성관계를 다룬 이야기에서 길상천녀담으로 이야기가 바뀌고 말았는데, 본래 『니혼료이키』의 정식 서명은 『니혼코쿠겐포젠아쿠료이키日本國現報善惡靈異記』이다. 이 작품은 불교적인 인과응보의 도리를 설화의 형식을 빌려 설명하고 있기 때문에 예로부터 전해지는 전설풍의 소박한 이야기 안에 다양한 교훈을 담고 있다. 그럼 마지막으로 소박한 민화 가운데 인간과 동물의 결혼담에 관한 이야기를 소개하고자 한다. 내용은 한 남자가 여우를 부인으로 맞아 자식을 낳는다는 이야기이다(상권 제2화).

옛날 긴메이欽明 천황 시절, 미노美濃 지방[9] 오노고리大野郡라는 마을에 한 남자가 살고 있었다. 그는 부인으로 삼을 만한 아리따운 여인을 찾으러 말을 타고 나갔다. 드넓은 들판에서 우연히 아리따운 여인과 만나게 된다. 그 여인은 남자에게 스

9. 현재의 기후 현 남부 지역을 가리킨다.

스럼없이 대하며 요염한 표정을 지었다. 남자도 눈을 가늘게 뜨고 눈길을 주며, "아가씨는 어디로 가시는 길이요?"라고 물었다. 그러자 여자는 "좋은 결혼 상대를 찾아 돌아다니고 있습니다"라고 답했다. 그래서 그는 "나의 부인이 되어 주시겠소?"라며 청혼을 하였고, 여자는 그 청혼을 받아들였다. 그리하여 남자는 그녀를 곧바로 집으로 데려와 결혼하여 함께 살게 된다.

얼마 안 되어 여자는 회임을 하고 남자아이를 출산한다. 그런데 그 집에서 키우는 개도 같은 무렵에 새끼를 낳았는데, 이 강아지는 항상 여주인을 보면 몹시 흥분하여 이빨을 드러내며 짖어댔다. 여주인은 벌벌 떨며 두려워하면서 남편에게 "저 강아지 좀 죽여줘요"라고 부탁했지만, 남편은 불쌍해서 도저히 죽일 수가 없었다.

이듬해 봄, 부인은 전부터 준비해 둔 쌀을 찧기 위해 도와줄 아낙들을 불렀다. 부인은 쌀 찧는 아낙들을 대접할 간식을 준비하기 위해 디딜방아가 있는 헛간으로 들어갔다. 그러자 이번에는 어미 개가 갑자기 부인을 물려고 덤벼들었다. 부인이 도망가자 계속 쫓아오면서 짖어대는 것이었다. 그러자 부인은 너무나도 무서운 나머지 순식간에 여우의 정체를 드러내고 만다. 그러고는 어미 개를 피해 간신히 닭장 위로 도망가 올라앉았다. 이를 본 남편은 "당신과 나는 자식까지 둔 사이가 아닌가, 나는 결코 당신을 잊지 않으리다. 언제라도 돌아오소, 와서 같이 잡시다"라고 말을 건넸다. 그런 연유로 여우(부인)는 남편의 말을 기억하며 언제나 집에 와서는 묵고 갔다. 그래서 이 여인을 '기쓰네'라 불렀는데, 이는 동음어를 사용한 호칭이었다. 즉, '와서 자다(기쓰네来ㄱ寢)'와 '여우(기쓰네狐)'라는 의미가 내포된 것이다. 또한 두 사람 사이에서 태어난 아이의 이름도 '기쓰네岐都禰'라고 지었다고 한다. 설화 말미에 "이 아이는 힘이 굉장히 세고 강했으며, 뜀박질도 빨라서 나는 새와 같았다"라고 부기되어 있다.

사랑, 인간의 조건

다케토리 모노가타리 竹取物語

『다케토리 모노가타리』[1]의 재미는, 견줄 바 없이 아름다운 가구야히메[2]와 뻔뻔하고 부끄러움을 모르는 저속하고 호색적인 다섯 명의 황족을 포함한 귀족 자제들과의 지혜 겨루기에 있다. 가구야히메의 청순한 아름다움은 '집안 구석구석이 어두운 곳 없이 빛날' 정도였으며, 세상 남자들은 모두 한결같이 그녀와 결혼하고 싶어서 안달이었다. 그들은 밤낮없이 그녀를

---

1. 히라가나로 쓰인 일본 최초의 모노가타리 작품으로, 작자는 미상이며, 10세기경 성립됐을 것이라 추정되고 있다. 달나라에서 온 주인공인 가구야히메가 다섯 명의 귀족 자제와 천황의 구애를 물리치고 다시 달나라로 돌아간다는 내용이다. 구혼 장면에서 펼쳐지는 귀족 자제들의 생태가 리얼하면서도 풍자적으로 묘사되고 있으며, 인간의 무력함과 아름다움의 영원성이 낭만적으로 그려지고 있다. 비현실적인 세계를 무대로 공상적인 요소가 많으며, 익살과 풍자가 돋보이는 작품으로 평가받고 있다.
2. 산에서 대나무를 캐던 할아버지가 우연히 대나무 안에서 발견한 9센티미터의 여자아이로 이 이야기의 주인공이다. 할아버지가 집으로 데려와 할머니와 함께 귀하게 키워, 3개월 만에 성인으로 자란다.

키운 할아버지의 집 주위에 몰려들어 서성거리며 집 안을 엿보기도 했다.

그중에서도 호색한이라고 평판이 자자한 다섯 명의 남자들은 특히 열성적이어서 '눈이 내려 꽁꽁 얼어붙은 한겨울에도, 뙤약볕이 내리쬐는 한여름에도' 지극정성으로 매일같이 찾아와 혼인하기를 청했다. 그들은 모두 지위와 명예를 지닌 사람들이었지만, 사랑을 위해서는 체면이고 뭐고 다 버릴 정도로 광분하였다. 어느 날 황태자를 비롯한 다섯 명의 귀족 자제들이 할아버지에게 엎드려 절을 하고는 "따님과 혼인하고 싶습니다"라고 말하며 손을 잡고 간청하였다. 이들은 모두 황태자, 다이진大臣,[3] 나곤納言[4]과 같은 지체 높은 사람들인데, 대나무 캐는 일을 업으로 하는 비천한 신분의 늙은이에게 무릎 꿇고 엎드려 절하는 모습이 참으로 우스꽝스럽다.

가구야히메는 달나라에서 정직하고 성실한 할아버지 밑으로 보내진 천상의 사람으로, 아직 어리고 청순한 소녀였으므로 남성에게는 관심이 없었다. 하지만 할아버지는 그런 가구야히메에게 다음과 같이 간곡히 부탁한다.

"설령 신불이 환생한 것일지라도 어쨌든 그대는 여자입니다. 이 세
상에 사람으로 태어난 이상 남자는 여자와 결혼하는 법이고, 여자
는 남자와 혼인을 맺는 법입니다. 이것이 인간의 법도이며, 그럼으

3. 당시 중앙 최고의 관청인 다이죠칸(太政官)의 상관이다.
4. 다이죠칸의 차관급으로, 다이나곤(大納言), 츄나곤(中納言), 쇼나곤(小納言) 등이 이에 해당한다.

로써 한 가정 한 가문이 번영하는 것입니다. 특히 그 다섯 분은 오
랫동안 열심히 왕래하며 그대를 사랑하는 마음도 각별하니 잘 판
단하여 그 가운데 한 분과 결혼하십시오."

가구야히메는 할아버지의 말에 반대만 할 수도 없었으므로,
"저는 그다지 빼어난 용모가 아닙니다. 구혼하시는 상대방의
기분도 알지 못한 채 일순간의 기분으로 경솔하게 결혼해 버
린다면 나중에 후회할 지도 모릅니다. 그리고 그분들 모두 지
체 높으신 분이라 하더라도 그분들의 마음을 충분히 확인하지
않고서는 결혼할 수 없습니다"라며 자신의 심경을 밝힌다. 완
곡한 거절의 의사 표명이었지만, 할아버지는 그 진의를 알지
못하고 이제야 겨우 그녀가 결혼할 마음이 생겼다고 여겨 기
뻐하며, "그 다섯 분의 구혼자들은 마음씨도 예사롭지 않은 분
들뿐인데, 어떤 마음씨를 가진 분과 결혼하고 싶으십니까?"라
고 물었다. 그러자 슬기로운 그녀는 결혼할 의사가 있는 것처
럼 자연스럽게, "다섯 분 가운데 제가 갖고 싶은 물건을 구해
가져오시는 분과 결혼하겠습니다"라는 조건을 제시한다.
  날이 저물자 다시 여느 때처럼 다섯 명의 남자들이 모여들
기 시작하였고, 그들은 피리를 불기도 하고 노래를 부르거나
휘파람을 불면서, 혹은 부채로 추임새를 맞춰 가며 각자의 방
식으로 가구야히메의 관심을 끌려고 애를 썼다. 그러자 할아
버지가 집 밖으로 나와, "가구야히메가 말한 대로 그녀가 가장
갖고 싶어 하는 물건을 구해 오시는 분과 결혼하는 것이 가장

무난할 것 같습니다. 그렇게 하면 서로 원망하실 일도 없을 듯 합니다"라며 가구야히메의 의향을 전하자, 남자들도 승낙하였다. 그리고 결국 '결혼'이라는 포상을 건 어려운 문제가 제시되고, 슬기로운 가구야히메와 호색적인 남자들의 지혜 겨루기가 시작되었다.

남자들은 저마다 자기야말로 아름다운 가구야히메와 결혼할 만한 사람이라고 자부하며 들뜬 마음으로 난문難問에 몰두한다. 그리고 다섯 남자들의 "속마음을 알지 못한 채 결혼하기는 어렵다"는 가구야히메의 말대로, 자신들에게 주어진 과제를 수행하는 과정에서 그들 다섯 남자들의 실체가 드러난다. 즉, 타산적으로 속임수를 쓰는 남자, 간계를 부려 위조품을 만드는 남자, 어리석은 탓에 뭐든지 돈으로만 해결하려는 남자, 무모하고 단순한 남자, 그리고 남에게 의지하여 일을 성사시키려는 우둔한 남자 등 눈에 보이지 않던 그들의 실체가 여실히 드러나고 만다. 이 대목은 그 당시 왕조시대를 풍미하던 귀족 자제들의 실체를 그대로 폭로하고, 생각 없이 행동하는 상류층의 모습을 풍자하고 있어 흥미롭다.

애당초 가구야히메가 요구한 물건이 간단히 손에 넣을 수 있는 그러한 것이었다면 아무런 의미가 없었을 것이다. 가구야히메는 남자들에게 항복을 받아내는 것이 목적이었으므로 여러모로 깊이 생각해서 이 세상에 실재할 리 없는 물건만을 요구한다. 그것을 불가능한 난문이라고 포기하면 청혼도 포기하는 것이 되기에 남자들은 수단 방법을 가리지 않고 이 세상에 있을 리 없는 물건을 손에 넣기 위해 고심한다. 어떻게 해서든 가구야히메의 눈을 속일 만한 물건을 입수하여 그녀를 부인으로 맞이하려는 것이 남자들의 속셈이므로, 이것은 마치 남자 대 여자의 지혜 겨루기라 할 수 있다.

맨 먼저 가구야히메가 이시즈쿠리 황자에게 가져오게 한 물건은 인도에 있다고 전해지는 돌로 된 부처의 사발이다. 이것은 석가모니가 성불했을 때 사천왕이 바쳤다는 돌로 된 사발인데, 그것이 아직 서역에 존재한다고 하는 전설이 있다. 실제로 그런 물건은 천리만리를 간다한들 가져올 수 없는 물건이다. 하지만 가구야히메와 결혼하지 않으면 죽을 것 같은 기분이 든 이시즈쿠리 황자는 자기에게 주어진 과제물을 구해 올 방도를 곰곰이 생각하였다. 그는 '합리적이고 계산에 밝은 사람'이었으므로, 가구야히메에게는 "부처님이 쓰시던 사발을 구하러 지금 인도로 떠납니다"라고 소식을 전하고는 모습을 감췄다.

그 후 삼 년 정도 지난 어느 날, 이시즈쿠리 황자는 야마토大和 지방 도오치十市 마을의 어느 산사에 있는 '빈두로 상' 앞에 놓여 있던 새까맣게 그을린 사발을 가져와, 그것을 비단주머니에 넣어 조화를 곁들여서는 가구야히메에게 가져가 보였다. 가구야히메는 그가 가져온 사발에 빛이 있나 하고 살펴보았지만 반딧불이만큼의 빛도 비치지 않았다. 진품인 돌 사발에는 짙은 청색 광택이 있다고 전해지고 있는데, 이시즈쿠리 황자는 그 사실을 알지 못했다. "이건 진짜가 아닙니다"라며 가구야히메가 사발을 돌려주자, 그는 그 사발을 문 앞에 던져버리고 다음 노래를 그녀에게 읊어 전한다.

하쿠 산白山[5]같이	白山に
아름답게 빛나는	あへばひかりの
당신 앞에서	うするかと
빛 잃은 사발. 부끄럼 무릅쓰고	鉢を捨てても
그대 사랑 청하네	たのまるるかな

이 노래에 대해 가구야히메는 아무런 답변도 하지 않는다. 그녀가 이시즈쿠리 황자의 변명을 들어주려고도 하지 않았으므로, 그는 이런저런 변명을 혼잣말로 중얼거리며 그녀와의 결혼을 단념하고 돌아간다.

다음으로 구라모치 황자에게는, "동쪽 바다에 봉래산이 있습니다. 그곳에 은으로 된 뿌리와 황금으로 된 줄기, 그리고 진주로 된 열매가 달린 나무가 있습니다. 그걸 한 가지 꺾어 오세요"라고 요구했다. 그러나 그런 나무가 이 세상 어디에 있겠는가. 그러나 그는 '계략에 능한 사람'이었다. 조정에는 쓰쿠시[6] 지방에 있는 온천으로 요양하러 간다는 핑계로 휴가를 받아냈다. 그리고 가구야히메에게는 "진주로 된 나뭇가지를 구하러

---

5. 이시카와 현과 기후 현에 걸쳐 있으며, 해발 2702미터에 달하는 화산. 후지 산(富士山), 다테 산(立山)과 함께 일본 삼대 영산(靈山) 가운데 하나로 손꼽힌다.
6. 큐슈의 옛 지명이다.

다녀오겠소이다"라는 전갈을 보내고는 측근만을 데리고 쓰쿠시 지방으로 떠났다.

이처럼 주변 사람들에게는 쓰쿠시 지방으로 간 것처럼 꾸며 두고, 삼 일쯤 지난 후 구라모치 황자는 나니와[7] 항으로 배를 저어 돌아왔다. 그러고 나서 미리 정해 둔 순서대로 당시 제일 뛰어난 대장장이와 주물사 여섯 명을 불러들였다. 그리고 사람들이 쉽게 접근할 수 없는 집을 마련해 그 집 주위를 엄중히 단속하고 그곳에서 진주로 된 나뭇가지를 만들기 시작했다.

드디어 가구야히메가 주문한 것과 조금도 다르지 않은 진주 나뭇가지가 완성되었다. 그는 그것을 남몰래 나니와 항으로 들고 갔다. 그리고 이제 막 배를 타고 돌아온 것처럼 꾸며, 그 나뭇가지를 큰 궤짝에 넣어 가지고 왔다.

"구라모치 황자가 우담화(진주 열매가 달린 나뭇가지)를 구해 왔다"는 소문은 가구야히메의 귀에도 들어갔다. 우담화는 삼천 년에 한 번 핀다는 인도의 영험한 꽃이다. 이를 전해들은 가구야히메는 걱정이 되어, "나는 이제 저 구라모치 황자에게 지고 말지도 몰라"라는 생각에 울적해져 수심에 잠긴다.

그러는 사이에 구라모치 황자가 의기양양해하며 우담화를 들고 와서는 다음 노래를 읊으며 가구야히메에게 내밀었다.

그대를 위해	いたづらに
이내 목숨 다 받쳐	身はなしつとも

---

7. 오사카의 옛 지명이다.

당신 원하는	玉の枝を
우담화를 구해서	手折らでさらに
이렇게 돌아왔소	帰らざらまし

이 노래는 위험을 무릅쓰고 목숨을 바칠 생각으로 이 우담화를 꺾어 왔으니, 당신과 결혼하지 않고서는 돌아가지 않겠다는 의지를 보인 내용이기도 하다. 이에 가구야히메는 "저는 부모님(할아버지)의 말씀을 계속 거절하는 것이 죄송스러워서 일부러 가져오기 어려운 것을 갖고 싶다고 말했는데, 뜻밖에도 그걸 가져오시다니 어찌하면 좋을까요?"라며 당혹스러워했다. 그러자 할아버지는 "이번에는 거절할 수 없습니다. 오늘 당장이라도 저 구라모치 황자와 초야를 치러 결혼하도록 하세요"라며 신방을 준비하기 시작했다.[8] 그런 할아버지에게 구라모치 황자가 득의양양하게 진주 나뭇가지를 꺾으러 갔던 봉래산에서의 공훈담을 들려주었고, 할아버지는 그 거짓 이야기에 감탄하고 만다.

그런데 바로 그때 앞서 말한 여섯 명의 남자들이 찾아와서는, "우리들은 사 개월 가까이 먹을 것도 먹지 않고 열심히 진주 나뭇가지를 만들었는데, 여태 그 대금을 받지 못했습니다"라고 고함으로써, 그 우담화가 위조품이라는 사실을 들키고

---

8. 당시의 결혼은, 남자가 여자의 처소에 사흘 밤을 연속해서 찾아와 관계를 맺고, 삼 일째 되는 날 비로소 '도코로아라와시'라 칭하는 피로연을 열어 결혼을 공표하는 것이 관례였다. 여기서는 할아버지가 그 초야를 치르자는 것이다.

말았다. 구라모치 황자가 중요한 대목에서 돈을 아끼는 바람에 거의 완전 범죄에 가까운 모처럼의 계획은 수포로 돌아가고 만다. 가구야히메의 수심에 잠겼던 얼굴에 화색이 돌았다. 그녀는 싱글벙글 웃으며 세공인들에게 많은 금품을 주어 돌려보냈다.

세 번째로 사다이진左大臣⁹인 아베노미우시에게는 중국에 있다고 전해지는 불쥐(중국의 상상 속의 동물)의 모피를 입수하는 일이 과제로 주어졌다. 중국 남방의 화산에 서식한다는 불쥐의 가죽은 불 속에 넣어도 타지 않고 광택도 아름답다고 전한다. 아베노미우시는 재산이 많은 사람이므로 비싼 돈을 지불해서 간교한 꾀를 지닌 중국 상인에게서 그 물건을 손에 넣는다.

과연 그것은 더할 나위 없이 훌륭한 것으로 감청색을 띠며, 모피 끝은 금색으로 빛났다. "불에 타지 않는 것이 특징이지만, 무엇보다도 화려함에 있어 최고"라는 진귀한 보물이므로 지체 없이 가구야히메에게 보였다. 그러자 그녀는 "훌륭한 모피입니다. 하지만 이것이 진정 불쥐의 모피인지 아닌지는 아직 알 수 없습니다"라며 불 속에 넣어 태우게 했는데, 그 모피는 불에 활활 타버려서 가짜라는 사실이 알려지고 말았다.

다음으로 다이나곤인 오토모노 미유키에게는 '용머리에 오

---

9. 당시 최고의 중앙 관청인 다이죠칸(太政官)의 장관으로, 당 관청의 최고 장관인 다이죠다이진(太政大臣)의 아래, 우다이진(右大臣)의 위에 해당하는 직책이다.

색으로 빛나는 구슬'을 가져오게 하였다. '용은 상상 속의 동물이지만, 옛날 속담이나 문헌에 기록이 남아 있으니 어쩌면 어딘가에 생존하고 있을 지도 모른다'고 생각한 그는 바다 위 여기저기를 찾아 돌아다니다 결국 크나큰 폭풍우를 만났다. 구사일생으로 겨우 목숨만을 건진 오토모노 미유키는 목숨이 소중하다는 것을 깨닫고는 가구야히메와의 결혼을 단념해 버린다.

마지막으로 츄나곤中納言[10]인 이소노가미 마로타리의 경우는 가장 비극적이다. 제비가 지니고 있는 자패[11]를 찾기 위해 천황의 수라를 짓는 관청의 용마루에 기어올랐는데, 그만 밧줄이 끊어져 아래에 있는 커다란 가마솥에 곤두박이쳐서 죽고 만다. 이리하여 다섯 명의 남자들은 모두 가구야히메의 난문을 감당하지 못한 채 완패하고 만다.

그런데 이번에는 가구야히메의 용모가 세상에 비길 데 없이 아름답다는 소문을 들은 천황이 필히 그녀를 아내로 맞고 싶다고 전해 온다. 그녀가 "저는 이 세상 사람이 아닙니다"라며 거절해도, 천황은 그녀의 아름다움에 마음을 빼앗겨 단념하지 않았다. 천황의 구애는 삼 년간이나 지속되었다. 그런 천황의

---

10. 다이죠칸(太政官)의 차관. 다이나곤(大納言)의 아래, 쇼나곤(小納言)의 위에 해당하는 관직이다.
11. 형태가 여성의 성기와 닮아 있어 생명력이나 생산력의 상징물로 몸에 지녔으며, 출산 시 이것을 쥐고 있으면 예쁘고 똑똑한 아이가 태어난다고 여겨졌다. 이 자패를 제비의 몸에서 얻을 수 있다는 문헌은 어디에도 보이지 않으나, 제비가 신비한 생식력을 가지고 있다고 여겨진 연유로 양자가 결합된 듯하다.

끈질긴 구애에는 응하지 않았지만, 가구야히메는 천황이 보낸 편지에는 답장을 하면서 정신적인 교류를 나누었다.

그러던 어느 해 팔월 십오일 달 밝은 밤, 달나라에서 가구야히메를 데리러 온다. 천황은 달나라에서 그녀를 데리러 오는 무리가 오면 되쫓아 보내라고 명령하고, 이천 명의 무사를 할아버지 집으로 보내 경비하도록 시켰다. 그러나 용감한 병사들도 달나라에서 온 천상계 사람들 앞에서는 너무나도 무력했다. 가구야히메는 하늘로 오르기에 앞서 천황에게 사과의 편지를 적어 보낸다.

천상의 날개옷	今はとて
걸쳐 입고 영원히	天の羽衣
저 떠납니다	着るおりぞ
당신과의 행복한	君をあはれと
추억 떠올리면서	思ひいでける

그녀는 이 노래를 적은 편지에다 영원히 죽지 않는다는 불로초를 곁들여 천황에게 전하도록 칙사에게 당부하고 하늘나라로 돌아간다.[12] 인간으로서의 가구야히메는 할아버지와의 이별에 눈물짓고, 자신을 향한 천황의 진정한 사랑과도 결별해

---

12. 결국 천황은 가구야히메가 없는 이 지상 세계에서 영원히 사는 것은 아무런 의미가 없다며, 신하들로 하여금 편지와 불로초를 후지 산으로 가져가 태워버리게 한다.

야 한다는 사실에 애달파하지만, 달나라에서 가져온 날개옷을 몸에 걸치는 순간 그 모든 괴로운 상념에서 벗어나 홀가분하게 인간 세계를 떠나간다.

이리하여 가구야히메는 지상의 모든 남자들의 동경을 떨쳐 버리고 지상 최고의 권력과 부를 지닌 천황의 구혼마저도 거부한 채 영원한 처녀로서 천상의 고향으로 돌아간다. 이것이 『다케토리 모노가타리』의 주제이다.[13]

---

13. 번뇌의 근원이라 할 수 있는 사랑을 포기하고 달나라로 돌아간 그녀는 과연 행복하다고 말할 수 있을까. 인간 세계에 유배된 가구야히메는 기쁨과 슬픔을 남긴 채 달나라로 돌아간다. 그러나 그녀가 남긴 가장 큰 메시지는 '인간이란 무엇인가'라는 물음일 것이다. 인간이기에 사랑하고, 사랑하기에 고뇌하는 인간이야말로 행복한 게 아닐까.

임향한일편단심

이세 모노가타리 伊勢物語

　피눈물이란 너무나도 비통한 나머지 흘리는 눈물이다. '피눈물'이란 단어는 일본 고전에서는 『이세 모노가타리』[1]에 처음으로 등장한다. 『한비자韓非子』에는 "三日三夜, 泣盡繼之以血"[2]이라는 대목이 있지만, 『이세 모노가타리』에는 다음과 같은 이야기가 실려 있다.

　옛날 한 젊은 남자가 자기 집에서 일하는 어여쁜 몸종에게 마음을 빼앗긴다. 그런데 이 남자에게는 자식이 하는 모든 일

---

1. 와카를 중심으로 한 단편 소설집으로, 총 125편의 이야기로 구성되어 있으며, 각 이야기는 독립되어 있다. 이 작품은 남녀간의 사랑뿐 아니라, 부모 자식, 형제, 주군과 신하 간의 사랑 등 다양한 이야기를 전하고 있다. 작자는 미상이며 『다케토리 모노가타리』와 거의 같은 시기에 성립된 것으로 추정된다.
2. 변화(卞和)라는 초나라 사람이 왕에게 옥을 바쳤으나 돌이라 판정받아 왕을 속인 죄로 양다리를 잘린 후 사흘 밤낮을 눈물이 다하여 피눈물이 나도록 울었다는 대목에 등장한다(『한비자』, 「화씨(和氏 第十三)」). 자신의 정직함이 받아들여지지 않은 데 대하여 몹시 슬프고 분하여 나는 눈물이라는 의미로 쓰인다.

에 하나에서 열까지 간섭하는 부모가 있었다. 자식의 진정한 사랑을 이해하지 못한 그의 부모는 이대로 두었다간 아들이 진정으로 그 몸종에게 마음을 빼앗기고 말 것이라 걱정했다. 아름답지만 신분이 미천하여 도저히 며느리로 맞아들일 수는 없는 노릇이라 생각하고는, 둘 사이를 갈라놓으려 그 몸종을 다른 곳으로 내쫓으려고 생각했던 것이다.

그렇지만 막상 내쫓으려니 세상 이목 때문에 좀처럼 실행에 옮기지 못했다. 아들도 아직 부모 신세를 지는 입장이라 경제력이 없었으므로 자기가 사랑하는 여자를 내쫓으려는 부모를 말릴 역량도 없었다. 그렇다고 해서 가출하여 여자와 생활할 만한 돈을 마련할 능력도 없을 정도로 아직은 너무 어렸다. 여자 쪽 또한 미천한 신분인지라 주인에게 저항할 힘이 없었던 것이다.

이럭저럭하는 사이에 여자를 향한 남자의 애정은 점점 더해만 갔다. 이에 다급해진 부모는 황급히 여자를 내쫓게 된다. 남자는 '피눈물'을 흘리며 여자와의 이별을 애달파했지만, 여자를 붙잡을 방도는 없었다. 물론 여자도 남자와의 이별이 슬펐으나 어찌할 도리가 없어 눈물을 흘릴 뿐이었다. 하인들이 여자를 억지로 끌고 갔다. 여자는 자기를 목적지에 데려다 주고 돌아가는 사람들에게 부탁해 젊은 남자에게 노래를 전하는데, 이 노래가 아주 좋다.

어디까지 나를　　　　　　いづこまで

배웅하였느냐고	送りはしつと
그가 묻거들랑	人とはば
한없는 이별의 슬픈	あかぬ別れの
눈물의 강까지라 전해주오	涙がわまで

하염없이 흐르는 눈물을 강에 비유하고 있는 대목이 애절하다. 참고로 여자가 이러한 노래를 읊었다는 이야기는 누리고메본塗籠本에만 실려 있다. 『이세 모노가타리』는 이본異本이 많아, 판본에 따라 모노가타리 장단章段의 개수도 다르고 표현도 부분적으로 다르다. 가장 널리 읽히고 있는 덴푸쿠본天福本에도 이 노래는 실려 있지 않다.

그런데 젊은 남자는 여자가 보내 온 이 노래를 읽고 새삼 눈물을 흘리며, 다음의 노래를 읊은 후 너무나도 크나큰 슬픔에 혼절하고 만다.

내가 미워져	いとひては
나갔다면 이 이별	誰か別れの
무에 슬프리	かたからむ
슬픈 이별의 고통	ありしにまさる
그 무엇에 견주리	今日は悲しも

아직 젊고 세속에도 물들지 않은 순수한 이 젊은 남자는 신분의 두터운 벽과 부모의 거센 반대에도 사랑의 마음을 키워

나갔다. 하지만 부모가 그들의 사이를 갈라놓으려 여자를 내쫓자 기절한 것이다. 정말이지 그의 사랑은 목숨을 건 사랑이었다. 작자는 둘 사이를 갈라놓은 부모를 "영리한 체 하는 주제넘은 부모"라 적고 있는데, 자식의 진정한 사랑을 이해하지 못하는 부모를 비판한 것이다.

일이 이쯤 되니 당황한 쪽은 그의 부모였다. "애당초 자식의 장래를 생각해서 갈라놓았는데 이런 일이 벌어질 줄이야"라며 소란을 피워댔지만, 아들은 좀처럼 의식을 회복하지 못했으므로 급기야 스님을 불러 기원케 했다. 결국 아들은 그날 저녁 무렵 혼절하여 다음 날 저녁 여덟 시경에야 겨우 의식을 되찾았다.

사랑하는 두 남녀를 억지로 갈라놓는 것을 "생나무(갓 베어 덜 마른 나무)를 쪼개다"라고 말한다. 사랑하는 남녀가 헤어지는 것은 그만큼 고통스럽고도 애절한 일이다. 하물며 이 남자는 젊고 순수했으므로 이별의 고통을 견디지 못해 실신해 버린 것도 무리는 아니다. 청년의 순수한 사랑이란 이런 것이라는 것을 『이세 모노가타리』의 작자는 말하고 싶었던 것이 아닐까. 독자 가운데에도 이런 경험이 있는 사람은 많을 것이다.

그런데 이 남자의 노래가 『쇼쿠고센와카슈續後撰和歌集』[3]에는 아리와라노 나리히라在原業平[4]가 읊은 사랑의 노래로 수록되어

---

3. 일본에서 천황의 명령으로 편찬된 열 번째 칙찬 와카집으로, 1370여 수가 수록되어 있으며 1251년에 완성되었다. 편집자는 후지와라노 다메이에(藤原爲家)로 알려져 있다.
4. 헤이제(平城) 천황의 아들인 아호(阿保) 황자의 다섯 번째 아들(825-880)

있다. 결국 이 남자의 이야기는 젊은 날의 아리와라노 나리히라 자신의 체험이었을지도 모른다. 그렇다면 몸종은 나리히라 집안에서 부리던 여자였고, 호색가로 명성이 자자했던 아리와라노 나리히라가 어린 시절에 이미 여성에게 관심이 많았다는 이야기가 된다. 이 이야기는 그렇게 연결시켜 읽는 편이 더욱 흥미롭다.

이 장단에는 마지막에 여담이 부기되어 있는데, "이처럼 옛날 젊은 사람은 한결같은 사랑을 했는데, 작금의 젊은이들은 이처럼 죽을 만큼 누군가를 사랑하지도 않는다"고 야유하고 있다. 이것은 뒤에 누군가가 부기한 비평인데, 후세 사람이 제멋대로 감상이나 해설을 붙이고, 그것이 이야기로 전해지는 사이에 본문 속에 정착된 것이다. 이 작품은 이러한 재미도 지니고 있다. 『이세 모노가타리』 중에서 남녀의 슬프고 아픈 이별 이야기를 하나 더 소개하고자 한다.

옛날 한 남자가 외진 시골에서 부인과 살고 있었다. 어느 날 남자는 궁색한 집안 형편을 고려하여 출사를 결심하고 궁중으로 들어가기로 결정한다. 부인과의 이별을 아쉬워하며 남편은 교토로 상경한다. 그런데 남편에게서는 삼 년이 지나도록 아무런 소식도 없었다. 교통이 불편하던 그 당시로서는 소식을 전달할 만한 수단이 따로 없었으므로 소식이 두절되곤 했다. 외진 시골에서 남편이 돌아오기만을 애타게 기다리던 부인은 삼 년이 지나자 자신에게 줄곧 청혼하던 다른 남자와 결혼하

이며 가인(歌人)으로 유명하다.

기로 마음을 먹었다.

　당시에는 남편이 다른 지방으로 가서 돌아오지 않을 때, 자식 있는 부인은 오 년 후, 자식이 없는 부인은 삼 년 후엔 정식으로 재혼하는 것이 허용되었다. 그런데 마침 재혼하려고 한 바로 그날 밤, 전남편이 돌아왔다. 문을 두드리며 열어 달라는 전남편 목소리에 여자는 어찌할 바를 몰랐다. 그리움과 놀라움, 당혹감 등 복잡한 심경으로 허둥거렸을 여자의 모습을 상상할 수 있다. 더구나 새 남편이 되려는 남자와 이제부터 첫날밤을 치르려는 찰나였다. 그러니 문을 열어 전남편을 들일 상황도 아니었기에 여자는 노래를 지어 문 밖으로 내밀었다.

삼 년이라는	あらたまの
기나긴 세월 동안	年のみとせを
기다리다 지쳐	待ちわびて
오늘, 바로 오늘밤	ただこよひこそ
다른 남자에게 가는 날	新枕すれ

부인이 읊은 노래를 보고 이번에는 전남편이 깜짝 놀란다. 이에 전남편은 부인에게 다음과 같은 노래로 답한다.

여러 해 동안	あづさ弓
내 당신 사랑해 온	ま弓つき弓
그런 마음으로	年を経て

| 앞으로 그 남자를 | わがせしがごと |
| 길이 사랑하시오 | うるはしみせよ |

전남편이 전하려는 뜻은 "오랜 세월을 함께 지내며 그동안에 내가 오직 당신만을 사랑한 것처럼 새 남편과 오순도순 사이좋게 살라"는 것이다. 그는 어떤 이유로 삼 년씩이나 돌아오지 않았는가에 대한 해명 따위는 전혀 하지 않은 채 '새 남편과 사이좋게 지내라'는 말만 남기고 떠나려는 것이다. 하긴 남자가 읊은 위의 노래에는 '활 중에서도 가장 좋은 활은 가래나무로 만든 활인 것처럼, 남편이 될 만한 사람은 단 한 사람이며, 그 사람을 평생 사랑해야만 한다'는 의미, 즉 좀 더 나를 기다려야 했다는 원망의 심정이 담겨 있다.

전남편에게서 그러한 노래를 받고 여자 마음은 동요한다. 당신이 아무런 소식도 주지 않은 탓이라고 전남편을 원망했을지도 모른다. 또는 '내가 조금만 더 참고 기다렸더라면 좋았을 텐데'라고 후회했을지도 모른다. 자신이 진정 사랑한 것은 전남편이었음을 깨닫고 이번에는 여자가 전남편에게 다시 노래를 읊는다.

그대가 나를	あづさ弓
사랑하든 아니하든	ひけどひかねど
처음부터 줄곧	昔より
나 오로지 그대만을	心は君に

사랑하였거늘   よりにしものを

노래의 원문에는 "활을 잡아당기든 당기지 않든ぁづさ亏 ひけど
ひかねど"이라는 구절이 있는데, 이는 '당신이 나의 마음을 끌어
주든 그렇지 않든 간에'라는 뜻 외에 새로운 남자를 밀어제치
고 나를 다시 빼앗아 주기를 바라는 심정도 담겨 있다.

그러나 전남편은 떠나가고 만다. 남자의 심정으로서는 무리
도 아닐 것이다. 삼 년이나 소식불통으로 있다 돌아와 보니 아
내는 새로운 남자와 결혼하여 동침하려는 찰나였으니, 두 남
자에 한 여자라는 생각지도 않은 아수라장이 되었다고 생각했
을 지도 모른다. 전남편은 자신이 여자를 비난할 자격이 없다
고 생각해서 미련을 가지면서도 스스로 물러서야 된다고 판단
하여 떠났던 것이다.

제2차 세계대전이 끝난 후 우리는 이와 비슷한 비극을 많이
보고 들었다. 전사한 줄로만 알고(혹은 소식을 듣고) 할 수 없이
다른 남자와 결혼했는데 남편이 돌아왔다. 구사일생으로 겨우
고국에 돌아온 남자는 부인의 재혼 사실을 알고 어떤 심경이
었을까. 새 남편과의 사이에 자식마저 태어났을 때, 죽었다고
생각하고 체념했던 남편의 귀환을 안 여자는 얼마나 괴로웠을
까. 해결의 형태는 다양하나, 남자와 여자의 애정이 깊으면 깊
을수록 비극은 더욱 커진다.

오사라기 지로大仏次郎의 『귀향歸鄕』[5]은 이러한 남자의 비극

5. 오사라기 지로(1897.10-1973.4)는 일본의 작가로, 본명은 노지리 하루히

을 테마로 한 명작이다. 그는 일본에 남아 있던 부인과 딸이 경제적으로 안정되고 행복한 생활을 하고 있는 것을 확인하고는 그 두 사람의 새로운 생활의 평안을 위해 미련 없이 일본 땅을 떠난다.

이야기가 옆으로 흘렀는데, 『이세 모노가타리』 속에 등장하는 여자는 전남편을 향한 사랑에 눈뜨게 되어 떠나가버린 전남편 뒤를 따라간다. 여자는 종종걸음으로 열심히 쫓아갔지만 아무래도 따라잡을 수가 없었다. 그러는 사이에 숨이 차 헐떡이며 마실 물을 찾아 맑은 물이 있는 곳에 다다르지만, 결국 기진맥진하여 그곳에 쓰러지고 만다. 그리고 쓰러질 때 다친 손가락에서 흘러나오는 피로 그곳에 있는 바위에 다음과 같은 노래를 적는다.

나를 버리고	あひ思はで
떠나가는 사람을	かれぬる人を
잡을 길 없어	とどめかね
이내 몸은 이제	わが身はいまぞ
사라지고 말 것 같네	消え果てぬめる

바위에 이 노래를 적고 난 후 결국 여자는 숨을 거두고 만다. 원문에는 "허망하게 되어 버렸다"라고 끝맺고 있다. 손가락에

코(野尻淸彦)이다. 현대 소설, 역사 소설, 논픽션, 동화 등 폭넓은 작품 활동을 보였다. 『귀향』은 1949년 작품으로 일본 예술원상을 수상했다.

서 흘러나오는 피로 바위에 노래를 적으면서 여자가 피눈물을 흘렸다고 적고 있지는 않다. 그러나 피눈물이 아닌 손가락에서 흐르는 피로 노래를 적는 모습 쪽이 훨씬 비통하다. 물론 전남편은 여자가 자신을 쫓아오다가 도중에 숨이 끊어져 죽었다는 사실은 알지 못한다.

이상『이세 모노가타리』에 나오는 남녀의 비통한 이별에 관한 이야기를 가능한 한 원문을 충실히 따르면서, 거기에 나의 소설적 해석을 가미하여 소개해 보았다. 흥미가 있는 분은 직접 원문으로 감상해 보는 것도 감동이 배가되리라 생각된다.

『이세 모노가타리』에는 애달픈 사랑의 이야기가 적지 않다. 그중에서도 중요한 두 이야기를 든다면, 그 하나는 아리와라노 나리히라일 것이라 추정되는 한 남자와 후지와라노 다카이코藤原高子(후에 니죠二条 천황의 황후가 된다)의 슬픈 사랑의 이야기이다.[6] 그리고 다른 하나는 전자와 마찬가지로 아리와라노 나리히라로 추정되는 한 남자와 이세伊勢 신궁의 신을 모시는 이쓰키노미야斎宮로 파견된 황녀의 이룰 수 없었던 슬픈 사랑

6.『이세 모노가타리』제6단에 실린 이야기이다. 옛날 한 남자가 오랜 세월 마음속으로 흠모하던 지체 높은 집안의 여인이 있었다. 그 남자는 어느 날 그녀를 몰래 들쳐 업고 도망가는 데 성공한다. 하지만 도중에 천둥 번개가 치기 시작했으므로, 어느 허름한 창고에 들어가 여자는 쉬게 하고 자기는 문 밖에서 망을 보았다. 그러는 사이에 밤이 되자, 귀신이 나타나 그녀를 잡아먹은 후 사라져버렸다. 여자의 죽음을 뒤늦게 알게 된 남자는 홀로 남겨져 비통해 한다는 비극적인 사랑 이야기이다. 귀신이 여자를 잡아먹었다는 대목은 실은 여인의 오빠들이 그녀를 되찾아간 것을 이렇게 표현했다고 전한다.

이야기이다.[7] 두 이야기 모두 널리 알려져 있는 내용이므로 여기에서는 생략했다.

---

7. 『이세 모노가타리』 제69단에 실린 이야기이다. 이 이야기에는, 이세 신궁의 신을 모시는 역할을 담당했던 여성을 지칭하는 '이쓰키노미야(齋宮)'가 등장한다. 이는 천황이 새로이 즉위할 때마다 선발되었는데, 미혼인 황녀만이 그 역할을 담당할 수 있었다. 그 천황의 재위 기간 내내 그 임무를 맡았으며, 꽃다운 나이에 남자와의 교제는 금지된 채 독신으로 지내야만 했다. 이런 신성한 존재였던 황녀가 금기를 깨고 남자와 하룻밤 꿈같은 사랑을 나눈다는 내용이다. 남자는 조정에서 열리는 연회에 사용할 새와 짐승을 포획하기 위해 이곳에 파견된 중앙 관리였다. 황녀는 모친으로부터 이 남자는 다른 관리보다 중요한 분이니 융숭히 대접하라는 전갈을 받는다. 이에 황녀는 남자를 극진히 모시는데, 둘째 날 밤 남자가 오늘밤 조용히 만나고 싶다는 말을 속삭인다. 이에 황녀는 대담하게도 밤 11시 30분경에 하녀 한 명을 대동하고 남자의 처소로 가서 새벽 2시 30분까지 약 3시간 동안을 함께 보낸다. 황녀와 하룻밤을 보낸 남자는 내일이면 다시 공무를 수행하기 위해 다른 지방으로 떠나야만 하는 처지였기에 마지막 밀회의 밤을 약속한다. 하지만 바로 그날 밤 이세 지방 수령관이 중앙에서 파견된 남자를 위해 연회를 열었고, 연회에 참석한 남자는 그 자리에서 빠져나올 수 없어 결국 황녀와 만나지 못한 채 헤어진다는 애절한 이야기이다. 『이세 모노가타리』의 '이세'라는 이름이 붙은 이유에 관해서는 여러 가지 설이 있는데, 그 가운데 이 이야기에 등장하는 이세 신궁의 이쓰키노미야가 등장하기 때문이라는 설이 가장 유력하다.

엇갈린 사랑

야마토 모노가타리 大和物語

『야마토 모노가타리』[1]는 앞서 소개한 『이세 모노가타리』와 마찬가지로 여러 사람의 각기 다른 사랑과 관련된 사연을 와카를 중심으로 묘사한 단편 이야기집인 우타 모노가타리歌物語[2] 작품이다. 사랑 이야기는 긴 사연도 있고 짧은 사연도 있으나, 모두 합쳐 173편의 사랑에 관한 이야기가 수록되어 있다. 그 가운데 이런 이야기가 있다.

옛날 셋쓰 지방의 나니와難波[3]라는 곳에 금실 좋은 부부가

1. 작자 미상으로 『이세 모노가타리』의 뒤를 이어 10세기 중반경에 유행한 우타 모노가타리. 173개의 짧은 이야기가 연쇄적인 관련을 가지고 배열되어 있으나, 이야기 전체의 일관된 주인공은 없이 독립적이다. 이야기의 주된 소재는 귀족 사회 내부에서 전해지던 구술 설화에서 가져왔다. 하지만 설화와는 달리 노래를 중심으로 이야기가 전개되고 있으며, 노래를 통해 인간들의 심정을 표현하고 있는 점이 특징이다.
2. 헤이안 시대에 유행했던 와카를 중심으로 쓰여진 단편 이야기집이다.
3. 셋쓰(摂津)는 현재의 오사카(大阪) 서북부와 효고 현 동남부 지역을 일컫는 옛 지명이며, 나니와는 지금의 오사카 지방을 일컫는다.

살고 있었다. 그들 부부는 모두 미천한 신분은 아니었으므로 집도 으리으리하고 하인도 많았다. 오랜 세월 동안 화목하게 지냈었는데, 최근 몇 년간 살림 형편이 많이 어려워져 집 이곳 저곳이 파손되었으나 수리도 제대로 못한 채 방치해 둔 상태가 이어졌다. 이런 상황이니 집에서 부리던 하인들도 한 사람 두 사람 줄어들더니 결국 모두 나가버리고 부부 두 사람만 남게 되었다.

아무리 생활이 보잘것없이 영락하였다고는 하나 '미천한 신분'이 아니었기 때문에 다른 사람 밑에서 고용살이를 한다든가 일용직으로 다른 집 일을 거드는 일 따위는 할 생각조차 하지 않았다. 그런 연유로 생활은 날로 어려워만 갔다. 두 사람은 어찌할 바를 몰라 이 문제에 대해 서로 머리를 맞대고 고민했지만 이렇다 할 방도가 떠오르지 않았다. "도저히 이처럼 힘겨운 생활을 하며 지낼 수는 없다"는 이야기만 서로 할 뿐이었다. 남편이 "이처럼 일 년 내내 불안한 모습으로 지낼 당신을 홀로 남겨두고는 아무 데도 갈 수가 없소"라고 말하자, 부인도 "아내인 제가 남편인 당신을 두고 어디를 갈 수 있겠습니까?"라고 답했다. 서로가 서로를 버리고선 그 어디에도 갈 수가 없었던 것이다. 그럼에도 불구하고 더 이상 버틸 수 없는 상황이 되자 남편은,

"나는 어떻게 해서라도 그럭저럭 지낼 수 있을 거요. 허나 여자의 몸으로 이런 젊은 나이에 이렇게 힘든 생활을 하는 것은 정말 딱한

일이오. 그러니 교토로 가서 지체 높은 사람 집에서 고용살이를 하시오. 조금이나마 형편이 나아지면 나를 찾아와 주시오. 나도 살림살이가 나아지면 반드시 당신을 찾으러 가리다."

라고 울면서 약속했다. 남편은 부인을 너무 사랑한 나머지 자신을 희생하여 부인을 행복하게 해주리라 결심한 것인데, 서로 사랑하는 부부가 가난 때문에 헤어져야만 하는 것은 옛날이나 지금이나 애절하기 그지없다. 그리고 이것이 이들 부부가 겪게 될 비극의 발단이었다.

결국 여자는 일가친척을 따라 교토로 상경했다. 딱히 정해둔 목적지도 없었기에 함께 상경한 친척집에 머물면서 헤어진 남편을 떠올리며 '너무나도 그리워 애잔한 심경으로' 하루하루를 보내고 있었다. 여자가 머물게 된 집 마당에는 싸리와 참억새가 굉장히 무성하게 자라고 있었다. 바람이라도 불 때면 여자는 예전에 살던 셋쓰 지방을 그리워하며 '남편은 어찌 지내고 있을까' 하고 남편을 걱정하며 슬픈 마음에 노래를 읊조렸다.

외로이 홀로	ひとりして
어찌하면 좋을까	いかにせましと
걱정하노라니	わびつれば
"그러게요"라면서	そよとも前の
맞장구치는 싸리	萩ぞ答ふる

이 노래는 타향에서 남편을 그리워하는 여인의 독백이다. 그후 여자는 여기저기 고용살이할 곳을 찾아다니다가 어느 지체 높은 사람의 시중을 들게 되었다. 고용살이를 하는 사이에 복장도 말끔해지고 살림살이로 근심하는 일도 없어지자 차츰 예전의 미모를 되찾게 되었다. 그렇지만 셋쓰 지방에 있는 남편을 한시도 잊지 않고 마음속 깊이 애절하게 그리워했다.

마침 그곳으로 가는 사람이 있어 편지를 전해달라며 부탁해서 보내면, 언제나 "그런 사람에 관해서는 소문도 듣지 못했습니다"라는 신통치 않은 말만 되풀이해 돌아왔다. 여자는 친하게 알고 지내는 사람도 없었으므로, 자기 마음대로 심부름꾼을 보낼 수도 없어 무척 걱정하고 불안해하면서, '그이는 어떻게 지내고 있을까'라는 생각만 하고 있었다.

그러는 사이에 여자 신상에 뜻하지 않은 일이 일어난다. 고용살이를 하고 있던 곳의 부인이 사망하자 주인은 그 많은 하녀 가운데 용모가 아름다운 이 여인을 마음에 두고 부인으로 삼고 싶어 했던 것이다. 여자도 그만 마음이 끌려 그의 부인이 되고 만다. 아무런 걱정거리도 없어 다른 사람이 보기에는 더할 나위 없이 좋은 팔자로 보였지만, 그녀에게는 남모르게 마음에 걸리는 일이 한 가지 있었다. 바로 셋쓰에 있는 남편의 행방이었다. '어떻게 지내고 있을까? 그럭저럭 잘 지내고 있을까? 내가 있는 곳도 모를 텐데. 사람을 보내 찾아가 보도록 시키고 싶지만, 만약 지금의 남편이 그 사실을 알게 되어 거북한 일이라도 생기면 어떻게 하지'라는 생각에 줄곧 참고 견디며 지냈다. 그렇지만 아무래도 전남편이 가엽다는 생각에 지금의 남편에게, "셋쓰 지방이라는 곳은 매우 풍광이 좋은 곳이라 하니, 나니와로 참배할 겸해서 꼭 갔다 오고 싶어요"라고 간청한다. 아무것도 모르는 남편은 "그것 참 좋은 생각이군. 나도 같이 갑시다"라고 말한다. 그러자 여자는, "제발 당신은 집에 계세요. 저 혼자 가고 싶어요"라며 나니와로 향한다.

나니와에서 참배를 마치고 돌아갈 즈음, 여자는 "이 주변에 볼일이 있네"라며 가마를 이쪽저쪽으로 가게 했다. 한참을 헤맨 끝에 자신이 살던 집터에 가보았지만, 예전에 살던 집은 물론 남편도 어디론가 가버렸는지 보이지 않았다. '남편은 어디로 간 것일까'라고 생각하니 서글퍼졌다.

애당초 전남편을 만날 요량으로 온갖 어려움을 무릅쓰고 찾아왔거늘, 지금 자기 곁에는 마음을 털어놓을 만한 시종도 없었기에 남편의 행방을 찾을 길이 없었다. 어찌할 바를 몰라 수심에 잠겨 있는데, 함께 온 시종이 "곧 날이 저뭅니다요, 마님"이라며 서둘러 가마를 들어 그곳을 떠나려 하였다. 그런 하인에게 "잠시만 기다려 주게"라며 말리고 있는데, 등에 갈대를 짊어진 남자가 거지 같은 행색을 하고 여자가 탄 가마 앞을 스쳐 지나가는 것이었다.

그 남자의 얼굴을 보니 아주 형편없는 모습을 하고 있었지만, 어딘지 모르게 자신의 예전 남편과 닮아 있었다. 여자는 그 남자를 좀 더 자세히 보기 위해, "저 갈대를 사고 싶으니, 갈대를 짊어진 남자를 불러주게"라고 명했다. 시종은 '쓸모도 없는 것을 사려 하신다'고 생각했지만, 주인마님의 말씀인지라 잠자코 그 남자를 불러 세웠다.

그러자 여자는 "가마 옆 가까이로 갈대 파는 남자를 데려오게. 내가 직접 봐야겠다"라고 말하며, 그 남자의 얼굴을 자세히 보니 틀림없는 전남편이었다. 여자는 가슴이 메어서, '참으로 딱하기도 해라. 이 같은 물건을 팔아 생활하니 얼마나 힘들까'라고 안쓰러워하며 울었다. 사정을 알지 못하는 시종들은 '가난한 사람을 보면 동정하는 것이 인지상정이니, 역시 주인마님도 그렇게 동정하는 것일 테지'라고 생각했다. 또다시 여자가 "이 갈대를 파는 남자에게 뭔가 먹을 것을 내어 주거라. 그리고 갈대를 산 대가로 가능한 많은 물건을 주도록 하게"라고 말했다. 그러자 그곳에 있던 사람들이 "아무 상관도 없는 사람에게 어찌하여 물건을 많이 주시는 게지?"라며 수군거렸다.

여자는 자신의 사정을 솔직하게 이야기하지 않은 채, 시종들로 하여금 남편에게 억지로 뭔가를 주도록 말하기가 어려웠다. 하지만 '어떻게 해서든 뭔가를 많이 주고 싶다'며 곰곰이 혼자 방법을 궁리하였다. 그러는 사이에 남자는 가마에 친 발 사이로 여인의 모습을 유심히 들여다보았다. 그랬더니 가마 안에 앉아 있는 여인이 바로 꿈에도 그리던 자기 부인과 너무나 닮아 있는 것이 아닌가. 이상히 여겨 마음을 가다듬고 찬찬히 보니 얼굴도 목소리도 분명 자신의 부인이라는 것을 알아차렸다. 그러나 부잣집 마나님 차림을 한 화려한 부인과는 달

리 자신의 행색이 너무나도 초라하고 볼품없다는 사실에 생각
이 미치자 들고 있던 갈대도 내팽겨 둔 채 도망치고 만다.

　너무나도 잔혹한 해후였다. 한시도 잊지 못했던 부인은 처지
도 유복해져 있었으며, 여러 명의 시종을 거느린 채 멋진 가마
를 타고서는 예전의 남편에게 자비를 베푸는 입장이 되어 있었
던 것이다. 남자의 견딜 수 없는 초라함과 어디라도 숨어버리
고 싶은 심정이 깊은 공감과 동정으로 다가온다. 부인을 너무
나도 사랑했기에 부인의 행복을 위해 잠시 동안 헤어져 살았
던 것인데, 운명은 너무나도 가혹했다. 도망치듯 피하는 남편
을 본 여자는 시종에게 "잠깐 기다려 달라"고 전하게 했지만,
남자는 다른 사람의 집으로 도망쳐 부뚜막 뒤에 웅크리고 앉
아 있었다.

　여자는 가마 안에서 "어떻게든 저 남자를 찾아 데리고 오너
라"라고 명했다. 그러자 시종들은 따로따로 흩어져 그 남자를
찾기 위해 한바탕 소란을 피우며 찾아 나섰다. 우연히 그곳을
지나가던 사람이 "저쪽에 있는 집으로 들어갔소"라고 알려주
자, 시종들은 그곳으로 가서 그를 발견한다. 숨어 있는 남자에
게 "주인마님의 명으로 데리고 가는 것이네. 그러니 때리거나
강제로 끌고 가서 문책하지 않을 터이니, 걱정 말게나"라고 말
했다. 그러자 그 남자는 벼루를 청하여 종이에 노래를 적어 건
네며 마님께 전하기를 간청하였다. 시종들은 고개를 갸웃거리
며 들고 가 그 편지를 주인마님께 드렸다.

당신 떠나고	君なくて
나 홀로 쓸쓸히	あしかりけりと
갈대를 베며	思ふにも
지내노라니, 이 생활	いとど難波の
더욱더 괴롭구료	浦ぞすみ憂き

노래의 내용은 '당신이 떠나고 갈대를 베어 팔며 근근이 살아가며 홀로 괴로운 세월을 보내 온 것을 생각할 때마다 점점 나니와 포구에 사는 것이 괴롭기만 하네'라는 뜻이다. '갈대를 베다(蘆刈り 아시카리)'라는 말에, 지나온 세월이 '괴롭다(悪しかり 아시카리)'라는 의미를 중첩시켰다. 남편의 절절한 심경이 담긴 노래를 읽고 여자는 너무나도 슬프고 애달픈 마음에 엉엉 소리를 내며 통곡했다.

한편, 본문에는 "이 노래에 대해 여자는 어떤 답변을 했을까? 그건 모른다"라고 여운을 남기며 이야기를 끝맺고 있다. 부인을 향한 일편단심에 결국 망가지고 만 한 남자의 애절한 에피소드이다. 참고로 이 장단에는 다음과 같은 여담이 곁들여져 있다.

여자는 가마 안에서 입고 있던 옷을 벗어 편지와 함께 보자기에 싸서는 그 남자에게 건네도록 명하고서 교토로 되돌아갔다. 그 후에는 어찌 되었을까, 그건 아무도 모른다.

이 부분은 후세에 이 글을 읽은 자가 "엉엉 소리를 내며 통곡했다"는 말만으로는 여자의 심경을 전할 수 없다고 생각하여 덧붙인 문장인 것 같다. 자기가 입고 있던 옷가지와 함께 여자가 적어 보낸 편지에는 다음과 같은 노래가 적혀 있었다고 한다.

서로를 위해	あしからじ
헤어져 있더라도	とてこそ人の
견뎌내리라	わかれけめ
당신 확신했거늘	なにか難波の
이제 와 힘들다니요	浦もすみ憂き

'잠시 헤어지는 것은 서로를 위해 나쁘지 않을 것이라고 말하며 당신은 나를 교토로 보냈었거늘, 어째서 이제와 나니와 해변에 사는 것이 힘겹다는 것입니까?'라는 의미이다. 이 노래에서 '참고 견디며 나니와 해변에서 사노라면 언젠가는 다시 만날 날도 있겠죠'라는 여자의 의중을 헤아릴 수 있다.

신데렐라의 사랑

오치쿠보 모노가타리落窪物語

왕조시대에는 일부다처의 풍습이 있었기 때문에 의붓자식이 많았고, 그 아이의 어머니나 조부모가 사망하면 당연히 남편과 같이 사는 부인이 계모로서 키웠다. 계모가 의붓자식을 구박한다는 이야기는 그리 드문 일이 아니었을 것이다. 『오치쿠보 모노가타리』는 그런 의붓자식 학대를 주제로 한 헤이안 시대 중기의 소설이다. 이 이야기에 등장하는 계모의 의붓자식 학대는 냉혹하고 비정하다. 하지만 후반부에 의붓자식의 남편이 된 정의로운 남자가 계모에게 철저히 보복하는 대목은 가슴이 후련해지기도 하고 유머러스한 면이 있기도 해서, 계모가 의붓딸을 학대하는 전반부보다 훨씬 재미있다.

옛날에 아름다운 딸을 여럿 둔 미나모토노 다다요리源忠賴라는 츄나곤中納言[1]이 있었다. 장녀와 차녀는 이미 데릴사위를 맞

---

1. 일본 고대의 기본 법전인 다이호 리쓰료(大宝律令)에서 정한 중앙 최고 관

아들여 각각 동쪽과 서쪽 별채에 살게 했으며, 츄나곤은 셋째
와 넷째 딸의 결혼 준비에 여념이 없었다. 이 딸들 외에 츄나곤
이 한때 관계를 맺은 여인 가운데 왕족의 피를 이어받은 부인
과의 사이에서 태어난 딸이 있었다. 이 딸의 모친은 오래전에
죽었으므로 부친인 츄나곤 집에서 떠맡아 길렀는데, 딸이라기
보다는 고용인 취급을 하면서 안채에 딸린 응접실 한쪽의 마
룻바닥이 움푹 들어간 초라한 방에 기거하게 했으며, 이름 또
한 오치쿠보落窪²라고 불렀다.

　오치쿠보의 미모는 계모가 귀여워하는 친딸들보다 뛰어났
다. 그러나 오치쿠보는 모두한테 따돌림을 받았으므로 그녀의
존재는 누구 하나 아는 이가 없었다. 그런 오치쿠보를 계모는
사정없이 부려먹었다. 예를 들면, 오치쿠보가 친어머니로부터
물려받은 거문고를 자신의 열 살배기 셋째 아들에게 가르치게
했으며, 바느질을 잘한다는 이유로 자기 두 사위의 의복을 계
속해서 짓게 해서 밤에도 마음 놓고 잘 시간이 없었다. 게다가
조금이라도 바느질이 늦어지기라도 하면, "이 정도 일도 힘들
다고 하면 도대체 무슨 일을 하겠단 말이냐"라고 심하게 다그
쳤다. 계모의 구박에 오치쿠보는 남몰래 눈물을 흘리며 죽고
싶은 심정이었다.

청인 다이죠칸(太政官)의 차관에 해당한다. 장관인 다이나곤(大納言)을 잇
는 중책이며, 품계는 종3위에 해당한다.
2. 본디 '오치'와 '쿠보'는 모두 '움푹 팬 곳'이라는 의미가 있으며, '오치쿠
보'라는 이름은 주인공인 의붓딸이 거처하던 곳의 형상을 따서 지은 것이
다.

한편, 계모는 오치쿠보의 시녀로 있었던 아코기阿漕를 자기 셋째 딸의 시녀로 보낸다. 하지만 마음씨 착한 아코기는 틈나는 대로 종전같이 오치쿠보의 시중을 들면서 어떻게 해서든 자기가 모시던 오치쿠보 아가씨를 딱한 처지에서 구해 내고자 남편과 머리를 맞대고 고민한다. 그러다 여러 가지 우여곡절 끝에 오치쿠보를 남편의 모친이 유모로 있던 고노에후近衛府[3]의 차관인 쇼쇼少将 미치요리道賴와 인연을 맺게 해준다. 미치요리는 복수심이 강한데다 사려 깊은 성격이었다. 그는 오치쿠보를 향한 연민과 애정이 깊어감에 따라 그녀의 계모에게 복수해 주고자 마음을 다진다.

어느 날 밤, 계모는 모두 잠들어 주위가 고요해진 시각에 오치쿠보의 방을 엿보러 왔다가 미치요리가 오치쿠보의 밀린 바느질거리를 돕고 있는 것을 보게 되었다. 그녀는 자기 셋째 사위와 비교해 훨씬 잘 생기고 붙임성 있으며, 남자다운 당당한 풍채를 가진 미치요리를 보고 깜짝 놀란다. 이런 훌륭한 남자가 생겨 오치쿠보의 신분이 나아지면 큰일이라 염려되어, 남편인 츄나곤에게 "오치쿠보가 아코기의 남편인 다치와키와 밀통하고 있어요"라고 거짓말을 꾸며 고자질을 했다. 그러고선 오치쿠보의 소매를 잡고 남편 앞으로 끌고 와 사실과는 무관한 온갖 욕설을 퍼부어댔다. 아버지인 츄나곤도 부인 편을 들면서, "지금 당장 감금해 버리시오. 난 얼굴도 보고 싶지 않소"라

---

3. 옛날 궁중의 호위를 맡았던 관청으로 장관은 다이쇼(大将)이며, 차관은 츄죠(中将)와 쇼쇼(小将)이다.

며 심하게 꾸짖는다.

계모는 밉상인 오치쿠보를 쾨쾨한 곳간에 가두고 "제멋대로 굴면 이렇게 혼나는 거야"라고 말하며 먹을 것도 하루에 한 번 밖에 주지 않았다. 게다가 자기 숙부로 예순 살이나 먹은 데다 색을 유난히도 밝히는 덴야쿠노스케典藥助를 부추겨서 오치쿠 보를 범하게 하려는 계획을 세운다. 여기까지가 제1권의 내용 인데, 이 모노가타리의 작자(작자는 미상)는 독자를 즐겁게 만 드는 요령을 잘 알고 있어서, 손에 땀을 쥐게 하는 긴장감 넘 치는 서스펜스를 도처에 설정하고 있다. "그 이후 일어난 일은 제2권에 전부 쓰여 있다"고 예고하며 제1권의 끝을 맺는다.

제2권은 곳간에 갇힌 오치쿠보에게 미치요리의 편지를 전달 하려는 아코기가 자물쇠로 굳게 닫힌 곳간 앞에서 안절부절못 하는 모습과, 자기 때문에 오치쿠보가 이렇게 갇히게 되었다고 자책하며 불쌍한 그녀를 한시라도 빨리 구해 내고자 고심하는 미치요리가 다치와키와 계획을 짜고 있는 모습으로부터 시작 된다.

날이 저물자 덴야쿠노스케는 계모가 시키는 대로 곳간에 와 서는 '한시라도 빨리 오치쿠보를 내 것으로 만들어야지'라는 생각에 마음이 설레어 안절부절못하며 이리저리 돌아다녔다. 마침내 곳간에 들어온 덴야쿠노스케에게 오치쿠보는 가슴이 아프다고 속인 후, 아코기의 도움을 받아 가까스로 정조를 지 킬 수 있었다. 이때 사태의 추이를 보러 온 계모가 "이 아이가 가슴이 답답하다고 하니 체했는지 어떤지 쓰다듬어 보고 약을 먹이세요"라고 말한다. 덴야쿠노스케는 그 말을 핑계 삼아 "난 의사야. 아픈 데를 금방 낫게 해 주지"라며 오치쿠보의 가슴 속으로 손을 불쑥 넣어 양쪽 가슴을 애무하기 시작했다. 그를 만류할 사람도 없었으므로, 덴야쿠노스케는 공공연하게 오치쿠보의 가슴을 만졌다. 이 부분은 원문에 다음과 같이 서술되어 있다.

> (덴야쿠노스케가) 젖가슴을 더듬으며 손으로 만지작거리자, 오치쿠보는 요란스럽게 소리를 내어 울며불며 난리를 쳤지만, 덴야쿠노스케를 제지해 줄 사람은 아무도 없었다.

그 다음 날은 문이 열리지 않게 아코기가 조작해 놓았으므로, 덴야쿠노스케는 곳간 안으로 들어갈 수 없었다. 그 탓에 차가운 마룻바닥에 장시간 앉아 있었던 덴야쿠노스케는 복통을 일으켜 설사를 하게 되어 또다시 뜻을 이룰 수가 없었다.

그러던 어느 날 마을에 축제가 열렸는데, 계모는 '혹시 집을 비운 사이에 누가 와서 문을 열지도 몰라'라고 생각하여, 오치쿠보를 가둔 곳간 열쇠를 가지고 축제를 구경하러 외출해 버린다. 집안사람들 모두가 축제 구경을 하러 나가자, 기다리고 있던 미치요리는 곳간 기둥의 부목을 제거하여 오치쿠보를 구출하는 데 성공한다. 오치쿠보를 아코기와 함께 니죠二条에 있는 자신의 별장으로 데리고 가는데, 이곳은 모친으로부터 상속받은 별채였다. 이곳에서 오치쿠보는 미치요리와 함께 행복한 결혼 생활을 시작하게 된다.

한편, 축제에서 돌아와 오치쿠보가 도망간 사실을 알게 된 계모와 부친은 발을 동동 구르며 분해했으나, 때는 이미 늦었던 것이다. 니죠의 저택에서 미치요리는 아코기와 오치쿠보로부터 계모의 극악무도한 처사를 듣고, 그녀의 비인간적인 행동에 화를 내며 보복을 결심한다. 그 첫 번째 복수로 계모의 넷째 딸과의 사기 결혼을 계획한다.

오치쿠보를 데리고 간 것이 미치요리라는 사실을 모르는 츄나곤 집에서는 미치요리를 넷째 사위로 삼고 싶다는 의향을 그의 집에 전한다. 미치요리는 마침 잘됐다며 적당히 응대하고는 오치쿠보에게 "나라고 속이고, 누군가 다른 사람을 찾아 데릴사위로 들여보낼 작정이요"라고 털어놓는다. 그러자 마음씨 고운 오치쿠보는 그런 미치요리를 만류한다.

오치쿠보: 그런 짓을 해서는 안 됩니다. 당신이 싫으면 정중하게 거절하세요. 그쪽에서 얼마나 실망하며 원망하겠어요?

미치요리: 당신 새어머니에게 어떻게 해서든 복수해 주고 싶어서 그렇소.

오치쿠보: 이제 복수할 생각은 하지 마세요. 넷째가 무슨 죄가 있겠어요?

미치요리: 당신은 참으로 마음씨 고운 사람이구료. 당신은 원한을 마음속 깊이 간직할 수 없는 착한 심성을 지녔소이다.

미치요리는 오치쿠보의 비단결 같은 마음씨에 감탄하면서도 계모를 향한 복수를 단념할 수는 없었다. 츄나곤 집에 데릴사위로 들어갈 것처럼 꾸며대고는 혼례를 치르는 당일, 모친의 사촌에 해당하는 자로 지능이 좀 모자라는데다 오모시로노고 마面白駒라는 별명을 지닌 추남을 자기 대신 신랑으로 들여보낸다. 우습게 생긴 말이라는 의미를 지닌 별명대로 그의 얼굴은 눈처럼 하얗고 목은 이상하리만치 길어서 마치 말처럼 생겼다. 그 모양새가 마치 콧방울을 연신 씰룩거리며 히이잉 히이잉 하고 울음소리를 내며 당장이라도 고삐를 끊고 달려 나갈 것만 같은 말과 흡사해서, 그와 마주 앉아 있으면 웃음이 터져 나오는 그런 형상이었다.

계모의 넷째 딸은 결혼 첫날밤을 치른 다음 날 아침이 되어서야 자기 남편이 미치요리가 아닌 오모시로노고마라는 사실을 알게 되었고, 그 사실을 전해들은 츄나곤 내외도 깜짝 놀라며 비탄에 잠긴다. 더구나 단 하룻밤의 관계로 넷째 딸은 오모시로노고마의 아이를 임신하고 만다.

이 사건 이후로 셋째 사위는 지능이 모자라는데다 얼굴까지 희한하게 생긴 오모시로노고마와 마주치는 것조차 혐오하여 자기 부인인 셋째 딸 처소에도 발길이 뜸해지고, 결국 셋째 딸은 남편으로부터 버림을 받는 처지가 되고 만다.

이러는 사이에도 미치요리는 오치쿠보와 행복한 결혼 생활을 보내며 오치쿠보를 향한 진실한 사랑을 키워 나간다. 얼마 후 오치쿠보는 임신하여 미치요리의 모친인 시어머니와의 첫 대면도 무사히 치르고 더욱더 화목한 결혼 생활을 유지하면서 두 명의 아들을 연이어 출산한다. 그런 가운데 미치요리는 쇼쇼에서 삼위三位 츄죠中將로, 그리고 또다시 츄나곤으로 승진하는 경사스러운 일들이 이어지면서 양가의 형세는 완전히 역전이 된다.

넷째 딸 혼사를 망친 계모는 "애달프기 짝이 없네! 금지옥엽으로 귀하게 키운 딸자식이 그런 당치도 않은 작자와 사는 꼴을 어찌 보고 있을 수 있겠는가"라고 비통해하며, "병이 날 것만 같다"고 한탄한다. 이렇듯 불운이 겹치자 계모는 불운을 복운으로 돌려보려고 기요미즈데라清水寺에 불공을 드리러 간다. 그런데 그곳에서 또다시 미치요리 부부와 마주치게 된다. 미치요리를 모시는 시종들이 계모 일행을 향해 "무례하다. 츄죠 님 행차시다"라며 호령을 쳐댔다. 게다가 미치요리의 지시를 받은 시종들이 계모와 딸들이 타고 있던 가마를 길가에 내동댕이쳐 수레바퀴가 부러지는 등 험한 꼴을 당하게 된다. 결국 계모와 딸들은 비좁은 가마 안에서 밤을 지새우는 지경에 이른다. 이때의 심경을 이 모노가타리의 작자는 다음과 같이 적고 있다.

절의 한 칸을 빌려 거기서 묵을 요량으로 무리하게 여섯 명이나 타고 왔는데, 가마 안에서 밤을 지새우게 되자 비좁아 옴짝달싹할 수도 없었다. 그 괴로움이란 오치쿠보가 곳간 안에 갇혀 있었을 때보다도 더 괴로웠을 것이다.

그 후 미치요리는 부모님을 억지로 설득시켜 자기 여동생인 나카노기미를 계모의 셋째 사위와 결혼시켰으므로, 계모의 셋째 딸은 파경을 맞는 쓰라림을 겪게 된다. 이에 계모는 식사도 하지 못할 정도로 분해한다. 게다가 미치요리는 마음에 꼭 드는 시녀들을 차례로 빼돌렸으므로, 계모의 처소는 빗살이 빠져 나간 듯 휑뎅그렁해졌다.

이듬해 사월, 가모賀茂 축제를 구경하러 나간 나들이에서는 관람 장소를 둘러싸고 다툼이 벌어지는데, 계모 일가는 미치요리 측으로부터 또다시 비참한 꼴을 당하게 된다. 사건의 발단은 이러하다. 미치요리 측이 많은 사람을 거느리고 스무 대 이상의 으리으리한 가마 행렬을 앞세워 외출했다. 그런데 가마를 세우려는 장소에 방해가 되는 가마가 있었으므로, "썩 물러나거라"라고 호령한다. 그러자 마침 계모 일가가 타고 있던 그 가마 안에서 "물러서라니 무례하기 짝이 없구나. 같은 츄나곤이 아니더냐?"라는 불평이 들려왔다. 그 목소리의 주인공은 덴야쿠노스케였다. 가마 안에 오치쿠보를 괴롭혔던 작자가 있다는 사실을 알게 되자 다치와키와 미치요리는 "그렇지 않아도 오랫동안 만나 보고 싶던 참이다"라며 아랫사람에게 눈짓으로 덴야쿠노스케를 발로 차고 짓밟게 했다. 그러자 그는 숨도 제대로 못 쉴 지경이 되었다(이때의 부상으로 덴야쿠노스케는 그 후 사망하게 된다).

계모는 입구 쪽에 딸들을 태우고 자기는 뒤편에 타고 있었는데, 소가 끄는 깃샤牛車의 가마 부분과 차축을 고정시키는 밧줄이 끊어지는 바람에 그만 가마 밖으로 굴러떨어져 구경꾼들에게 창피를 당한다. 원문에서는 이 부분을 다음과 같이 묘사하고 있다.

가까스로 가마 안으로 기어오르지만, 가마에서 밖으로 떨어질 때 팔을 잘못 짚어 상처를 입고 마는데, 그 통증에 엉엉 소리를 내며 우셨다.

계모는 "무슨 업보로 이런 꼴을 당하는 걸까"라며 한탄했으며, 아버지인 츄나곤도 "말로 다 표현할 수 없는 수치다, 머리 깎고 중이라도 되고 싶다"며 푸념했다. 여기까지가 제2권의 내용이다.

제3권은 오치쿠보의 부친인 츄나곤이 지금 살고 있는 집터가 좋지 않아 불운이 잇따른다고 판단하여, 산죠三条에 있는 별택으로 이사하기 위해 개축을 서두르는 장면으로 시작된다. 사실 이 집은 오치쿠보가 돌아가신 모친으로부터 물려받은 것인데, 오치쿠보를 떠맡을 때 계모가 가로챈 집이다.

츄나곤은 이 집을 대대적으로 개축하여 으리으리한 저택을 조영했다. 그런 사실을 전해들은 미치요리는 오치쿠보가 그 집 땅문서를 지니고 있다는 사실을 알고 있었으므로 츄나곤 일가가 이사하기 바로 직전에 그 집으로 들어가 저택을 점유한다. 츄나곤은 깜짝 놀라 미치요리의 부친에게 호소도 해 보고, 새로운 저택으로 담판을 지으러 아들을 보내기도 해 보지만, 가장 중요한 땅문서가 없었으므로 아무런 소용이 없었다. 게다가 그 집 주인인 미치요리의 부인이 오치쿠보라는 사실에 경악하며 비탄에 빠지게 되는데, 결국 이런 일들이 원인이 되어 계모는 병이 나고 만다.

이처럼 미치요리는 계모 일가에 대한 보복을 계속 실행하는데, 여린 마음씨의 오치쿠보는 미치요리에게 제발 그만하라며 당부한다. 미치요리도 이제는 계모가 자신의 잘못을 반성하고 있을 것이라 생각하여 더 이상의 보복을 하지 않고 오치쿠보를 아버지인 츄나곤과 만나게 한다. 츄나곤은 자신도 모르는 사이에 감쪽같이 사라져버린 딸이 이제는 죽은 것이 아닐까 하고 생각하고 있었던 만큼 너무나 기뻐했다. 그리고 아코기로부터 자기 부인이 오치쿠보를 고약하게 구박한 사실을 전해 듣고는 이게 모두 자신이 부덕한 탓이라고 자책하며 부끄러워 할 따름이었다. 아름답게 성장하여 훌륭한 사람과 결혼한 자신의 딸과 대면하게 된 츄나곤은 귀여운 외손자들을 보면서, 지금까지 살아 있어서 다행이라며 울면서 기뻐한다. 마침내 다이나곤大納言으로 승진한 미치요리는 장인인 츄나곤의 고희연을 성대하게 차려 드리는데, 이 장면에서 제3권은 끝난다.

마지막 제4권은 화해와 번영에 이르는 이 작품의 결말이다. 미치요리는 죽음을 앞둔 장인에게 다이나곤 자리를 양보한다. 이에 장인인 다다요리는 너무나 기쁜 나머지 울면서 사위에게 감사해하며 유산의 대부분을 오치쿠보에게 남겨주고 세상을 떠난다.

그 후 미치요리는 사다이진左大臣이 되었고, 마침내 마흔도 되지 않은 젊은 나이에 다이죠다이진太政大臣으로 승진하게 되는데, 계모를 비롯하여 다다요리의 유족들도 그 은혜를 입게 된다. 이상한 생김새의 오모시로노고마와 결혼했던 넷째 딸도 재혼하여 행복한 가정생활을 꾸려 나간다. 그리고 오치쿠보가 낳은 장녀는 황후가 되는 등 경사가 겹친다. 오치쿠보를 괴롭혔던 계모는 출가하여 비구니가 된 후 여생을 행복하게 보내다, 일흔이 넘어 세상을 떠난다. 이 작품은 정말이지 독자를 싫증나게 하지 않는 흥미진진한 오락 소설이다.

허망한 사랑

가게로 닛키蜻蛉日記

  결혼 초에는 뻔질나게 드나들던 남편이, 얼마 지나지 않아 아이가 태어날 무렵부터, 다른 여자에게 마음을 빼앗겨 찾아오는 날이 뜸해져 간다. 남편이 찾아 주길 학수고대하던 부인의 집 앞을 가마를 탄 남편은 태연하게 지나쳐 다른 여인의 처소로 향한다. 남편의 변심을 원망하면서도 부인은 남편이 오기만을 애타게 기다린다. 그러다 뜸하게 남편이 찾아오면 부인은 토라져 그의 사랑을 거부한다. 그러면 남편은 화를 내며 가버리고, 부인은 외로움과 텅 빈 규방의 고통에 괴로워한다. 이런 메아리같이 공허한 사랑의 고통과 미움을 애절하게 엮은 것이 『가게로 닛키』[1]이다. '가게로'란 이른 봄이나 늦가을 무

---

1. 일기는 3권으로 되어 있는데, 먼저 상권은 주인공이 당대 최고 권력자인 후지와라노 모로스케(藤原師輔)의 셋째 아들인 가네이에로부터 청혼을 받는 이야기에서 시작하여, 한 남자의 부인으로서 남편이 찾아 주기만을 기다리는 처의 입장에서 부부간의 애정생활에서 겪게 되는 괴로움과 고민을 고

렵 하늘을 한들한들 흐르듯 나는 하루살이를 말한다. 이 작품
은 그런 하루살이와 같이 덧없고 미덥지 않은 사랑의 이야기
를 적은 일기라는 의미이다.

『가게로 닛키』는 지금으로부터 대략 천 년도 더 된 옛날, 여
성에 의해 일본 고유의 문자인 히라가나로 쓰인 일본 최초의
일기 문학이다. 이 작품 이전에 히라가나로 쓰여진 『도사 닛키
土佐日記』라는 일본 최초의 일기 작품이 있긴 하나, 이는 남자인
기노 쓰라유키紀貫之가 여자로 가장하여 지은 작품이므로 여성
에 의해 쓰여진 작품이라고는 할 수 없다.

『가게로 닛키』의 작자는 우다이쇼右大將[2] 후지와라노 미치쓰
나藤原道綱의 어머니라고만 알려져 있는데, 그녀의 남편은 당시
최고의 권력을 누리던 우다이진右大臣[3] 집안의 자제로 만년에
최고 권력자로서 권세를 누렸던 후지와라노 가네이에藤原兼家
였다. 이에 반해 작자의 부친인 후지와라노 도모야스藤原倫寧는

백하는 사랑에 관한 내용으로, 회상 기간은 15년간에 이른다. 중권은 그 후
3년간의 회상으로, 남편인 가네이에가 저택을 마련하여 정처와 동거하는 시
기에 해당하며, 이때 주인공의 아들인 미치쓰나가 성인식을 올리는 시기이
기도 하다. 하권은 그 이후의 3년간의 회상으로, 주인공이 아들의 성장을 지
켜보며, 한편으로는 양녀를 맞아들여 돌보며 지내는 모습을 기록한 것으로
끝을 맺고 있다. 즉, 이 작품은 주인공이 한 남자의 아내로서, 그리고 한 아
이의 어미로서 지낸 21년간에 걸친 사랑에 관한 이야기라 할 수 있다.
2. 천황이 머무는 궁중의 경비를 담당하는 관청인 고노에후(近衛府)는 사콘
에후(左近衛府)와 우콘에후(右近衛府)로 나뉘며, 각각의 장관은 사다이쇼
(左大將)와 우다이쇼(右大將)이다.
3. 다이죠칸(太政官)에서 사다이진(左大臣) 다음에 해당하는 직책이다. 정무
를 통괄하는 관리로 사다이진과 함께 실질적인 장관에 해당한다.

몬죠쇼文章生[4] 출신의 지방 장관으로, 당시에는 에후衛府[5]의 하급 관리였으므로, 이 결혼은 신분의 격차가 너무 심했다. 하지만 그녀는 당대 일본의 삼대 미인 중 한 명으로 손꼽힐 정도로 뛰어난 미모인데다 와카, 서예, 연주 등이 출중한 재원으로 세상에 알려져 있었다. 그런 그녀에게 당시 최고 권력자의 자제인 가네이에가 마음을 빼앗긴 건 당연했으나, 그의 청혼 방법이 너무나 막무가내로 밀어붙이는 식이었다.

예를 들어 관청에서 가네이에는 느닷없이 그녀의 부친에게 청혼 의사를 밝힌다. 이에 부친은 자신은 지방 장관 정도의 중류 귀족밖에 되지 않으니 당치도 않다는 거절 의사를 밝힌다. 일반적으로 청혼할 의사가 있는 경우에는 그에 상응하는 법도가 있는데, 가네이에는 부친의 거절 의사 표명에도 개의치 않았다. 그리고 어느 날 갑자기, 무례하게도 말 탄 사자를 보내 사랑의 편지를 전한다. 그 편지를 보니 종이 질도 떨어지거니와 중요한 필체도 엉망으로, 과연 이것이 구애를 하기 위해 여자에게 보내는 편지일까 의심이 들 정도로 조잡한 것이었다. 이에 그녀는 가네이에의 무성의한 태도에 화가 나 거들떠보지도 않았지만, 고루한 사고방식을 가진 모친은 애가 타서 결국 대필자에게 부탁하여 대신 답가를 써서 보냈던 것이다.

---

4. 헤이안 시대, 다이가쿠료(大學寮)에서 관리가 되기 위한 학문인 『사기(史記)』와 『한서(漢書)』 등 역사와 한시문을 공부하여 시키부쇼(式部省. 국가의 제례의식을 관장하고 관리의 인사 고과 등을 책정하는 관청)의 시험에 급제한 사람을 말한다.
5. 헤이안 시대 궁중의 경비를 맡았던 관청이다.

그러한 일이 넉 달 남짓 이어진 어느 가을 날, 그와의 혼사가 이루어져 가네이에는 그녀 처소에 들락거리게 된다. 마침 그 무렵, 이 혼사와 맞바꾼 것처럼 부친 도모야스는 무쓰 지방[6]의 수령으로 영전하여 부임지로 떠나게 된다.

얼마 안 있어 그녀는 임신하여 다음 해 여름에 장남 미치쓰나를 낳게 되는데, 그 무렵부터 남편인 가네이에의 바람기가 눈에 띄기 시작한다. 그러던 어느 날, 남편이 출타하여 집을 비운 사이에, 손궤 안에 넣어둔 채 깜박 잊고 있었던 다른 여인에게 보내는 남편의 연문을 그녀가 읽게 된다. 그리고 남편의 새로운 애인이 무로마치室町 골목길에 사는 유녀나 다름없는 미천한 여인이라는 사실을 알게 된 그녀는 이중의 굴욕감에 큰 타격을 받게 된다. 남편의 불륜을 혐오하지만, 어쩌다 남편이 방문이라도 하는 날이면 그의 요구를 거부할 수도 없는 것이다. 머리에서는 그를 거부하고 반발하더라도 한 아이를 낳은 육체는 내부에서 기쁨의 소리를 지르고 있는 것이다. 그러고는 어제까지의 미움도 잊고 만다.

이런 감정의 기복을 반복하는 사이에 무로마치 골목길에 사는 여인에게 좋지 않은 소문이 나돌기 시작하고, 얼마 안 있어 그 여인이 낳은 아이마저 죽고 만다. 그러자 그녀는 '나보다도 더 많이 괴로워하고 있을 것을 생각하니 이제야 마음이 개운해졌다'며 개가를 올린다. 하지만 무로마치 골목길에 사는 여인에게 흥미를 잃게 된 이후에도 가네이에는 그녀의 품으로 되돌

---

6. 현재의 아오모리(靑森) 현과 이와테(岩手) 현의 일부를 가리킨다.

아오지 않는다. 이번에는 본부인인 도키히메時姬의 처소에 자리 잡은 채, 잇달아 애인을 만들며 계속 그녀의 기대를 저버린다. 슬픔에 잠겨 지내는 그녀를 보다 못해 어떤 이는 "아직 젊은데 어찌 이렇게 사십니까?"라며, 좀 더 자신을 사랑해 줄 확실한 다른 남자를 찾아볼 것을 권기도 했다. 하지만 그녀는 지금의 남편에게 집착하며, 자기만 사랑해 주기를 바라는 뜻에서 장가長歌를 지어 보낸다. 그 노래 가운데 다음과 같은 구절이 있다.

안심시키려 다시 오겠다는	なぐさめにいま来むといひし
아비의 말을 곧이곧대로 믿고 기다리며	言の葉をさもやとまつの
어린 자식 아비의 말을 끊임없이 흉내 내니	みどりごの 絶えずまねぶも
그 소리 들을 때마다 남부끄러워라	きくごとに 人わろげなる

역시 가네이에도 엄마 손에 자라는 자기 자식을 애처롭게 여겨 장가를 지어 그녀에게 답한다. 이리하여 아주 잠시나마 두 사람 사이가 다정해진다. 그러나 그도 잠시 또다시 가네이에의 발길이 뜸해진다. 두 사람 사이가 소원하다는 사실을 알고는, 그 당시 천황의 형인 노리아키라章明 황자와 가네이에의 형인 가네미치兼通 등이 그녀에게 사랑의 노래를 지어 구애한다. 하지만, 순수한 마음에 오직 한 남자만을 사랑할 수밖에 없는 그녀는 거들떠보지도 않는다. 남편인 가네이에를 향한 끝없는 사랑과, 사랑하기 때문에 생겨나는 미움과 질투 때문에 그녀

는 힘겨운 나날을 보내게 된다.

그러던 어느 날, 그녀의 처소를 방문한 가네이에가 갑자기 아파하며 괴로워하기 시작한다. 어찌해야 좋을지 모른 채 허둥대고 있는 그녀에게 가네이에도 마음이 약해져, "아! 내가 죽더라도 나를 그리워할 것 같지 않으니 참으로 슬퍼지는군"이라 한탄한다. 그러자 그녀는 머리가 멍해져서 그만 울어버리고 만다. 이에 가네이에는 "설마 내가 죽은 후에 당신이 독신으로 살지는 않겠지만, 부디 복상 중에는 재혼하지 마시게나"라고 당부한다. 그리고 시녀들에게는 "내가 마님을 얼마나 사랑하는지 아느냐"고 말한다. 몇 명의 다른 후처를 두고 있었지만, 어쩌면 이것이 가네이에의 본심이지 않았나 생각된다. 그 증거로 병이 위독해져 첫째 부인 처소로 옮기고 나서도 남몰래 가마를 보내 그녀를 병실로 들게 해서는 "당신과 같이 먹으려고 챙겨 두었소"라며 먹을 것을 내어놓기도 했다. 날이 밝아 그녀가 돌아가려 하자 "나도 같이 당신 집으로 가겠소"라고 떼를 써서 그녀를 곤란하게도 했다.

그러나 점차 원래의 건강을 회복하자 다시 예전과 같은 간격으로 뜸하게 그녀 집을 찾아오게 된다. 그러던 어느 날, 그녀는 벌써 결혼한 지 십이 년이나 지났음을 새삼스레 떠올린다. 남들처럼 항상 금실 좋은 부부로 지내지 못한 데 대해 끊임없이 슬퍼하며 지냈던 세월을 떠올리니 한층 더 울적해진다. 게다가 의지할 만한 단 한 사람인 부친마저도 지방을 떠돌며 지방관으로 지낸 지 어느덧 십여 년이 되었다. 마땅히 집을 손질

해 줄 사람도 없었으므로 앞마당은 잡초로 황폐해질 대로 황
폐해져 엉망이 되었다.

그런 가운데 그녀의 마음도 피폐해질 대로 피폐해져, 그나마
뜸하게 오는 남편 앞에서 그간의 서운한 감정이 폭발하여 험
악한 대화가 오가게 되고, 자연 기분이 상한 남편은 그냥 가버
리고 만다. 이같이 험악해진 분위기가 감돌던 어느 날, 가네이
에는 돌아가는 길에 툇마루 쪽으로 걸어가 어린 아들인 미치
쓰나를 불러서는 "애비는 이제 오지 않을 테다"라는 말을 남
긴 채 돌아간다. 미치쓰나는 큰일이라도 난 것처럼 심하게 울
어대서 달랠 수조차 없었다. 이 대목에서부터 그녀의 마음은
격정과 평온이 교착하며, 작품에 묘사된 문장과 노래 모두 흠
잡을 데 없이 훌륭하다.

의지할 데 없는 생활을 이어가면서도 어느새 세월은 흘러 그
녀의 나이 서른네 살, 아들 미치쓰나는 열다섯 살이 되었다. 그
해 봄, 와라와텐죠童殿上[7]를 허락받은 미치쓰나가 궁궐 내 천황
앞에서 펼쳐진 활쏘기 경기에서 우수한 성적을 올리자 그녀는
어머니로서의 기쁨을 만끽하기도 한다.

그러나 남편과의 사이는 소원해져만 갈 뿐이었다. 손꼽아 헤
아려보니 "밤에 만나지 못한 날이 삼십여 일, 낮에 보지 못한
날이 사십여 일이나 되었네"라고 한탄하며, 견딜 수 없는 질투
와 번민에 그녀는 진지하게 죽음을 생각하기에 이른다. 하지

---

7. 헤이안 시대에 궁궐의 관례를 익히게 하기 위해 성인식 전의 귀족의 자제
에 한해 궁궐에서 봉사하도록 했는데, 그런 자제를 가리킨다.

만 어린 자식 생각에 쉽사리 죽을 수도 없었다. 어느 날 아들에
게 "이러면 어떨까. 이 어미가 머리를 자르고 속세를 떠나려 하
는데…"라며 출가하고 싶다는 심경을 넌지시 내비쳤다. 그러
자 아들 미치쓰나는 아직 뭔가를 깊이 사려할 나이도 아니건
만 갑자기 울음을 터뜨리며, "어머니가 그리 하신다면 저도 중
이 되겠습니다. 궁중에 출사한들 아무런 의미가 없습니다"라
고 답한다. 그녀는 감당할 재간이 없어 "그러면 네가 좋아하는
매를 기르지 못할 텐데 어쩌지?"라며 농담으로 얼버무리려 하
자, 미치쓰나는 조용히 일어나 밖으로 나가 매를 묶어 둔 줄을
뚝 하고 끊어 매를 날려 보내는 것이었다.

불행한 결혼	あらそへば
너무나도 힘겨워	思ひにわぶる
출가하려니	あまぐもに
기르던 매 날리는	まづそる鷹ぞ
아들 모습 슬퍼라	悲しかりける

어미로서 자식이 자신을 따라 출가하겠다는 결심은 충격이
었고, 그런 마음을 위의 노래에 담아 일기에 남기고 있다. 이런
상태가 계속되자, 그녀는 밤낮 쓸데없이 똑같은 고민으로 괴
로워하는 자신이 한심스럽게 생각되었다. 하다못해 무더위가
기승을 부리는 한여름만이라도 그런 생각에서 벗어나고자 그
녀는 아무에게도 알리지 않은 채 집을 나와 이시야마데라石山

寺에 머무르며 불공을 드린다. 절에서의 생활도 그녀 속에 잠 재되어 있는 견딜 수 없는 지옥의 고통과도 같은 질투심과 격 렬한 성에 대한 목마름을 완전히 잠재울 수는 없었다. 하지만 잠시나마 이 여행에서 접할 수 있었던 아름다운 풍광에 그녀 의 울적한 마음도 어느 정도 위안을 받는다.

얼마 후 남편 가네이에는 고노에노다이쇼近衛大將로 승진하 게 되지만(덴로쿠天禄 원년[970]. 가네이에 마흔두 살, 작자 서른다섯 살), 그녀의 마음속에 자리한 불같은 질투는 여전히 뜨거웠다. 이 시기에 그나마 그녀의 유일한 기쁨은 미치쓰나(열여섯 살)가 종5품 하에 해당하는 직위를 받아 부친인 가네이에와 함께 여 기저기 인사드리며 돌아다니는 것이었다.

한편, 그녀 집의 남쪽 별채에는 그녀의 여동생이 살고 있었 는데, 비 오는 밤에도 거르지 않고 열정적으로 여동생의 거처 를 찾아오는 남자가 있었다. 자신의 초라한 처지에 견주며, 남 편을 향한 불만은 한층 더 커져만 간다. 이렇듯 그녀와 남편의 관계는 점점 멀어져만 갔다. 하지만 그런 남편도 매년 정월 초 하루에는 어김없이 찾아오는 것이 관례였기에 올해 설에도 그 러려니 하고 기다리고 있자니, 오후 두 시경 그의 행차를 알리 는 아랫것들의 소리가 수선스럽게 들려온다. '아, 오셨구나' 하고 하인들이 부산을 떨고 있는데, 가마는 아무렇지도 않게 그녀 집 앞을 스쳐 지나가는 것이었다.

매일 밤 남편이 탄 가마가 자기 집 문 앞을 스쳐 지나가는 소리에 괴로워하면서도, 간혹 남편이 찾아오면 그녀는 목석처럼 등을 돌려 밤을 보내곤 했다. 남편이 화를 내며 자기 집으로 가버리면, 마음속으로는 남편을 향한 갈망에 괴로워한다. 그녀는 남편과의 심리적인 단절과 가네이에의 부인으로서의 외로움에서 한 걸음 나아가 인간적 존재로서의 우수와 고뇌에 젖어든다. 이런 심적 갈등을 극복하기 위해 그녀는 니시 산西山의 나루타키鳴滝 산사로 들어가 남편을 향한 집착과 애증을 초월하기 위해 나름대로 새로운 삶의 방식을 모색한다. 그것은 바로 자신의 괴로움과 마음의 번민을 일기에 기록하는 것이었다. 하지만 산사에 기거하는 그녀를 결국 가네이에는 억지로 교토로 데려온다.

얼마 안 있어 그녀는 부친과 함께 하세데라長谷寺로 불공을 드리기 위해 길을 떠나는데, 이 외출은 그녀의 마음을 다시 한 번 자유롭게 만드는 계기를 마련해 준다. 남편 가네이에의 애정만을 기대하며 지냈던 그녀의 생활은 한결 너그러워져 상대방을 받아들이려는 심경으로 조금씩 바뀌기 시작한다. 그리고 자식의 성장에 희망을 걸고 나카가와 주변으로 거처를 옮겨 조용히 살기 시작한다.

자식인 미치쓰나도 이젠 한 여인을 사랑하는 청년으로 성장했다. 그런데 덴엔天延 2년(974) 팔월, 생각지도 못한 천연두가 발생한다. 많은 사람들이 사망하는 등 사태가 심각한 가운데, 아들 미치쓰나도 천연두에 걸려 생사의 갈림길을 헤매게 된다. 평소 그다지 친분이 두텁지 않은 사람도 아들의 병세가 어떠냐며 병문안을 와 주었는데, 남편은 단 한 번도 문병을 오지 않는다. 하지만 그런 남편의 무심함을 원망할 겨를도 없이 이내 미치쓰나의 상태가 호전되어 그녀는 안심한다.

올해는 아주 잠깐 흩뿌리는 눈이 두 번 내렸을 뿐. 미치쓰나의 설빔을 준비하는 사이에 어느덧 섣달그믐이 되었다. 이곳은 교토에서 멀리 떨어진 후미진 곳이기에 밤이 완전히 깊어서야 구나驅儺[8] 행사를 하는 사람들이 이 집 저 집 문을 두드리며 다니는 소리가 들린다.

일기 세 권은 위의 글로 끝을 맺고 있다. 참으로 하루살이와 같이 헛되고 부서지기 쉬운 사랑에 관한 이야기이다.

---

8. 섣달그믐밤에 액신을 쫓기 위한 액막이 행사. 원래는 궁중의 연중 행사였으나 신사나 절, 그리고 민간에서도 행하게 되었다.

오이디푸스 콤플렉스

겐지 모노가타리源氏物語

『겐지 모노가타리』[1]에는 몇 장면에서만 잠깐 등장했다가 사라지는 인물까지 포함하면 족히 백 명이 넘는 여성이 그려지고 있다. 그들을 각기 다른 개성과 운명을 지닌 여성으로 나눠 집필하고 있으니 작자인 무라사키시키부紫式部는 역시 글재주가 뛰어난 여성이다.

작품 속에 등장하는 인물 가운데 가장 이상적인 여인으로 묘사되고 있는 사람은 주인공인 히카루겐지光源氏의 후처인 무라사키노우에紫上이다. 작자는 자신이 생각하는 이상적인 여

---

1. 11세기 초, 무라사키시키부가 쓴 장편소설이다. 전 54첩으로, 주인공 히카루겐지의 사랑과 갈등을 그린 전편(44첩)과, 그의 자식인 가오루의 반생을 그린 후편(10첩)으로 이루어져 있다. 후지와라 가문이 전성기를 맞이한 즈음의 귀족 사회를 그리고 있다. 『다케토리 모노가타리』의 기이한 요소와 『이세 모노가타리』의 우타 모노가타리적인 경향을 접목시킨 작품으로, 방대한 구성과 등장인물의 세밀한 심리 분석으로 일본 문학사상 굴지의 명작으로 평가되고 있다.

성상을 바로 이 무라사키노우에라는 인물 속에 투영시키고 있다. 무라사키노우에라는 이름으로도 짐작할 수 있는데, 자신의 이름 가운데 무라사키紫라는 글자를 그녀의 이름 속에 사용하고 있는 것만 보더라도 수긍할 수 있다.

주인공인 히카루겐지는 열두 살에 성인식을 치른다. 그리고 그날 밤 곧바로 사다이진 집안의 딸인 아오이노우에(열여섯 살)와 결혼한다. 하지만 그에게는 남몰래 사모하는 여인이 있었는데, 바로 후지쓰보(열일곱 살)라는 여인으로 그에게는 새어머니에 해당한다. 겐지의 친모는 출산 후 얼마 안 있어 사망한다. 겐지의 친모를 지극히도 사랑했던 아버지인 천황은 그녀와 너무나도 닮은 외모를 가졌다는 이유로 후지쓰보를 후궁으로 맞아들인 것이다. 어머니의 얼굴도 기억할 수 없는 어린 나이에 어머니를 여읜 겐지는 자신의 어머니를 닮은 후지쓰보를 어머니 대신으로 여기다 어느 사이엔가 이성으로서 사모하게 되었던 것이다.

겐지의 나이 열일곱이 되던 해 여름, 그는 아름다운 유부녀 우쓰세미와 가녀린 매력을 지닌 유가오라는 두 여인과 동시에 관계를 가진다. 하지만 이요伊予 지방2으로 파견된 지방관의 후처인 우쓰세미는 자신의 입장을 고려하여 스스로 겐지로부터 멀어져 갔고, 유가오는 인적 드문 산장에서 겐지와 사랑을 나눈 후 잠자는 도중 알 수 없는 혼령에 씌어 급사하고 만다.

그 이듬해 봄, 겐지는 학질과 같은 열병을 앓게 된다. 그런데

---

2. 현재의 에히메(愛姬) 현에 해당한다.

열병이 도무지 가라앉지 않자 영험한 스님이 있다는 기타야마에 있는 사찰로 병을 치유하러 간다. 스님의 정성스런 기도로 병이 완쾌된 겐지는 저물어가는 봄날 산사의 뒷산에 올라 산책을 하고 있었다. 그런데 뜻하지 않게 그곳에서 새어머니이자 꿈에서조차 잊을 수 없는 연인인 후지쓰보를 쏙 빼닮은 어여쁜 소녀를 발견하게 된다. 알아보니 그 소녀는 후지쓰보의 오빠인 효부쿄兵部卿[3]의 딸로, 후지쓰보의 조카에 해당하는 아이였다. 그러니 후지쓰보와 닮은 것도 당연했다. 소녀의 아름다움을 원문에서는 다음과 같이 묘사하고 있다.

(여자아이들이 모여 있는) 가운데 열 살 정도로, 흰색 하의에 황금색 상의를 걸친 모습이 참으로 잘 어울리는 여자아이가 달려왔다. 여러 명 있는 가운데서 또래 아이와는 비교할 수 없을 정도로 예뻐서 어른이 되더라도 틀림없이 미인일 것이라 생각되는 용모로, 언뜻 보기에도 예쁘장한 모습이었다.

뒤이어 다음과 같은 묘사도 보인다.

얼굴 생김새가 정말로 티가 없이 맑고 귀여웠으며, 눈썹 언저리가 희미하여 억지로 눈썹을 밀지 않은 자연스러움과 순수함이 돋보이는 얼굴 생김새와 늘어뜨린 머릿결이 고와 아름다웠다.

---

3. 효부쿄(兵部卿)는 효부쇼(兵部省)의 수장이다. 효부쇼는 무관의 선발이나 인사 및 훈련을 담당하며, 군마와 무기 등을 관장하는 기관이다.

겐지는 이 소녀를 자신이 그리는 이상적인 여성으로 키우고 자 자택인 니죠인으로 데리고 돌아온다. 이 소녀가 나중에 겐지의 후처가 되어 겐지에게 헌신적인 사랑을 바치는 무라사키노우에이다.

집으로 돌아온 후에도 겐지는 본처 외에 여러 명의 여성과 관계를 가지면서도 결코 잊을 수 없는 유일한 사랑인 후지쓰보를 향한 사모의 마음을 억누를 수가 없었다. 결국 그는 경미한 병을 이유로 궁중에서 물러나 잠시 본가에 머물고 있던 후지쓰보를 찾아가 육체관계를 맺고 만다. 그 결과 후지쓰보는 임신하게 되고, 나중에 레이제 천황이 되는 아들을 출산한다. 그런 사정도 모른 채 겐지의 부친인 천황은 자신의 아이가 태어났다고 기뻐하지만, 후지쓰보와 겐지는 어마어마한 죄책감으로 고뇌한다.

한편, 겐지의 본처인 아오이노우에도 회임하여 남자 아이(유기리)를 출산한다. 하지만 아오이노우에는 출산 직후 겐지의 또 다른 연상의 애인으로 질투가 심한 로쿠죠미야슨도코로의 원령에 씌어 사망하게 된다. 겐지 역시 아오이노우에를 측은히 여겨 회한의 마음으로 상을 치른다. 탈상 후 자택인 니죠인으로 돌아오니, 못 본 사이에 무라사키노우에는 아름답게 성장하여 겐지가 돌아오기만을 기다리고 있었다. 얼마 후 겐지는 무라사키노우에와 신방을 차린다.

열네 살이 된 무라사키노우에는 겐지가 그리던 이상적인 여인으로 성장했으나 아직 남녀관계에는 어두웠으므로, 겐지는 같은 이불 안에서 자더라도 부녀지간과 같은 이야기를 나눌 뿐이었다. 그런데 오랜만에 본 무라사키노우에의 아름다움에 "더 이상 참을 수 없어 그녀에게는 미안하지만" 부부관계를 맺고 만다. 원문에는 어느 날 아침 무라사키노우에가 늦게까지 일어나지 않았다는 간접적인 표현으로 신방을 차린 사실을 암시하고 있다. 그리고 "이런 생각을 하시고 계실 줄은" 꿈에도 몰랐다는 무라사키노우에의 심경을 덧붙이고 있는 걸 보면 그녀로서는 생각지도 못한 초야였지만, 이 날을 경계로 무라사키노우에는 겐지를 남편으로서 신뢰하게 되었으며, 겐지도 무라사키노우에를 한결같이 사랑하며 지낸다.

이윽고 겐지의 부친인 천황이 세상을 떠나고, 그로부터 일 년 후 새어머니인 후지쓰보가 출가함으로써 겐지와 후지쓰보의 비밀스런 연인관계는 영원히 끝나게 된다. 그 무렵 겐지를 둘러싼 정치적 상황은 굉장히 험악해져 갔다. 권세는 우다이진 집안으로 옮겨 간다. 겐지는 바로 그 우다이진의 딸이며 현재 스자쿠朱雀 천황의 나이시노가미(여관의 최고 직책으로 천황의 취침 시에도 곁에서 모신다)가 된, 천황의 여인인 오보로즈키요와 용납될 수 없는 육체관계를 맺는다. 그 사실이 우다이진에게 알려져 결국 겐지는 스마須磨[4]로 유배되는 신세가 된다.

겐지의 유배로 그와 헤어지게 된 무라사키노우에로서는 처음으로 맞이하는 사랑의 시련이었다. 그녀는 제아무리 힘들고 무서운 여정이라도 겐지와 함께 있을 수 있다면 어디라도 같

---

4. 현재의 효고 현 고베 시에 위치하며, 옛날부터 어부의 마을로 알려져 있다.

이 가겠다며 동행을 희망하였다. 겐지도 마음속으로 '데려갈까'라고도 생각했으나, 근신하는 자가 부인을 데려가는 것은 어울리지 않는다고 판단하여 그녀를 자택인 니죠인에 남겨 둔다. 무라사키노우에에게 있어 겐지는 "어렸을 적부터 친하게 지내며 때론 아버지처럼, 때론 어머니처럼 자신을 돌보아 주었으므로" 겐지를 향한 그리움은 이루 표현할 수가 없었다. 홀로 남겨진 무라사키노우에는 겐지가 언제나 "기대앉아 있던 노송 기둥"만 보아도 애타는 그리움에 가슴이 미어졌다.

한편, 겐지도 무라사키노우에가 자신을 위해 만들어 보내 준 침구와 의복의 색상과 바느질 솜씨가 너무나 훌륭하여 마음에 들어 한다. '그녀는 무슨 일에나 자상한 마음씨가 두루 미치는 이상적인 사람이므로, 이제 더 이상 다른 여자랑 조바심을 내며 사귀는 일도 없이 차분히 둘이서 오붓하게 지내며 살 수 있었는데…'라고 생각하니 너무나도 유감스러워, '역시 이곳으로 몰래 데려올까'라는 생각마저 해본다.

니죠인에 기거하는 무라사키노우에는 겐지의 신상을 염려하느라 마음 편할 날이 없었다. 겐지를 모시던 뇨보들은 모두 무라사키노우에의 처소로 옮겨와 시중을 들었는데, 그녀들은 한결같이 무라사키노우에의 '정답고 고상한 모습과 진정성이 있는 마음 씀씀이와 배려할 줄 아는 참한 마음씨'에 감복하여 휴가를 내어 집으로 돌아가는 자도 없었다.

유배지인 스마 포구에서 지낸 지 어느덧 일 년이 되던 어느 날, 어마어마한 폭풍과 호우, 그리고 요란스러운 벼락이 쳐대는 등 기상 이변이 계속되자, 그렇지 않아도 울적한 겐지는 더 한층 의기소침해질 수밖에 없었다. 앉으나 서나 겐지의 안부가 걱정인 무라사키노우에는 안부를 묻는 편지를 적어 겐지에게 서둘러 심부름꾼 편으로 보내나 폭풍우는 몇 날 며칠을 잦아들지 않았다.

며칠간 계속된 낙뢰로 겐지의 거처 곳곳의 회랑에 화재가 났다. 이윽고 폭풍우도 잦아든 어느 날 밤, 그간의 우려와 피로가 몰려와 잠깐 조는 사이에 겐지는 꿈속에서 돌아가신 부친인 기리쓰보 천황을 본다. 부친은 꿈속에서 스미요시住明 신이 인도하는 대로 스마 포구를 떠나라고 겐지에게 말한다. 부친의 말대로 겐지는 스마 포구를 떠나 아카시明石 포구로 옮기게 된다. 그리고 그곳에서 출가한 아카시노뉴도明石入道의 딸인 아카시노우에와 부부의 연을 맺게 된다. 얼마 후 아카시노우에는 여자아이(아카시노히메기미)를 낳게 된다. 아카시노우에는 무라사키노우에보다 한 살 아래인 열아홉 살로 사려 깊고 조심스러운 성격의 기품이 있는 여자였다.

겐지는 교토에서 자신이 오기만을 손꼽아 기다리고 있을 무라사키노우에의 마음을 생각하니 면목이 없었다. 결국 이 사실을 숨길 수 없어 있는 그대로 편지를 적어 보내 그녀의 양해를 구한다. 무라사키노우에에게 그간의 경과를 사실대로 알리는 것도 그녀를 향한 겐지 나름의 사랑의 방식이었다. 이에 무라사키노우에는 자신의 심경을 다음의 노래에 담아 겐지에게 보낸다.

진정 당신이	うらなくも
이럴 줄 몰랐네	思ひけるかな
사랑의 언약	契りしを
이토록 허망하게	松より浪は
저버릴 줄이야	越えじものぞと

무라사키노우에는 부드러운 표현 속에 겐지를 향한 원망의 마음을 내비치는 답장을 전한 것이다.

세월은 흘러 겐지 나이 스물여덟 살이 되던 가을, 그는 드디어 조정으로부터 사면을 받아 귀경한다. 무라사키노우에는 홀로 집을 지키고 있는 사이에 훌쩍 어른스러워지고 한층 더 아름다워져 있었다. 마음고생으로 그 많던 머리숱은 다소 줄었지만, 겐지에게는 그마저도 애틋하게 보였다. "앞으로는 줄곧 함께 있을 수 있다"는 생각에 두 사람의 마음이 설렌다. 겐지에게 있어 역시 무라사키노우에는 가장 필요한 사람이었다.

니죠인으로 돌아온 겐지는 무라사키노우에에게 유배지에서 낳은 아카시노히메기미를 데려와 키우고 싶다며 양해를 구한다. 어린아이를 좋아하는 무라사키노우에는 기꺼이 승낙한다. 그녀는 아이를 낳을 수 없었기 때문에 귀여운 아카시노히메기미를 맞아 기뻤지만, 한편으로는 이 아이를 떼놓을 수밖에 없는 그녀의 모친이며 겐지의 새로운 연인인 아카시노우에를 가엾게 여겼다. 이렇듯 무라사키노우에는 고운 심성을 지녔다. 겐지는 니죠인에서 아카시노히메기미의 하카마기[5] 의식을 성

대하게 치러 주었고, 무라사키노우에도 친어머니와 같은 마음
으로 아이를 키웠다.

해가 바뀌어 겐지는 서른두 살, 무라사키노우에는 스물네 살
이 되었다. 아카시노히메기미를 중심으로 니죠인에서의 생활
은 화려한 가운데서도 안온한 나날이었다. 하지만 이성을 향
한 겐지의 관심은 멈출 줄 몰라 니죠인으로 귀가하지 않고 외
박하는 날이 잦아졌다. 무라사키노우에는 원망도 하고 슬퍼하
기도 했지만 너그러운 사랑으로 받아들이려 애썼다. 겐지도 또
한 니죠인으로 돌아와 마음씨 고운 무라사키노우에와 오순도
순 다정하게 지내노라면, 그 용모와 늘어뜨린 머릿결이 꿈에도
잊을 수 없는 후지쓰보와 너무 닮아서 새삼 고인이 된 후지쓰
보를 향한 사모의 마음이 더해지면서 무라사키노우에를 향한
사랑도 커지는 것이었다.

겐지의 정처였던 아오이노우에가 남긴 겐지의 장남 유기리夕
霧는 열두 살에 성인식을 치른다. 학문과 인격 모두 부친을 닮
아 훌륭했다. 그런 유기리는 새어머니인 무라사키노우에를 모
친으로서가 아닌 이성으로 연모하게 된다. 니죠인이 비좁아지
자 겐지는 넓고 으리으리한 새 저택을 마련하는데, 그곳은 이
전에 로쿠죠미야슨도코로가 살았던 로쿠죠六条의 낡은 집을
개축한 로쿠죠인이었다. 그곳은 사계절의 각기 다른 정취를

5. 어린아이에게 처음으로 하카마를 입히는 의식으로, 일반적으로 세 살 때
행해졌다. 하카마는 허리에서 발목까지 덮는 길이의 주름이 잡힌 옷으로 양
다리 부분이 둘로 갈라진 형태가 일반적이다.

테마로 조영된 네 영역으로 나뉘어져 있었다. 로쿠죠인 가운데 겐지는 봄의 정취를 만끽할 수 있는 봄의 저택에서 무라사키노우에와 함께 지냈다. 같은 저택 내 또 다른 별채에는 하나치루사토, 로쿠죠미야슨도코로의 딸인 아키코노무 중궁, 그리고 유가오의 남겨진 딸 다마카즈라를 각각 들어와 살게 했다. 얼마 후 아카시노우에도 이곳으로 옮겨와 살았다. 말하자면 처첩동거인데, 당시에는 그것이 풍습이었다.

겐지가 아카시노우에의 처소에 머물며 돌아오지 않으면 무라사키노우에는 질투하며 슬퍼하곤 했지만, 마음 여린 그녀를 가장 괴롭게 만든 사건은 겐지와 '온나산노미야女三宮'의 결혼이었다.

겐지의 배다른 형인 스자쿠인朱雀院은 병약했기 때문에 출가하여 속세를 떠날 생각을 품고 있었다. 하지만 애지중지 키워온 온나산노미야의 장래가 염려되어 실행에 옮기지 못했다. 스자쿠인은 여러모로 생각한 끝에 자기 딸인 황녀를 겐지에게 맡기기로 결정한다. 겐지는 마흔 살 잔치를 성대하게 치른 후 온나산노미야를 부인으로 맞아들여 로쿠죠인으로 들인다. 그녀의 나이 이제 겨우 열네 살이었다.

로쿠죠인은 원래 겐지가 무라사키노우에와 살기 위해 지은 저택이었다. 하지만 새로 맞아들인 온나산노미야의 신분으로 말할 것 같으면, 그녀야말로 겐지의 정처격이 되는 셈이다. 여성으로서 이 정도로 가혹한 운명은 없을 것이다. 그래도 무라사키노우에는 괴로움을 꾹 참으며 오랫동안 맡아 온 여주인으

로서의 품격을 지키며 겐지에게는 물론 그의 어린 새 부인에게
도 배려의 마음을 아끼지 않았다.

그렇다고는 해도 역시 무라사키노우에는 남모를 마음의 상
처로 자주 앓아눕곤 했다. 한편, 유배지에서 겐지가 얻은 딸인
아카시노히메기미는 천황의 부인이 되어 황손을 출산하게 된
다. 이 같은 경사에 무라사키노우에는 첫 손녀마냥 안고 귀여
워했는데, 그것만이 그나마 그녀에게 주어진 유일한 행복이었
다. 그러나 무라사키노우에는 결국 병으로 눕게 되어 니죠인
으로 거처를 옮겨 요양하나, 증상은 악화될 뿐이었다.

한편, 진작부터 겐지의 어린 신부인 온나산노미야를 연모하
던 나이다이진內大臣(도노츄죠)의 아들인 가시와기는 온나산노
미야에게 접근하여 원하던 바를 이룬다. 그 결과, 온나산노미
야는 회임하여 남자아이(가오루)를 낳는데, 이 사실을 감지한
겐지는 자신이 젊은 날에 저지른 후지쓰보와의 과오를 보는
듯한 심정으로 가오루를 자기 자식으로 키울 것을 결심한다.

그러는 동안에도 무라사키노우에는 날로 쇠약해져만 가서
보기에도 쾌유는 어려울 듯했다. 무라사키노우에는 여생을 불
도에 전념하며 살고 싶다며 겐지에게 출가의 의향을 비친다.
하지만 겐지는 자신을 홀로 두고 출가하지 말라며 그녀의 출
가를 허락하지 않는다. 그녀는 하다못해 극락왕생을 기원하며
법화경 천 부部를 공양할 계획을 세운다. 그녀가 법회 준비를
나무랄 데 없이 완벽하게 해내자, 겐지는 그녀에 대해 "무슨
일이나 잘하는 사람"이라며 감탄한다.

이럭저럭 여름이 가고 가을을 맞은 어느 날, 무라사키노우에는 증세가 갑자기 악화되어 겐지와 아카시노우에가 지켜보는 가운데 마흔 셋의 나이로 생애를 마친다. 돌이켜보면, 열 살 때 겐지의 눈에 띈 무라사키노우에는 겐지로부터 와카와 습자, 거문고 등 여러 가지를 배우며 그가 바라는 이상적인 여성으로 자랐다. 그녀는 평생 사려 깊고 배려심 있는 부인으로 겐지에게 일생을 바친 자신의 삶에 대해 후회하지 않았다. 다만 죽음을 눈앞에 둔 그녀는 겐지의 만년을 지켜줄 수 없다는 미안함만이 마음에 걸렸다. 그 심정을 원문에서는 다음과 같이 묘사하고 있다.

이 세상의 온갖 영화를 다 누리며 아무 불만도 없이 살았다. 이제 마음에 걸리는 자식도 없는 마당에 굳이 오래 살고 싶다는 생각은 들지 않지만, 오랜 세월 그분과 나눈 깊은 인연이 끊어지고 마는 것만이 마음에 걸리는구나.

자신이 먼저 죽어 겐지를 "슬프게 해 드리는 것만이 너무나 슬프다"며, 그녀는 임종의 병상에서 눈물을 흘린다. 진정 무라사키노우에는 짧은 생애를 남편에 대한 헌신과 인종으로 일관된 삶을 산 지혜로운 여성이었다.

황태자의 첫사랑

이즈미시키부 닛키和泉式部日記

　이즈미시키부는 헤이안 시대 여류 가인 가운데 가장 뛰어난 재능을 지닌 가인이며, 동시에 사랑에 있어 자유로운 여성으로 널리 알려져 있다. 『겐지 모노가타리』를 쓴 무라사키시키부는 자신의 일기 작품 속에서, "이즈미시키부는 참으로 멋진 편지를 쓰는 사람이다. 하지만 인간적으로는 탐탁지 않은 면이 있다"고 폄하하고 있다. 글 짓는 재능을 지닌 사람으로 운치 있는 편지를 주고받은 적은 있지만, 그녀의 품행에는 탐탁지 않은 면이 있다며 그녀의 윤리적인 면을 비난하고 있다.

　무라사키시키부와 이즈미시키부는 두 사람 모두 당대 최고 권력의 한 축이었던 후지와라노 미치나가藤原道長의 딸로 이치죠一条 천황의 부인인 쇼시彰子를 모시던 여관女官이었다. 그러니 만큼 각자의 사생활에 대해서도 소상히 알고 있었을 것이다. 이즈미시키부 본인이 자신의 사랑의 경위를 일기에 당당히 적고 있는 걸 보더라도 그녀는 분명 자유분방하고 꿈 많은 여성이었던 듯하다.

『이즈미시키부 닛키』는 1003년 4월부터 다음 해 1월까지 약 십 개월간에 걸친 러브스토리이다. 이즈미시키부가 생애 가장 사랑했던 레이제이冷泉 천황의 넷째 아들인 소치노미야帥宮와 주고받은 사랑의 노래를 중심으로, 두 사람의 순수한 사랑이 결실을 맺게 되는 과정을 우타 모노가타리 형식으로 쓴 일기 작품이다. 그런 연유로 『이즈미시키부 모노가타리和泉式部物語』라는 명칭도 있는데, 같은 작품이면서 '모노가타리'와 '일기'라는 서로 다른 장르의 두 가지 서명을 지니고 있는 것이 곧 이 일기의 성격을 드러내고 있다.

또한 작품 속에는 이즈미시키부와 관련된 스캔들에 대한 세간의 비난 등도 생생하게 기록하고 있으므로, 작자는 이즈미시키부 자신이 아니라 제삼자일 것이라는 설도 있을 정도이다. 하지만 이 작품은 역시 '사랑에 있어 자유로운 여인'이며, '노래를 잘 읊는 여인'이었던 이즈미시키부가 허구를 섞어 엮은 일기로서 읽는 편이 바람직하다고 본다. 이 일기의 첫 부분은 다음과 같은 아름다운 문장으로 시작된다.

꿈보다도 더 허망하게 끝나버린 나의 사랑을 한탄하며 하루하루를 울적하게 보내는 사이, 어느덧 4월도 열흘이 지나니 나뭇잎 아래 드리워진 그늘도 조금씩 그 빛깔이 짙어만 간다.

"꿈보다도 더 허망하게 끝나버린 나의 사랑"이란 많은 대가를 치르고 사랑했던 단죠노미야弾正宮[1]와의 짧은 사랑과 사별의 허망함을 말한다. 단죠노미야는 그녀의 처소에 드나들던 무렵 전염병에 걸려 스물여섯 살의 젊은 나이로 사망하고 만다.

슬픔과 한탄의 나날을 보내는 가운데, 어느덧 단죠노미야의 일주기가 다가온다. 인간은 한 번 가면 다시 오는 법이 없지만, 자연은 어김없이 찾아와 앙상했던 나뭇가지에 또다시 나뭇잎이 무성해지고, 그 나뭇잎 아래로 짙은 나무 그늘이 드리워지는 계절이 돌아와 토담 위에 난 풀들도 파릇파릇 초록빛을 발하기 시작했다. 다른 사람들은 각별히 눈여겨보지도 않는 자연의 변화이지만, 그녀는 애절한 마음으로 바라보고 있었다. 바로 그때 울타리 사이로 사람 그림자가 보였다. '누구일까?' 하고 보니 바로 단죠노미야를 모셨던 어린 시종이었다. 현재 그 시종은 단죠노미야의 동생인 소치노미야를 모시고 있었다. 그 시종이 말하기를,

"제가 이곳을 찾아뵌다고 아뢰었더니, 소치노미야 님께서 '이것을 가져가 드리고 어찌 보시느냐고 여쭈어라'라고 말씀하셨습니다."

---

1. 작년(쵸호長保 4年, 1002년) 6월에 스물여섯의 나이로 죽은 레이제이 천황의 셋째 아들. 그와의 사랑으로 이즈미시키부는 아버지에게 의절당하고, 남편과는 이별하게 된다. 모든 것을 건 사랑이었으나, 그는 일 년도 채 되지 않아 사망한다. 그의 죽음으로 이즈미시키부는 허탈과 고독 속에 일 년 남짓을 보냈다.

라며, 이즈미시키부에게 귤나무 꽃을 내미는 것이었다. 소치노
미야는 "그 옛날 사랑했던 그 사람 옷 내음"이라는 옛 노래[2]를
떠올리게 하는 귤나무 꽃을 그녀에게 보내, 자신의 형인 단죠
노미야의 죽음을 애도하는 이즈미시키부의 마음을 위로하려
했던 것이다. 그와 동시에 죽은 형의 애인이며 자유로운 사랑
의 소유자로 소문난 그녀에게 남몰래 관심을 보였던 것이다.

　이즈미시키부는 단죠노미야의 친동생인 소치노미야가 자신
에게 호의를 보이고 있다는 사실을 알아채고 갑자기 마음의
동요를 느낀다. 돌아가려는 어린 시종에게 이즈미시키부는 다
음과 같은 노래를 건넨다.

귤꽃 향기에	薫る香に
견주기보다 직접	よそふるよりは
듣고 싶어라	ほととぎす
진정 당신 목소리	聞かばやおなじ
그 사람과 같은지	声やしたると

---

2. "유월이 오면/피는 귤나무 꽃/그 향기 맡으니/그 옛날 사랑했던/그 사람
옷 내음(五月待つ/花橘の/香をかげば/昔の人の/香ぞする)"이라는 유명한 노래
의 4구와 5구를 읊조린 것이다. 이 노래는 일본 최초의 칙찬집인 『고킨와카
슈』 여름의 노래에 수록된 작자 미상의 노래이다. 음력 오월을 기다려 피는
귤나무 꽃은 그 향기가 짙으며 흰 꽃을 피우는 상록수이다. 작자가 교제하
던 상대방은 이 귤꽃 향을 옷에 배게 해서 다녔으므로, 이 꽃향기를 맡으면
예전 가까웠던 그 사람 생각이 난다는 의미이다. 소치노미야는 귤꽃을 보냄
으로써 죽은 형의 애인이었던 이즈미시키부의 슬픔을 위로하는 동시에 자
신과의 새로운 교제를 제안하고 있는 것이다.

형님과 똑같은 목소리인지 어떤지 듣고 싶은데, 만일 죽은 형님과 목소리가 같다면 그것으로 형님을 그리겠다는 말이므로, 이건 대담한 유혹의 노래이다. 이에 대해 소치노미야는 "피를 나눈 형제이므로 형님 목소리와 같다는 걸 알아주시오"라는 내용의 답가를 보내온다.

일기 작품 속에서 이즈미시키부는 자기 자신을 "사려 깊지 않은 여자"라 지칭하고 있으며, "단죠노미야와 사별한 후 익숙하지 않은 고독한 나날을 보내고 있었으므로, 소치노미야의 두서없는 노래에도 부질없이 답가를 적어 보내게 됐다"고 적고 있다.

몇 번인가 노래가 오고 간 어느 날, 소치노미야는 "직접 만나 이야기를 나누고 싶다"는 의미의 노래를 보내온다. 그로부터 얼마 되지 않아 소치노미야가 그녀의 처소를 찾아온다. 그녀는 서쪽 출입구로 난 툇마루에 둥근 방석을 내밀어 그곳에 소치노미야를 앉게 한 후 이야기를 나누었다.

당시의 풍습으로는 남몰래 찾아온 남자를, 설령 고귀한 신분이라 하더라도, 선뜻 방으로 들이는 경우는 없었다. 이즈미시키부가 발 너머로 소치노미야의 모습을 보며 "예사롭지 않은 용모로 품위가 있으면서도 멋졌다"고 적고 있는 걸 보면, 그녀도 소치노미야의 멋진 용모에 마음이 끌렸던 것 같다. 그도 그럴 것이 단죠노미야와 소치노미야 두 형제는 미남자로서 세간에 평판이 자자했다. 어느덧 달이 떠올랐다. 그러자 소치노미야는 "여기는 너무 밝소이다. 나는 구식으로 평소 집에 틀

어박혀 지내기 때문에 이런 툇마루 쪽에 있는 일에는 익숙하지 않소. 당신이 계신 옆쪽에 앉게 해 주시오. 결코 당신이 지금까지 만나 보신 남자들과 같은 행동은 하지 않을 것이오"라고 말한다.

두서없는 이야기를 나누는 사이에 어느덧 밤도 깊어 갔다. 소치노미야는 이대로 헛되이 밤을 지새우는 것이 안타까웠다. 그는 "나는 쉽사리 외출할 수 있는 처지가 아니니, 오늘 밤 무슨 일이 있어도 당신과 함께하고 싶소"라며, 이즈미시키부가 있는 방 안으로 불쑥 들어온다. 그녀도 그의 준수함에 이미 매혹되어 있었으므로 거부할 수 없었고, 결국 두 사람은 그날 밤 사랑을 나누게 된다. 이때 소치노미야는 스물셋이고 이즈미시키부는 서른에 가까운 나이였지만, 두 사람은 나이와 신분을 초월하여 서로를 깊이 사랑하는 사이가 되었고, 그 깊어만 가는 사랑의 경위가 일기 안에 소상하게 기록되어 있다.

사랑했던 단죠노미야와 사별한 지 아직 일 년도 지나지 않은 시점에서 그의 동생과 연인 사이가 되어 버젓이 나돌아 다녔으므로, 세간에서는 이즈미시키부의 무절제한 행동을 더욱더 차가운 눈으로 바라보았다. 이즈미시키부는 에치젠越前[3] 지방 관청의 장관인 오에노 마사무네大江雅致의 딸이었다.

맨 처음 그녀는 이즈미和泉[4] 지방 관청의 장관인 다치바나노 미치사다橘道貞와 결혼하여, 그와의 사이에서 고시키부노 나이

---

3. 현재의 후쿠이(福井) 현의 동부를 가리킨다.
4. 현재의 오사카의 남부를 일컫는다.

시小式部內侍라는 딸을 하나 두었다. 이즈미시키부라는 이름은 남편인 미치사다의 관명에서 유래한 것으로 추정된다. 이즈미 지방의 장관이므로 부임지는 이즈미 지방이었다. 하지만 이즈미시키부는 남편과 동행하지 않은 채 교토에 남아 있었다. 즉, 별거중인 셈이었다. 그러한 독신 생활의 무료함이 단죠노미야와 사랑에 빠진 원인이었을 것이다. 단죠노미야의 용모가 어릴 적부터 준수하였다는 사실에 관해서는 『오카가미大鏡』에 "용모가 너무나 준수하셔서 빛이 날 정도였다"는 기록이 있을 정도이니 꽤나 빼어난 외모였던 듯하나, 호색적인 사람이었다. 이런 단죠노미야와의 연애가 남편에게 알려져, 그녀는 남편 미치사다는 물론 부친으로부터도 의절당하고 만다. 하지만 그녀의 자유분방한 성정은 바뀌지 않았으며, 단죠노미야 이외에 다른 남자들과의 정분도 세간의 스캔들로 떠돌 정도였다.

이즈미시키부는 단죠노미야가 사망한 후 소치노미야라는 연인을 만나, 또다시 한 여인으로서 정열이 이끄는 대로 황태자인 그와 사랑에 빠져든다. 한편, 소치노미야도 정실부인(후지와라노 미치타카藤原道隆의 셋째 딸)이 있는 몸으로, 여태껏 다른 여자 집에 들락거리며 연인의 집에 머문 적이 없었는데, 이즈미시키부의 상냥함에는 끝없이 매료되어만 간다.

그 두 사람의 교제가 시작된 지 한 달이 지난 5월, 소치노미야가 이즈미시키부 처소에 빈번히 들락거리자, 어린 시절부터 그를 키워 온 유모가 훈계하는 장면이 나온다.

"그 여자는 딱히 신분이 높은 것도 아닙니다. 더군다나 많은 남자들이 들락거리고 있습니다. 이러시다간 불원간 어떤 재난이 닥칠지 알 수 없습니다." 행동을 자제하라고 다그치는 유모에게 소치노미야는 "내가 가긴 어딜 가겠나"라며 적당히 얼버무린다. 그녀를 간절히 그리워하면서도 주위의 상황이 허락되지 않자 소치노미야는 주저앉게 되고, 두 사람 사이는 멀어지는 듯했다.

시간은 속절없이 흘러 6월도 중순이 지났다. 소치노미야는 오랜만에 어렵사리 이즈미시키부 처소를 방문하여서는 사람들 소문이 시끄러우니 사람들 눈에 띄지 않는 곳으로 가자며 그녀를 가마에 태워 아무도 없는 자신의 집으로 몰래 데리고 갔다. 이즈미시키부와 하룻밤을 보낸 소치노미야는 "날이 밝아 사람 눈에 띄면 시끄러울 터이니"라며 그녀를 가마에 태워 혼자 돌려보낸다. 이즈미시키부는 집으로 돌아가는 길에 '남이 보면 꼴불견이라 생각할 만한 외박을 하고 말았어! 사람들이 뭐라 생각할까'라며 자책한다. 하지만 멋진 소치노미야에게 한 번 기울어진 마음을 되돌릴 방도는 없었다. 스스로를 한심하게 생각하면서도 그 다음 날 밤 소치노미야가 데리러 오자 또다시 그를 따라 외박을 하는 것이었다.

유모가 이즈미시키부에 대해 "많은 남자들이 들락거리고 있다"고 경멸했듯이, 그녀의 처소에는 소치노미야 이외에도 그녀에게 구애하기 위해 남자들이 들락거리고 있었다. 일기 속에는 아무개라 소문난 남자의 이름마저 들먹이고 있다. 그 때문에 소치노미야는 질투심에 시달리며 원망의 마음을 담은 노래를 그녀에게 보낸다. 여러 가지 소문을 듣고 그녀를 향한 의혹과 불신으로 마음이 상한 소치노미야의 발걸음이 뜸해진 채 7월이 덧없이 지나가고 만다. 게다가 공교롭게도 큰맘 먹고 찾아간 날 밤, 이즈미시키부의 여동생을 찾아온 남자의 가마를 소치노미야는 이즈미시키부를 찾아온 남자의 가마로 착각하여, 그녀를 향한 불신의 뿌리는 깊어만 간다.

그러는 사이 8월이 되었다. 이즈미시키부는 자신의 사랑을 믿지 못하고 불신하는 소치노미야의 얕은 사랑을 원망하며 이시야마데라石山寺5로 일주일간의 여정으로 참배를 드리러 떠난다. 그러자 소치노미야는 이즈미시키부에게 버림을 받았다는 생각에 그녀를 향한 마음이 다시 뜨거워져 교토로 돌아올 것을 종용하는 편지를 몇 번이나 연속해서 보낸다. 이즈미시키부는 소치노미야의 그런 행동에 그의 마음을 믿고 교토로 돌아오지만, 한 번 식은 사랑이 그리 쉽사리 돌아오지는 않는다. 8월 말 태풍이 몰려와 비바람이 심하게 몰아치는 날, 이즈미시키부에게 사랑의 마음을 전하는 소치노미야의 편지가 전달된다. 하지만 소치노미야는 이즈미시키부의 처소를 방문하지 않은 채 허망하게 시간만 흘러간다.

달이 바뀌어 9월도 중순이 지난 어느 날 밤, 소치노미야가 이즈미시키부의 처소를 방문하지만, 안타깝게도 이즈미시키부의 시종들이 모두 잠이 들어버려 결국 소치노미야는 이즈미시키부를 만나지 못한 채 돌아가고 만다. 소치노미야를 그리며

---

5. 시가(滋賀) 현 오쓰(大津) 시에 있는 절이다.

잠 못 이룬 채 일어나 있던 이즈미시키부는 그날 만나지 못했
던 안타까움과 자신의 사랑의 마음을 담은 노래를 연작으로 5
수를 지어 소치노미야에게 보내고, 이에 그도 5수의 답가를 지
어 보내면서 두 사람의 관계는 예전처럼 서서히 서로를 이해하
고 받아들이게 된다.

어느덧 9월 말이 되었다. 소치노미야는 자신이 각별하게 생
각하는 여인이 먼 곳으로 떠나게 되자 그 여인에게 보낼 작별
의 편지 속에 쓸 석별의 정을 담은 노래를 이즈미시키부에게
대신 지어달라고 요청한다. 이즈미시키부는 소치노미야의 후
안무치가 내심 불쾌했지만, 생각해 보면 이것도 소치노미야가
자신에게 어리광을 부리는 것이며 친근함의 표현이라 생각하
여 제안을 받아들인다. 이즈미시키부는 소치노미야에게 부탁
받은 그의 연인에게 보낼 노래와 함께, 자신의 심경을 담은 노
래도 지어 보낸다.

당신을 두고 　　　　　　君をおきて

그녀 어디로 가나 　　　　いづち行くらむ

박복한 나도 　　　　　　われだにも

얄팍한 사랑 견디며 　　　憂き世の中に

힘겹게 살아가거늘 　　　しひてこそふれ

소치노미야에게 냉대 받고 있다는 내용을 암시한 노래이나,
이것도 내심으로는 그에게 응석을 부린 노래이다. 이렇듯 응석

은 질투로 변하고, 질투는 불신을 낳으며, 그것이 다시 뜨거운 사랑으로 이어지는 식으로 두 사람의 사랑은 날로 깊어만 간다.

10월이 시작되면서 두 사람의 사랑은 한없이 깊어 간다. 노래의 증답을 통해 서로의 사랑을 확인하며, 두 사람은 잦은 만남을 갖는다. 이때부터 12월에 걸친 일기 후반부에는 소치노미야가 이즈미시키부를 자신의 저택으로 데려와 살게 하려는 결의를 다지게 된 배경과 그를 성사시키는 과정이 기록되어 있다. 소치노미야는 낮에 여자가 탄 가마처럼 치장하고 사람들의 이목을 피해 이즈미시키부의 처소를 방문하여서는 자기 집으로 들어올 것을 권유한다.

소치노미야의 제안에 대해 이즈미시키부는 선뜻 동의할 수 없었다. 지체 높은 부인이 있는 소치노미야의 저택으로 들어가 사는 삶이 자신에게 있어 참으로 떳떳하지 못하고 구차한 생활[6]이 될 것이라는 생각에 한동안 주저하고 고민한다. 그러는 동안에도 두 사람은 농밀한 사랑의 노래를 주고받으며 서로의 사랑을 키워 나간다. 어느 날, 소치노미야는 이즈미시키부를 자신의 사촌 집으로 데리고 가 밤을 보내면서, 예전에 자신이 그녀에게 냉담하게 대했던 시간들조차도 아쉬워하며 그녀를 진정으로 사랑하는 마음을 보인다. 12월 18일, 이즈미시키

---

6. 소치노미야의 저택으로 들어간다는 것은, 그의 정식 부인이 아니라 그의 곁에서 그를 모시는 고용인(메슈도召人라 불리는 시종)으로 들어가는 것이었다.

부는 자신을 향한 소치노미야의 사랑을 받아들이게 되고, 결국 자신을 마중하기 위해 그가 보내온 가마에 올라타게 된다.

이듬해 정월, 소치노미야의 부인(정실부인과는 별도로, 사다이진左大臣 나리토키濟時의 둘째 딸을 부인으로 맞아들였다)은 두 사람이 사이좋게 지내는 모습에 불만을 품고는 친정으로 돌아갈 차비를 한다. 이에 소치노미야가 부인 처소에 가서 "진정 가버리시는 게요"라며 만류하자, "아닙니다. 친정에서 저를 데리러 사람을 보내와서요"라고 답하고, 나중에는 어떠한 말도 나누려 하지 않는다는 절박한 장면에서 일기는 끝나고 있다.

그러나 이토록 서로 사랑한 이즈미시키부와 소치노미야의 관계도 불과 4년 남짓 만에 막을 내리고 만다. 간코寬弘 4년 (1007), 소치노미야가 스물일곱 살의 젊은 나이로 요절하고 말기 때문이다. 그러나 4년이라는 세월은 이즈미시키부의 생애 가운데 그 무엇과도 바꿀 수 없는 소중하고 행복한 시절이었다.

소치노미야가 죽은 후 이즈미시키부는 후지와라노 미치나가의 부름을 받아 이치죠 천황의 중궁인 쇼시를 모시게 된다. 그 후 미치나가의 가신인 후지와라노 야스마사藤原保昌와 결혼하나 말년에 관해서는 전해지는 바가 없다. 이즈미시키부의 생애는 사랑에 살고 사랑에 죽었다고 말할 수 있다. 그녀의 행실에 관해서는 다분히 자유분방하다는 비난을 면할 수 없지만, 그녀가 읊은 사랑의 노래는 정념을 있는 그대로 읊어 짙은 감동을 주며, 풍부한 사랑과 부드러움이 넘쳐흘러 가슴에 사무

친다. 그중에서도 다음 노래가 특히 널리 알려져 있다.

나 이제 가리니   あらざらむ

이 세상 떠나기 전   此の世のほかの

마지막으로   思ひ出に

단 한 번만이라도   今ひとたびの

그 얼굴 보고파라   あふこともがな

이제 죽음이 코앞에 닥치니 이승에서의 추억으로 삼게 마지막으로 단 한 번만이라도 그리운 그 사람이 보고 싶다며 병상에서 사랑하는 사람을 그리는 심정은 너무나도 애절하다.

세 가지 빛깔의 사랑

쓰쓰미츄나곤 모노가타리 堤中納言物語

『쓰쓰미츄나곤 모노가타리』[1]는 열 편으로 구성된 단편 소설집이다. 헤이안 시대 후기의 작품으로, 수록된 열 편 가운데 「벌레를 좋아하는 아가씨」가 특히 잘 알려져 있다. 이 작품은 일반적으로 양갓집 규수가 좋아하는 나비가 아니라 송충이를 좋아하는 특이한 처자를 그리고 있는데, 이 작품을 『쓰쓰미츄나곤 모노가타리』의 대표적인 작품인 것처럼 말하는 이도 있으나, 송충이를 좋아하는 별난 성격의 여자라는 소재가 신기할 뿐이며, 인간 심리의 음영을 온전히 표현하고 있다고는 할 수 없다.

---

1. 일본 최초의 단편 소설집으로, 열 편으로 구성되어 있다. 이야기의 대부분이 특이한 인물이나 사건을 다루고 있으며, 골계적인 내용이 많다. 종래의 천편일률적인 모노가타리의 내용과 형식에서 벗어나 새로운 분야를 개척하려는 시도가 엿보이는 작품으로, 인생의 단면을 날카롭게 그리고 있다는 평을 받고 있다.

그에 비하면 세 종류의 사랑을 구별하여 쓰면서 그 속에서 인생무상이라는 주제를 잘 드러낸 「분수에 맞는 사랑」이 작품성에서 뛰어나다. 우선 「분수에 맞는 사랑」이라는 제목이 재미있다. '분수에 맞는'이라는 것은 '신분에 걸맞다'라는 의미이다. 여기서는 몸종인 소년과 소녀의 사랑, 그 위의 계층인 풋내기 무사와 시녀의 사랑, 그리고 상류 귀족인 도노츄죠頭中将[2]와 시키부쿄노미야式部卿宮[3]의 따님과의 사랑이라는 식으로 주종관계에 있는 세 계층의 연애를 입체적으로 구성하여, 왕조시대의 연애의 갖가지 양상을 그리고 있다. 그들의 주제는 모두 '인생무상' 그 자체인 것이다. 이 세 가지 이야기를 소설적 주석을 섞어 가면서 소개해 보고자 한다.

가모 축제[4]가 열릴 무렵이 되면 교토 일대가 왠지 밝고 흥겨운 느낌이 든다. 가난하고 누추한 집 덧문에도 접시꽃 따위로 예쁘게 장식을 하기 때문에 남이 보아도 기분이 좋아지는 것 같다. 이 날만큼은 몸종 여자 아이들도 속옷과 겉옷을 말끔하게 차려입고 '재계齋戒'라고 쓴 버드나무로 된 표찰과 넉줄 고

---

2. 궁중의 대소사를 관장하는 구로도도코로(藏人所)의 장관인 구로도노토(藏人頭)는 천황의 경호를 담당하는 관청인 고노에후(近衛府)의 관리인 츄죠(中将)가 겸하는 경우가 많은데, 이를 도노츄죠라 한다. 일반적으로 천황의 측근 가운데 권문자제가 젊은 나이에 취임하며, 전도가 유망한 관직이었다.

3. 조정의 의례, 의식 및 문관의 인사고과와 선임 등의 사무를 관장하는 관청인 시키부쇼(式部省)의 장관으로, 주로 천황의 아들(4품. 신하의 4위에 상당한다) 등 황족이 임명되었다.

4. 가모(賀茂) 신사의 제례로 4월에 개최되는데, 아오이(접시꽃) 잎을 신사 앞과 참가하는 사람들이 탄 가마에 장식하였으므로 아오이 축제라고도 한다.

사리와 종이 따위를 소매에 달기도 하고, 예쁘게 화장한 얼굴로 서로가 다른 사람보다 더 예쁘게 보이려 경쟁하며 도읍지의 대로를 오간다.

그러니 이렇게 예쁘게 꾸민 여자 몸종들과 비슷한 신분인 고도네리아라와[5]라 불리는 남자 몸종이라든가 경호를 맡은 남자들이 그녀들에게 마음을 빼앗기는 것도 무리는 아닐 것이다. 그들은 각각 제 나름대로 마음에 드는 상대방을 정해 말을 걸거나 농담을 걸기도 하는데, 그것도 그때뿐인 바람기일 뿐으로 진실한 사랑은 아니다.

축제의 들뜬 분위기 속에 시끌벅적한 광경이 펼쳐지는 대로를, 어느 댁에서 일하는 소녀인지는 알 수 없으나, 엷은 보라색 옷을 입고 자기 키만큼 긴 머리에 얼굴과 몸매 모두 눈에 띄게 아름다운 몸종이 지나가고 있었다. 그녀를 본 도노츄죠를 모시는 사내 몸종은 이 여자야말로 자기 이상형이라 확신하며 매실이 잔뜩 달린 나뭇가지에 접시꽃을 곁들여 여자 몸종에게 건네면서 다음 노래를 읊었다.

매실나무처럼	梅が枝に
내 사랑 열매 맺어	ふかくぞたのむ
접시꽃처럼	おしなべて
아름다운 그대와	かざす葵の

---

5. 지체 높은 분이 타는 깃샤(소가 끄는 가마) 앞에 서서 시중드는 남자 몸종을 말한다.

이 밤 사랑하고파	ねも見てしがな

그러자 상대방 소녀는,

금줄 친 신사 안	しめのなかの
접시꽃에 묶어 둔	葵にかかる
닥나무 실을	ゆふかづら
아무리 끌어당겨도	くれどねながき
당신과는 자지 않으리	ものと知らなむ

라고 응수한다. 금줄을 쳐 놓은 신사 경내의 접시꽃에 묶어 둔 닥나무 실은 넝쿨처럼 아무리 끌어당겨도 당겨지지 않듯이, 자신 또한 쉽사리 당신 뜻대로는 되지 않을 것이라는 의미이다. 소녀는 "설령 나를 찾아오더라도 당신과 잘 수는 없다"고 소년의 유혹을 딱 잘라 멋지게 물리친 셈이다. 이에 소년은 "뭐야, 요것이!"라며 뒤쫓아 가 손에 들고 있던 홀[6]로 소녀를 가볍게 툭 친다. 그러자 소녀는, "이것 봐. 이런 식으로 자신의 울분을 터트리니까 싫다는 거야"라고 말하고는 가버린다. 이렇게 서로 시시덕거리는 사이에 각자 신분에 걸맞은 사랑의 감정이 고조되어 얼마 지나지 않아 두 사람은 사랑하는 사이가 되었

---

6. 옛날 관리가 정장을 착용할 때 오른손에 들던 얇은 나무 판(길이는 약 36센티미터. 폭은 6센티미터)으로 윗부분은 반달 모양으로 되어 있다. 원래는 뒷면에 종이를 붙여 의식의 순서를 잊지 않기 위해 적어 두었다. 이 물건은 도노츄죠가 사용하는 물건으로, 몸종인 소년이 잠시 들고 있었던 것이다.

다. 이처럼 신분이 낮은 몸종 소년 소녀가 찰나적인 사랑에 마음을 불태워 가는 경위가 첫 번째 이야기이다. 그들이 서로 주고받는 노래들은 있는 그대로의 감정을 거침없이 드러내는 젊은 사람들의 패기가 느껴져 신선하다.

　다음은 두 번째 사랑 이야기이다. 어떤 연유로 그리 되었는지 알 수 없으나, 두 번째 이야기의 주인공은 고인이 된 시키부쿄노미야의 따님을 모시는 시녀 가운데 한 사람이었다. 시키부쿄노미야는 젊은 나이에 요절했기 때문에, 홀로 남겨진 딸은 의지할 데 없는 궁색한 처지가 되어 주로 중소 상인들이 사는 교토의 남쪽 변두리에서 부리는 시종도 거의 없이 지냈다. 부인은 남편이 죽자 출가하였는데, 나이가 들수록 딸의 용모가 뛰어나게 아름다웠으므로 생전에 남편은 딸을 궁중에 들여보내려 했지만, 이제는 그런 남편도 죽고 없으니 그것도 어렵게 되었다며 한탄만 하였다. 앞서 이야기한 소년 몸종은 자기 연인인 소녀 몸종이 일하는 이곳에 들락날락하는 사이에 이 집안 분위기가 너무 휑하고 경제적으로 도움을 줄 만한 사람도 없는 걸 보고는 자기 애인인 소녀에게 다음과 같이 말한다.

소년: 내가 모시는 주인님을 이곳의 아가씨와 사귀게 하면 어떨까.
　　아직 이렇다 할 마님도 계시지 않고, 나도 당신을 만나러 이
　　먼 곳까지 자주 올 수도 없어 당신이 어찌 지내는지 항상 신경
　　쓰이니, 이 두 분이 사귀신다면 금상첨화라 생각하는데.
소녀: 하지만 지금 아가씨는 그런 혼담 따윈 전혀 생각하고 있지

않다고 들었어요.

소년: 참! 아가씨는 용모가 아름다운 분이시겠지. 아무리 지체 높은 신분의 황녀라 할지라도 외모가 좋지 않으면 곤란하니까.

소녀: 그런 염려는 하지 않아도 돼요. 옆에서 시중드는 사람들 이 야기로는 기분이 아주 우울할 때에도 우리 아가씨 앞에 가기 만 하면 기분이 좋아진다고 할 정도니까.

이런 이야기를 나누는 사이에 날이 밝았으므로 소년은 자기 주인집으로 돌아갔다.

그럭저럭하는 사이에 어느덧 새해가 되었다. 소년 몸종이 일 하는 도노츄죠 댁에 젊은 무사가 있었는데, 타고난 바람둥이 여서 그런지 아직 부인도 없었다. 그런 그가 어느 날 이 소년 몸종에게 묻는다.

무사: 요즘 네가 들락거리는 곳이 있는 것 같은데, 어디냐? 굉장한 미인이라도 있더냐?

소년: 지금은 돌아가신 시키부쿄노미야 댁입니다. 제가 소개해 드 릴 만한 분도 있긴 합니다만, 젊은 여인이 많지는 않습니다. 다만 츄죠라는 여인과 지쥬노키미라고 불리는 여인이 예쁘다 는 이야기는 들어 알고 있습니다.

무사: 그렇다면 이 편지를 네가 사귀는 몸종을 통해 전해 주거라.

소년: 참으로 미덥지 않은 연모군요. 상대방도 정하지 않은 채 편 지를 건네다니요.

소년은 그 편지를 들고 가 애인인 몸종에게 건넨다. 그 소녀 역시 "참 우스운 이야기네요"라며 그 편지를 시녀들이 머무는 처소로 가져가 이러저러한 사람으로부터 온 편지라며 보였다. "편지에 적힌 필체가 멋졌다"라고 되어 있으니, 우선 점수는 따고 들어간 셈이다.[7] 그 편지는 버드나무 가지에 묶여 있었는데, 여인의 마음을 뒤흔들 만한 내용이었다.

아무도 몰래   したにのみ

그대 그리며 애타네   思ひみだるる

부는 바람이   青柳の

전하리, 버드나무처럼   かたよる風は

당신 향한 내 사랑을   ほのめかさずや

바람에 흔들리는 푸른 버드나무처럼 남몰래 마음속으로만 애태우는 나의 마음을 바람(편지를 전하는 소년)이 전해 드릴 것이라는 의미로, 아무리 봐도 호색가다운 노래이다. 우연히 편지를 받게 된 시녀도 동료 시녀들이 "답장을 보내지 않으면 촌스러워요"라는 둥, "요즘은 맨 처음 온 편지에 대해서 만큼은 답장을 하게 되어 있어요"라며 부추기는 통에 당시 유행하는 필체로 다음과 같은 노래를 행간을 맞추지 않고 띄엄띄엄 흩뜨려 썼다.

---

7. 필체는 호색가들의 조건이었다. 남녀 모두 필체로 상대방을 평가했는데, 특히 연애에 있어서는 아주 중요한 항목 중 하나였다.

순수한 사랑	ひとすじに
하지 않는 당신은	思ひもよらぬ
부는 바람에	青柳は
뒤얽힌 버들잎처럼	風につけつつ
언제나 얼키설키	さぞみだるらむ

　진정한 사랑의 의미를 알지 못하는 바람기 많은 젊은 무사는 사랑을 유희라고 여기고 있었기에 상대방이 츄죠가 됐건 지쥬노키미가 됐건 상관없었던 것이다. 그 무사가 보낸 연애편지를 우연히 받게 된 여자 쪽도 또한 그런 색다른 나쁜 남자에게 마음이 끌렸던 것이다. 그리하여 변덕스러운 사랑에 등불이 켜진다. 그것이 왕조시대 연애의 모습이었다. 이것이 첫 번째 미천한 몸종 신분인 소년 소녀의 순수한 사랑과는 달리, 정사에 초점이 맞추어진 유희와도 같은 두 번째 사랑 이야기이다.

　한편, 젊은 무사가 시녀의 재기발랄한 필체의 답가를 감탄하며 보고 있는데, 주인인 도노츄죠가 갑자기 뒤에서 편지를 빼앗았다. 도노츄죠는 "누구에게 온 사랑 편지냐?"라며 그 편지를 손끝으로 만지작거리며 물었다. 젊은 무사는 "이러이러한 사람에게서 온 답장으로, 바람기 많은 여인의 일시적인 기분에서 보내 온 것입니다"라고 털어놓았다. 그러자 도노츄죠는 자기도 그녀가 모시는 주인인 시키부쿄노미야의 딸에게서 그럴싸한 사랑 편지가 받고 싶어졌다. 그래서 다시 그 편지를 찬찬히 들여다보면서 "이왕 이런 정도로까지 진전되었으니, 한 번

더 열심히 해서 너의 여자로 만들거라. 나도 틈을 봐서 그 집 딸과 친해져 봐야겠다"라며 적극 권했다.

도노츄죠도 시키부쿄노미야의 딸에 관해서는 소문을 듣고 있었으므로, 기회만 되면 자신의 마음을 전하려고 생각하고 있던 참이었다. 그래서 첫 번째 이야기에 등장한 소년을 불러 시키부쿄노미야 댁의 동태를 소상히 물었다. 소년은 그녀가 의지할 곳 없이 어렵게 살아가는 모습을 있는 그대로 보고 드렸다. 그러자 도노츄죠는 "거참 딱하게 됐군. 시키부쿄노미야께서 살아계셨다면 그런 비참한 일은 없었을 텐데"라며 동정을 금치 못했다.

'시키부쿄노미야가 살아계셨을 때는, 뭔가 일이 있을 때마다 찾아뵙고 큰 권세를 누리시는 모습을 보곤 했었는데'라며 옛날 일들을 떠올리니 기분이 점점 침울해져, "이 세상은 참으로 허망하구나!"라고 혼잣말을 했다. 자신의 장래 또한 시키부쿄노미야와 크게 다를 바 없이 허망하리라는 생각이 계속 머릿속을 맴돌았다. 그리하여 도노츄죠는 이 세상을 살아간다는 것이 한층 더 부질없다는 생각이 들면서도, 한편으로는 어떤 심정에서인지 시키부쿄노미야 댁 딸을 향한 연모의 정을 끊을 수 없어 그녀에게 사랑의 노래를 지어 보내었다.

세 번째 이야기는 결국 이 세상을 부질없다고 생각하지만 출가도 못하고, 그렇다고 시키부쿄노미야의 딸과 열정적인 사랑을 나누지도 못하는 어중간한 젊은 귀족 자제의 사랑을 그리고 있다. 이쯤 되면 이건 환희에 찬 사랑이 아니라, 회한을

동반한 쓸쓸한 사랑이다. 왕조시대의 상류 지식인 사이에서는
불교의 영향으로 인생을 무상하다고 보는 사상이 강했으므로,
그러한 사람들에게 '사랑'은 다른 면에서 짐스러운 일이기도
했음에 분명하다. 그럼에도 '사랑'의 마음을 끊기도 어려운 일
이었다. 세 번째 사랑 이야기는 이러한 고뇌를 짊어진 남자의
괴로운 사랑에 관한 이야기이다.

「분수에 맞는 사랑」이란 작품에 그려진 계층별 세 쌍의 각
기 다른 빛깔의 사랑, 즉 찰나적인 사랑과 스쳐 지나가는 유
희와도 같은 사랑, 그리고 고뇌에 찬 사랑은 헤이안 왕조 시대
후기에 팽배하였던 무상관을 배경으로 완벽하게 짜여진 인간
군상을 그리고 있다.

더욱이 몸종, 젊은 무사, 그리고 주군인 도노츄죠라는 주종
관계에 있는 각기 다른 계층의 사랑이 점점 확대되어 전개되는
희곡적인 구성도 흥미롭다. 또한 시종들 간의 사랑에서 그 주
인들의 사랑으로 전개되는 이야기는 앞에서 소개한 『오치쿠보
모노가타리』의 몸종인 다치와키와 아코기, 그리고 그들이 모
시는 주인인 쇼쇼와 오치쿠보의 관계와도 매우 유사하다. 게
다가 이 이야기의 도입 부분에 등장하는 아오이 축제가 열릴
무렵의 거리 풍경과 사람들의 생동감 넘치는 묘사는 세이쇼나
곤淸少納言[8]의 문체와도 서로 통하는 점이 있어 훌륭하다. 짧은
내용이므로 원문으로 감상해 볼 것을 권한다.

---

8. 이치죠 천황의 황후인 데이시(定子)를 모신 헤이안 중기의 총명한 여관으
로, 『마쿠라노소시(枕草子)』라는 수필집의 작가이다.

사랑은 얼굴보다 마음!

오카가미大鏡

헤이안 시대 후기에 쓰여진 역사물인 『오카가미』는 몬토쿠文德 천황(재위 기간 850-858) 때부터 고이치죠後一条 천황(재위 기간 1016-1036) 때까지 무려 14대 천황에 걸친 약 176년간의 역사를 서술한 것으로, 역사물 가운데 최고의 걸작으로 손꼽히는 작품이다. 내용은 14대에 걸친 천황의 본기 외에 후지와라노 미치나가를 비롯한 섭정과 관백関白[1] 가문의 역대 대신들의 전기를 기술하고 있다. 그 밖에도 와카와 기예 등 풍류와 관련된 이야기를 비롯하여 신앙에 얽힌 이야기, 옛날이야기, 그리고 세상에 알려지지 않은 사실까지 매우 다양하다. 이 가운데 전대미문의 영화를 누린 후지와라노 미치나가의 전기가 아주 상세하게 기술되어 있어 흥미롭다. 또한 천황과 대신들의

---

1. 헤이안 시대 이후 천황을 보좌하여 정무를 맡아보던 최고의 중요 보직으로 천황이 어릴 때는 섭정, 성인이 된 후에는 관백이 되는 것이 관례였다.

화려한 존재의 뒤편에서 인간미 넘치는 삶을 산 귀족 자제들의 삽화군도 실려 있어 재미있다. 중권 「다이죠다이진太政大臣² 가네미치兼通」편에 다음과 같은 이야기가 실려 있다.

호리카와堀河³ 관백이라 불렸던 후지와라노 가네미치藤原兼通⁴에게는 간인노다이쇼閑院大将 아사테루朝光라는 둘째 아들이 있었다. 그는 "타고난 심성과 용모 모두 남들보다 뛰어난 멋진" 귀족 자제로 유명했다. 그보다 여덟 살 위였던 그의 형 아키미쓰顯光가 아직 산기參議⁵라는 직책에 있을 때, 아사테루는 스물다섯의 젊은 나이에 이미 형을 뛰어넘어 츄나곤中納言에까지 올라가 있었으므로, 부친인 가네미치는 차남인 아사테루의 장래에 대해 남다른 기대를 품고 있었다. 형을 추월하여 고위직에 오른다는 것은 당시로서는 드문 일이며 그만큼 세간의 시선을 끄는 일도 많았다. 『오카가미』의 작자도 "궁중 생활에서는 더더욱 야단스러울 정도로 눈에 띄는 행동을 하셨다"라고 적고 있는 걸 보면, 공적이거나 사적인 사람들과의 교제에 있어서도 유난히 화려하게 행동했음을 알 수 있다. 오늘날로 치면 사교가 타입으로 재치가 풍부한 사람이었던 것 같다. 그한 예로 화살의 끝부분을 수정으로 장식하고는, 그 수정이 박힌 화살을 넣은 화살집을 메고 다닌 일화를 들 수 있다. 화살

2. 율령제에서 정한 다이죠칸(太政官)의 최고 직책에 해당한다.
3. 가네미치의 저택이 호리카와인(堀河院)이라는 이름으로 불린 데서 기인한다.
4. 헤이안 중기의 귀족(925-977)으로 동생인 가네이에와 관백 자리를 둘러싸고 경쟁하여, 결국 최고 직책인 관백 다이죠다이진 자리에 올랐다.
5. 다이죠칸의 다이나곤과 츄나곤에 뒤이은 직책이다.

끝에 박힌 수정 부분은 아침 햇살을 받으면 눈부시게 반짝거려 굉장히 화려한 모습이었다. 그 외에도 아사테루[6]라는 이름대로 그는 뭐든지 화려하게 행동하면서 사람들의 인기를 끌었다.

아사테루의 부인은 다이고醍醐 천황의 아들인 시게아키라 황자의 딸로, 아사테루와의 사이에 세 명의 아들과 딸 하나를 두었다. 딸 기시는 모친을 닮아 빛이 날 정도로 아름다웠으며, 후에 가잔花山 천황의 황후로 입궐한다. 그런데 이 따님은 한 달동안은 천황의 총애를 듬뿍 받았지만 그 후로는 어쩐 일인지 천황 처소에 드는 일도 없었으며, 천황도 이분의 처소에 오시는 일이 없는데다 편지조차 받지 못하는 처지가 되었다. 그래도 한두 달간은 궁중에 머무셨으나, 마침내 그곳에 머무는 것도 편치 않아져 친정으로 돌아가 버리고 만다. 『오카가미』에도 "지금까지 이처럼 어처구니없는 일은 없었다"고 적혀 있다.

앞서 이야기한 바와 같이, 아사테루의 딸인 기시는 모친을 닮아 용모가 "빼어나게 아름다운 미모"의 소유자인데, 어째서 천황의 총애를 받지 못하게 되었는지는 알 수 없지만, 기시는 슬픔에 잠겨 있을 뿐이었다. 그런 딸을 보고 있는 부친인 다이나곤 아사테루와 그의 장남이며 기시에게는 오빠인 도노츄나곤 아사쓰네의 심경도 분명 괴로웠을 것이다. 아사테루는 장

---

6. '아사테루'는 '아침'이라는 의미의 '아사'와, '밝게(아름답게) 빛나다'라는 의미인 '테루'의 조합으로, 아침 햇살이 밝게 빛난다는 의미를 내포하고 있다.

남인 아사쓰네를 포함하여 세 명의 아들을 두었는데, 차남과 셋째 아들은 둘 다 차례로 출가하여서는 젊은 나이에 죽고 만다.

한편, 아사테루의 딸 기시의 미모에 관해서는 『에이가 모노가타리栄花物語』에도 "말할 수 없을 정도로 매력적이었으므로"라는 기록이 보인다. 즉, 그녀가 형용할 수 없을 정도로 아름다웠다는 건 확실한데, 그럼에도 불구하고 천황의 총애를 받지 못하게 된 것을 보면 뭔가 다른 결점이 있었을지도 모른다. 『오카가미』의 작자는 그에 관해 확실히 밝히지 않은 채 다음 이야기로 넘어가고 있다. 여기까지가 다음 이야기의 도입 부분에 해당되므로, 결국 다음 이야기 속에서 자연히 밝혀질 것이다. 아사테루는 나중에 이 자식들의 모친과 이혼하고는 자기보다 나이도 많고 못생긴 돈 많은 미망인과 재혼하여 세상 사람들을 깜짝 놀라게 한다. 새로 맞이한 부인에 관하여 『오카가미』에 "늙은 데다 용모는 형편없으셨다"고 묘사되어 있는 걸 보면, 이혼한 부인과는 달리 미모도 없고 나이도 많은 평범한 여인이었던 듯하다. 그러자 "아사테루 님은 재산에 눈이 멀어 결혼하셨다"라는 소문이 나돌면서, 아사테루는 세상 사람들로부터 빈축을 샀으며 인망은 완전히 땅에 떨어졌다고 『오카가미』의 작자는 세간의 평판을 그대로 전하고 있다. 아사테루의 새 부인에 관하여 『에이가 모노가타리』에는,

다이나곤인 노부미쓰가 사망(976년, 노부미쓰는 쉰 살이었다)한

후, 아직 스물예닐곱밖에 되지 않은 아사테루는 자신의 모친과 연령이 비슷한 노부미쓰의 미망인 처소에 들락거렸는데, 그 미망인과 가까워지면서 현재의 부인을 멀리했다.

라고 기록되어 있다. 어째서 아사테루가 아름다운 부인을 내쫓고 못생기고 나이도 많은 연상의 미망인을 부인으로 맞이했는지 그 진상은 알 수 없다. 그렇기 때문에 세상 사람들이 "재산에 눈이 멀어서"라고 해석한 것도 무리는 아니다. 그런데 아사테루는 정말 여자의 재산에 눈이 먼 것일까. 『오카가미』의 작자는,

전 부인은 용모도 매우 아름답고 황자의 따님이시므로 신분도 높았지만 경제적으로 넉넉하지 못해 이런 새 부인을 만들어 이혼하신 것이다. 그런 전 부인과는 달리 새 부인인 미망인은 경제력도 있고 세심한 부분까지 신경 쓰며 떠받들었으므로 그런 점에서 미망인에게 애착을 느끼게 되신 것 같다.

라며 통속적으로 해석하고 있다. 확실히 노부미쓰의 미망인은 부자였다. 예를 들면, 아사테루가 자신의 처소에 들락거리기 시작하자 서른 명이나 되는 시녀들에게 그의 시중을 들도록 했다. 그리고 그 시녀들 모두에게 나무랄 데 없이 화려한 의복을 마련하여 치장시켰다. 그리고 그가 머무는 실내에 있는 장식과 가구 그 모든 것을 멋들어진 것으로 바꾸는 등 아사테루

를 더할 나위 없이 소중하게 떠받들었다.

또한 아사테루가 외출하고 돌아올 때면, 겨울에는 화로에 숯불을 잔뜩 넣어두어 방 안을 따뜻하게 해 두었으며, 기존에 있던 향로를 대형으로 제작하여 외출복에 향이 골고루 잘 배도록 세심하게 배려했다. 심지어 평상시에 입는 의복도 향로 위에 얹어놓는 바구니에 함께 넣어두어 따뜻하게 덥혀서 입게 하였다. 그뿐만 아니라 침실 바닥의 요에는 면을 넣어 두도록 시켰다. 거기에 한술 더 떠 아사테루가 잠자리에 들기 전에 시녀 서너 명으로 하여금 큼지막한 다리미로 요를 다려 놓게 하여 잠자리를 따뜻하게 덥혀 두는 등 정말 지극 정성으로 받들어 모셨다. 실제로 이 정도까지는 하지 않았을 것이다. 단지 『오카가미』의 작자가 흥에 겨워 과장해서 기록했다고 생각되는 면도 없지 않지만, 젊은 남편을 맞이하여 준비하였다는 실내 장식과 가구, 그리고 시녀들의 복장은 확실히 흠잡을 데 없이 훌륭했던 듯하다.

반면, 새 부인 자신의 복장은 수수했다. 화려하지 않은 미색의 천에 면을 두껍게 넣은 옷을 두 겹이나 끼워 입었으며(나이가 들어 추위에 약했을 것이다), 하의는 흰색을 착용하는 정도의 꾸밈없는 복장을 하고 있었다. 부인의 연령은 마흔을 조금 넘긴 나이로, 아사테루로서는 부모님뻘 되는 연령의 애인이었다. 더군다나 그녀의 용모에 대해서는 "얼굴색은 검고 이마에는 곰보 자국이 있었으며, 머리카락은 곱슬머리셨다"고 묘사되어 있다. 당시 미인의 조건은 검은 생머리로, 곱슬머리는 못생긴 여인의 대명사와도 같았다. 새 부인도 자신의 용모가 처진다는 사실을 인식하고 분수에 맞는 의복을 입으려 생각했을 것이다. 그런 연유로 미색 상의에 흰색 하의라는 복장은 부인의 용모에 잘 어울렸겠지만, 고위층 부인이라는 신분에 걸맞은 복장이라고는 할 수 없었다.

이에 비하면 아사테루의 전 부인인 시게아키라의 딸은 그 어머니가 죠간덴貞觀殿의 나이시노가미尚侍[7](도시 쿄子) 출신의 고귀한 신분 태생이므로, 당연한 이야기지만 용모 면에서든 자태 면에서든 참으로 빼어났다. 그럼에도 불구하고 어찌하여 이런 못생긴 용모에다 나이도 많은 연상의 미망인에게 마음을 주어 아름다운 부인을 내쫓고 이혼한 것일까라고 『오카가미』의 작자는 거듭 같은 의문을 제기한다. 그에 관해 『오카가미』의 작자는 작품에서 다음과 같이 솔직한 감상을 밝히고 있다.

아사테루와 같이 지체 높은 분조차 저렇다니 한탄스럽다. 미천한 나도 설령 마음을 바쳐 사랑하고픈 여자가 있다 하더라도 오래도록 함께 살아온 아내를 차버리는 짓은 도저히 가여워서 할 수 없다. 저렇게 지체 높은 분은 아무리 생활이 어렵다 하더라도 우리네 살림살이처럼 힘겹지는 않을 것이다. 새로운 부인을 맞이한 사건으로 세상 사람들은 아사테루 님의 경박스러운 행동에 실망하였고, 그로 인해 그분의 인망이 떨어진 것은 참으로 안타까운 일이

7. 후궁의 예식이나 사무 등을 관장하던 관청인 나이시노쓰카사(內侍司)의 최고자리에 해당한다.

다. 그만한 일조차 분별하지 못할 정도는 아니라고 생각하지만 미
천한 우리들 마음보다 못하다니 참으로 유감스럽다.

작자는 아사테루의 무분별한 행위를 호되게 비판하고 있다.
이 뒤에 다음과 같은 감상도 적고 있다.

저 정도 지체 있는 분조차 이러하니, 그보다 낮은 신분의 사람들이
어떤 행동을 할진 뻔하다. 오랜 세월 누추한 집에서 볼품없는 마누
라와 살며 힘겨운 인생을 참으며 살아온 건 나 스스로 생각해도 대
견하다.

이는 당시 세상 사람들의 평판을 대변한 것이라 생각된다.
예전에는 "남보다 뛰어나 멋지셨"던 귀족 자제로서 극구 칭송
되던 아사테루도 이 사건 하나로 완전히 인기를 잃고 말았다.
계속해서 『오카가미』는 다음과 같은 이야기를 소개한다.

이따금 전 부인 처소에 가려고 아사테루가 마차를 부리는
시종에게 명하곤 했지만, 그들은 도무지 그의 분부에 따르지
않았다. 그건 바로 새 부인이 남편의 호위무사와 시종들에게
입을 옷가지와 술을 주어 마시게 하거나 온갖 멋진 선물을 틈
틈이 주었기 때문이다. 그래서 시종들은 주인마님의 선처에 감
사하며 아사테루를 전 부인 처소로 모시고 가지 않았던 것
이다. 이에 대해 『오카가미』의 작자는 "아사테루 님의 마음을
도통 모르겠다"고 적고 있다. 즉, 시종이 자신의 명에 따르지

않는다고 해서 곧바로 그들의 뜻대로 되는 아사테루 님의 마
음을 의아스러워 했던 것이다.

  아랫것들이 자신의 명령을 따르지 않아 전 부인의 처소에 가시지
  못하다니 그런 어처구니없는 일이 어디 있단 말인가.

라고 『오카가미』의 작자는 요쓰기(이 작품에 등장하는 노인)를
통해 자신의 의향을 밝히고 있다. 『오카가미』의 작자는 미상
이지만 귀족 계층의 남성이라 추정되고 있다. 이 작자는 아사
테루에 대해서는 참으로 가차 없이 비판하고 있다. 하지만 작
자도 너무 가차 없이 비판했다고 생각했는지, 그 뒤에 "그러기
는 하나 아사테루는 심성이나 용모 모두 남들보다 훌륭한 분
이시다"라고 치켜세우고 있다.

  이 일화를 읽고 필자가 느낀 점은 진실한 사랑을 관철시킨
인간 아사테루를 향한 선망이다. 필시 아사테루는 세상 사람
들로부터의 혹독한 비난을 각오하고 지금의 부인과 결별한 후
연상의 미망인을 부인으로 선택했다고 생각한다. 그건 그렇
다 하더라도 파격적인 출세를 했으며 출중한 외모에 품격 있
는 귀족 자제의 마음을 빼앗은 그 연상의 못생긴 미망인은 상
당히 총명한 여성이었던 것 같다. 『에이가 모노가타리』에서도
"새 부인인 비와枇杷 마님은 참으로 지혜롭게 행동하시는 분이
다"라고 적고 있다. 아사테루는 그런 점에서 여인의 진정한 아
름다움을 발견했을 것이다. 전 부인에 대해서 "어린아이 같으

셨다"라고 적고 있는 걸 보더라도, 아름다웠지만 마음은 미숙한 여인이었던 전 부인이 재기 넘치는 아사테루에게는 아무래도 성이 차지 않았던가 보다. 병약했던 아사테루는 마흔다섯의 나이로 병사하게 되는데, 사망할 때까지 슬기로운 연상의 부인과 금실 좋게 살았다고 전하는 이 이야기는 지금으로부터 천 년도 더 된 옛이야기이다.

바람 같은 사랑

곤쟈쿠 모노가타리슈今惜物語集

『곤쟈쿠 모노가타리슈』는 헤이안 말기부터 가마쿠라 초기에 걸쳐 사람들 사이에 전해 내려온 일본 국내외의 교훈적인 설화를 집대성한 작품이다. 천여 개에 달하는 설화군에 등장하는 주인공은 황족에서부터 귀족, 무사, 승려, 서민 등 지금까지 주목받지 못했던 계층에 이르기까지 다양하며, 심지어 요괴가 변한 동식물도 등장하고 있다. 분량에 있어서나 제재의 풍부함에 있어서 정말로 설화의 보고라 할 수 있다.

이 작품에서 제재를 얻은 아쿠타가와 류노스케芥川龍之介[1]가 『라쇼몬羅生門』, 『코鼻』, 『덤불 속藪の中』 등 몇 개의 작품을 발표하면서 『곤쟈쿠 모노가타리슈』는 일약 주목받게 되었으며,

---

1. 현실을 명석한 지성으로 파악하려 애썼던 신현실주의의 대표적인 소설가(1892-1927). 『코』라는 작품으로 문단에 등장하였는데, 이 작품은 당시의 대문호 나쓰메 소세키가 극찬한 것으로 유명하다.

오늘날에는 설화 문학 최고의 고전으로 귀하게 여겨지고 있다. 여기에서는 '사랑의 형태'라는 주제에 맞는 이야기를 소설적인 주석을 가해 소개하고자 한다.

권28 제1화에 이런 이야기가 나온다. 고노에후의 관리인 마무타노 시게카타茨田重方는 색을 굉장히 밝히는 남자였다. 어느해 2월 첫 번째 축일丑日, 시게카타는 동료 몇 명을 데리고 후시미伏見에 있는 이나리稻荷 신사로 참배를 하러 갔다. 그는 참배보다는 술잔치라든가 여자를 희롱하는 일에 흥미가 있었으므로 오가는 사람들만 바라보고 있었다.

그런데 신사로 가는 길목에서 아주 멋지게 차려입은 여자를 만나게 된다. 그녀는 짙은 보라색 광택이 나는 겉옷에 자홍색과 연둣빛 옷을 겹쳐 입고 요염한 모습으로 걷고 있었다. 어떤 연유에서인지 그 여인은 관리들 일행이 오는 걸 보자 종종걸음으로 달려가 나무 그늘에 몸을 감추듯 서 있었다. 관리들은 그 여인을 보고 지나가면서 음란한 말을 걸기도 하고 아래쪽에서부터 여자 얼굴을 훑어보기도 했다.

시게카타는 선천적으로 색을 밝히는 남자였고, 늘 여자 문제로 부인에게 힐책을 당하곤 했다. 그럴 때마다 그는 절대로 그런 일은 없다며 발뺌만 일삼았다. 아니나 다를까 오늘도 눈에 띄는 여인네를 보자 그의 바람기가 다시 도졌다. 나무 그늘에 서 있는 여자에게 다가간 그는 "여자 몸에 자기 몸을 바짝 붙여 가며" 유혹했다. 그러자 여자는 "부인이 있으신 분이 충동적으로 하시는 말씀을 듣고 있는 내가 더 우습네요"라고 말했다. 그 목소리가 또한 참으로 매력적으로 들렸다.

이에 시게카타는 "당신이 말씀하시는 대로 변변찮은 마누라가 있소만, 얼굴은 원숭이 같고 마음은 행상하는 여인네와 같아 헤어지려고 생각하고 있던 참이오. 하지만 구멍 난 옷을 꿰매 줄 사람이 없는 것도 곤란하여 혹시 마음에 드는 분을 만나면 그쪽으로 갈아타려고 마음먹고 있었소이다. 그래서 이리 간청하는 것이오"라며 넌지시 그녀의 속을 떠보는 것이었다. 얼굴은 원숭이 같고 마음은 물건을 파는 여인네처럼 상스럽고 빈틈이 없다며 자기 부인을 헐뜯었으므로 상대방 여자는 깜짝 놀란다.

여자: 그게 사실입니까? 아니면 농담을 하시는 겁니까?

시게카타: 정말이오. 오래 전부터 바라던 바입니다. 이렇게 신사에 참배한 보람이 있어 신께서 당신과 만나게 해주셨다고 생각하니 너무 기쁘오. 그런데 당신은 혼자 사십니까? 어디 사시는지요?

여자: 저도 이렇다 할 남편은 없습니다. 예전에 궁궐에서 일한 적이 있습니다만, 남편이 그만두라 하여 그만두었습니다. 그 남편도 시골에서 죽었으므로, 최근 삼 년여 동안 의지할 만한 사람을 만나게 해달라고 이 신사에서 참배를 드리고 있습니다. 진정 저에게 호의를 가지고 계신다면 사는 곳을 알려드리지요.

여자는 거기서 잠깐 틈을 두고 나서, "아닙니다. 오가다 만난 분이 하는 말씀을 믿다니 바보 같아요. 어서 가십시오. 저도 이만 실례하겠습니다"라며 그 자리를 떠나려 했다. 그러자 시게카타는 "손을 모아 빌듯 이마에 대고"는 여인의 가슴 부분까지 두건이 닿을 정도로 머리를 숙여, "신이시여! 도와주소서. 너무 그렇게 쌀쌀맞게 대하지 말아 주시오. 이대로 당신 집으로 가 당신과 살며, 마누라가 있는 집으로는 두 번 다시 발도 들이지 않겠소이다"라며 애원하듯 말했다. 그러자 그 순간 여자는 시게카타의 머리를 묶은 상투를 두건 위에서부터 꽉 잡고 그의 뺨을 온몸의 분노를 담아 힘껏 후려쳤다. "산이 울릴 정도로 후려쳤다"고 쓰여 있으니 굉장한 소리를 내며 세게 때렸던 것이다. 깜짝 놀란 시게카타는 "갑자기 왜 그러시오?"라며 여인의 얼굴을 자세히 보았는데, 다름 아닌 바로 자기 부인이었던 것이다. "당신 미쳤소?"라며 시게카타가 소리를 지르자, 부인은 다음과 같이 호되게 꾸짖었다.

"당신이야말로 어쩌자고 이런 파렴치한 짓을 하는 겁니까? 전부터 당신 친구들이 '남편이 여자를 밝히니 방심하지 마시오'라고 말해 주었지만, 친구들이 괜히 질투심을 유발시키려고 그러는 것일 거라 생각하며 믿지 않았어요. 그런데 역시 정말이었군요. 당신이 아까 말한 대로 오늘부터 내 집에 온다면 분명 이 신사의 신께서 천벌을 내리실 겁니다."

졸지에 난감하게 된 건 시게카타였다. 설마 이 여인이 자기 부인일 줄이야 꿈에도 생각하지 못했다. 그래서 부인 욕을 하며 그런 여자가 있는 곳에는 두 번 다시 발을 들이지 않겠다고 기세등등하게 말해 버린 것이었다. 그런 심한 말을 들은 부인은 시게카타가 달래면 달랠수록 미친 듯이 화를 내며 욕설을 퍼부었다. 부인은 "어떻게 그런 말을 지껄일 수 있어. 이렇게 된 바에는 당신 뺨을 후려치는 걸 오가는 사람들에게 보여 웃음거리로 만들고 싶어. 너무나 분해"라며 소리쳤다. 시게카타는 난처해하며, "너무 그렇게 격분하지 마시오. 당신 말이 모두 옳소이다"라며 싱글벙글 웃는 낯으로 비위를 맞추려 했다. 하지만 부인은 남편의 바람기를 도저히 용서할 수 없었다.

한편, 그런 일이 일어난 줄도 모르고 일행들은 신사가 있는 높은 곳으로 올라가서는 "어째서 시게카타 씨는 꾸물대고 오지 않는 거야"라고 말하며 뒤를 돌아보니, 그가 여자와 맞붙어 싸우고 있는 모습이 보였다. "무슨 일이지?"라며 서둘러 달려가 보니, 시게카타가 자기 부인에게 기세가 꺾인 채 서 있는 게 아닌가. 이를 본 동료들은 그럴 줄 알았다는 듯, "잘 하셨소이다. 그러기에 그렇게 말해 주었거늘"이라며 부인 쪽을 치켜세워 주는 것이었다. 현대식으로 표현하면, "부인 잘하셨습니다. 그러니까 이 남자는 여자를 보면 사족을 못 쓴다고 그리 말하지 않았습니까?"라며 자기들이 말해 준 충고가 옳았다는 것을 강조한 셈이다. 그러자 부인은 백만 대군을 얻은 것처럼 든든하여,

"이분들이 말씀하시는 것처럼 정나미가 떨어질 만큼 경멸스런 당
신의 속내를 만천하에 드러내고자 이곳에 서 있었던 거예요."

라며 잡고 있던 두건 밑동을 놓았다. 시게카타는 쭈글쭈글해
진 두건을 바로잡으며 쑥스러운 듯 신사 쪽으로 참배를 드리
러 갔다. 그 뒷모습을 보며 부인은,

"당신은 좋아하는 여자 집에나 가요. 만일 내 집에 올 것 같으면 반
드시 발목을 부러뜨려 줄 테니."

라고 소리쳤다. 부인은 이렇게 실컷 남편을 혼내주고는 아래
쪽으로 내려갔다. 시게카타는 많은 사람들이 에워싸고 구경하
는 가운데 부인에게 호되게 당했지만, 결국 갈 곳이 없는지라
부인이 있는 집으로 돌아갔다. 돌아가서는 부인에게 온갖 비
위를 맞추었으므로 점차 그녀의 분노도 풀리기 시작했다. 여
자의 환심을 사는 데 있어서 만큼 이 남자는 정말이지 타의 추
종을 불허했다. "당신은 역시 이 시게카타의 부인이니까 그런
장한 행동을 할 수 있는 거요"라고 우쭐해하며 부인을 치켜세
웠다. 이 말은 부인을 치켜세우면서 실은 자기 자랑을 한 꼴이
되어 또다시 부인을 화나게 하고 만 것이다.

"입 다물어요, 이 정신 나간 사람아. 당신은 마치 장님마냥 자기 부
인 얼굴도 몰라보고 목소리도 분간하지 못해 많은 사람 앞에서 창

피를 당하고 웃음거리가 됐는데, 이렇게 기막힌 이야기가 또 있습
디까?"

라고 한 뒤, "부인도 비웃었다"라고 적고 있는 걸 보면, 그녀는
자기 부인도 알아보지 못하는 남편의 멍청함과 색을 밝히는
성격을 비웃었던 것이다. 이걸 보면 이 부인도 꽤나 기가 센 여
인이었던 것 같다.

그 후 이 사건에 대한 소문은 세간에 파다하게 퍼져 젊은 귀
족 자제들 사이에서 좋은 웃음거리가 되었다. 그래서 시게카타
는 궁궐에 나가더라도 젊은 관료들 앞에서는 언제나 꽁무니를
빼게 되었다. 한데 이 이야기의 끝부분에는 "시게카타의 부인
은 남편이 죽은 뒤 여인의 절정기인 삼십대에 다른 사람의 부
인이 되었다고 전해지고 있다"라는 후일담이 덧붙어 있다. 설
화집에 수록된 모든 이야기가 "~라고 전해지고 있다"라는 문
장으로 끝맺고 있으며, 첫 부분은 "今は昔(이마와 무카시)"[2]로
시작하고 있기 때문에, 『今昔物語集』(곤쟈쿠 모노가타리슈)라는
서명은 여기서 유래된 것이다.

그런데 이 이야기에 등장하는 부인은 후일담에서 미루어 짐
작하건대 시게카타와는 연령차가 꽤 나는 듯하다. 그렇다면
시게카타가 결혼한 여러 명의 부인 가운데 그녀는 젊은 축에
속하였을 것이다. 따라서 나이가 어린 만큼 생각하는 바를 그

2. '지금으로 보면 옛날'이라는 의미로 '옛날 옛날에'라는 정도로 해석할 수
있다.

대로 거리낌 없이 말하는 당찬 성격의 여자였던 것 같다. 그런 나이 어린 젊은 부인에게 호색가로서 경험이 풍부한 시게카타 가 호되게 당하는 장면은 참으로 통쾌하다. 더구나 남편이 죽 은 후 여자로서 한창 때를 맞이한 부인이 냉큼 다른 남자의 부 인이 되었다는 점 또한 인간의 본성을 보여 주는 듯하여 인상 적이다.

부인이 미녀로 변장하여 평상시 남편의 바람기를 폭로한다 는 줄거리도 재미있지만, 시게카타라는 호색꾼이 부인의 책략 에 걸려들어 체면 불구하고 미녀를 유혹하는 장면도 볼 만하 다. 그리고 사실은 그 미녀가 자기 부인이라는 것을 알고 허둥 대는 장면은 현대에 옮겨 놓더라도 전혀 어색하지 않은 대목이 다. 이 설화는 왕조시대, 특히 상류사회 속에서 전승된 이야기 인데, 근세 시대에는 서민을 주인공으로 한 작품 속에 이와 유 사한 이야기가 나온다. 교겐狂言³ 가운데 「하나고花子」가 바로 그것이다.

한 남자가 하나고라는 이름의 작부가 너무나 보고 싶어 부 인에게는 지부쓰도持仏堂⁴에서 하룻밤 좌선을 한다고 거짓말을 한다. 그러고서는 자신이 부리는 시종을 대신 지부쓰도에 들 어가게 한 후 작부를 만나기 위해 술집으로 향한다. 이 사실을 알게 된 부인이 자기가 종자인 척 좌선 복장을 하고 지부쓰도

---

3. 가무 중심의 노(能)와는 달리, 대사와 극적인 행동을 중심으로 한 일본 전 통 희극.
4. 수호불이나 조상의 위패를 안치하는 당집을 말한다.

에 있다가 외박한 남편을 호되게 꾸짖는다는 이야기이다.

예나 지금이나 색을 밝히는 남녀는 거짓말을 한다. 처자식이 있는데도 독신이라 속여 젊은 여자를 꼬드기기도 하고, 남편이 있는 여자가 독신인 척 하고 남자를 속이는 이야기는 수도 없이 많다. 마무타노 시게카타의 젊은 부인이나 「하나고」에 등장하는 호색꾼의 부인은 다른 사람인 양 분장하고 남편에게 접근하여 궁지에 몰아넣은 후 가면을 벗어 남편의 바람기를 응징하고 있다. 여자가 몸으로 터득한 지혜라고나 할까.

전란과 사랑

(13세기-14세기)

전쟁과 사랑 1

헤이지 모노가타리平治物語

　어느 시대건 전란은 죄 없는 여인과 아이들까지도 비극의 구렁텅이로 빠뜨린다. 미나모토노 요시토모源義朝의 애첩인 도키와常葉와 그녀의 세 아이들도 헤이치平氏의 난[1]을 겪으면서 비극적인 운명을 걷게 되었다.

---

1. 황위 계승 문제로 황실에서는 도바 천황·고시라카와 천황이 스토쿠 천황과 대립하고, 섭관 가문에서는 후지와라노 다다미치와 동생인 요리나가가 대립하게 된다. 이런 가운데 1156년 도바 천황 사망 후 대립은 표면화되어, 요리나가는 스토쿠 천황과 연합하여 미나모토노 다메요시·다이라노 다다마사 등과 결합하였고, 형인 다다미치는 다이라노 기요모리 등과 결탁하여 전투를 벌인다. 이 전란에서 고시라카와 천황 쪽의 승리로 끝나는데, 이것이 호겐(保元)의 난이다. 이 전란 이후, 고시라카와 상황의 원정이 시작되는데, 얼마 안 있어 근신들 간의 대립으로 후지와라노 노부요리가 미나모토노 요시토모와 짜고 거병을 도모하여, 다이라노 기요모리와 결탁한 후지와라노 미치노리를 살해한다. 이에 기요모리는 요시토모와 노부요리를 공격하여 요시토모의 아들인 요리토모를 이즈로 귀향 보내게 되는데, 이것이 헤이지(平氏)의 난이다. 이 난으로 미나모토(源) 가문은 세력을 잃게 되고, 다이라(平) 가문은 전성기를 맞이하게 된다.

헤이안 시대 말기에는 황실과 섭관 집안 내부의 세력 다툼이 이어지는데, 그중에서도 특히 큰 전란은 호겐保元의 난이다. 황위 계승을 둘러싼 문제에서 시작된 이 전란은 미나모토 집안의 수령격인 미나모토노 요시토모가 고시라카와後白河 천황 측근으로 가담하여 스토쿠崇德 천황 측근이었던 자신의 부친 다메요시爲義를 살해하는 지경에까지 이르렀다.

호겐의 난이 발생하고 나서 3년 후, 이번에는 후지와라 섭관 가문의 대립에 휘말린 요시토모는 숙적인 다이라노 기요모리平清盛와 전투를 벌이지만, 결국 다이라노 기요모리에게 패한다. 그는 동쪽 지방으로 도망가는 도중에 집안 대대로 부려온 가신에 의해 암살당한다. 다이라노 기요모리는 미나모토노 요시토모의 남겨진 어린아이에게까지 추격의 손길을 뻗쳐, "요시토모의 자식이 세 명 있다고 한다. 당장 찾아내 내 눈앞에서 모두 죽여 버려라"라고 명한다.

이 무렵부터 도키와의 어미로서의 역경이 시작된다. 도키와는 이 당시 스물세 살이었다. 열여섯 살 때 요시토모의 총애를 받기 시작하여 슬하에 이마와카(여덟 살), 오토와카(여섯 살), 우시와카(두 살) 등 세 명의 아들을 두게 된다. 우시와카는 훗날의 요시쓰네義経이다. 한편, 도키와는 미나모토 집안을 몰살시키겠다는 기요모리의 지시를 전해 듣고는,

"나는 요시토모 님이 돌아가셔서 슬픔에 빠져 지내는데, 아이들마저 잃고는 도저히 살아갈 수 없다. 어린 것들을 데리고 어떻게든

몸을 숨겨야겠다."

라고 결심한다. 그녀는 노모에게는 물론 하인들에게도 알리지
않은 채 밤의 어둠을 틈타 야마토大和까지 도망친다. 이때가 에
이랴쿠永曆 원년(1160) 2월 9일이라고 『헤이지 모노가타리』 가
운데 「도키와가 도망치는 이야기」 장에 기록되어 있다. 그 이
후 이어지는 도피행에 관한 묘사는 애절하면서도 가슴에 사무
치는 명문장이므로 소개하고자 한다.

때는 2월 10일. 막바지 한파가 기승을 부리고 있었고, 눈은 시도
때도 없이 내렸다. 장남인 이마와카를 앞장세우고 차남인 오토와
카의 손을 이끌며 막내 우시와카를 품에 안았다. 걷고 있는 두 어
린 것에게는 신발도 신기지 않은 채 맨발로 걷게 했다.

아직 날도 밝지 않은 데다 눈은 쉬지 않고 계속 내려 길조차
보이지 않았다. 어린 이마와카와 오토와카는 신발도 신지 않
은 채 눈길을 걷고 있었기에, "추워, 발이 시려요, 어머니"하며
구슬피 울었다. 보다 못해 젊은 모친은 자기가 입고 있던 옷을
벗어 자식들에게 입히고, 자기는 바람이 부는 정면에 서서 자
식들을 감싸면서 걸었다. 그래도 아이들은 추워하며 계속 울
어댔다. 도키와는 자기 옷소매를 찢어 아이들 발을 동여매 주
면서,

"조금만 가면 으리으리한 저택이 나온단다. 그곳은 너희 아버지를 죽인 원수 기요모리의 집이란다. 소리를 내어 울면 붙잡혀 죽고 말 거야. 그러니 죽기 싫으면 울음을 멈추어라."

라고 말했다. 얼마 안 있어 커다란 지붕이 보이자 이마와카는 저곳이 자기들 원수의 집 대문이냐고 모친에게 확인하고서는 두 동생을 향해 "오토와카야, 울지 마라. 나도 울지 않을 테다"라고 말했다. 여덟 살의 어린 나이지만 과연 무사의 자식답다.

옷소매로 발을 동여맸다고는 하나 얼음처럼 단단하게 얼어 버린 눈길이었으므로, 결국 발이 갈라져 걸어가는 발자국마다 여기저기 피로 물들었다. 도키와는 눈물로 얼굴이 엉망이 된 채 가까스로 숙모 집에 이른다. 그런데 숙모는 "이젠 반역자의 아내이지 않느냐?"라며 태도를 싹 바꿔 매정하게 도키와와 아이들을 문전에서 쫓아내고 만다. 그럼에도 도키와는 참을성 있게 날이 저물 때까지 문밖에서 기다렸지만, 말을 건네는 사람은 아무도 없었다. "어린 것들을 데리고 도키와는 울면서 그곳을 떠났다"고 원문에는 기록하고 있다. 패자의 비참함을 역력히 보여 주는 부분이다.

숙모의 집을 나와 도키와와 아이들은 휘몰아치는 눈 속을 헤맨 끝에 간신히 오두막집을 발견한다. 그녀는 하룻밤 재워 줄 것을 간청하지만, 그 집 주인도 반역자의 처자식 같으니 그럴 수 없다며 집 안으로 들여 주지 않았다. 도키와는 슬픔의 눈물로 잔뜩 젖은 양쪽 소매를 늘어뜨리고 사립문에 얼굴을 기댄 채 어찌할 바를 몰라 했다. 그러자 안주인이 "우린 대단한 신분도 아니니 반역자를 집에 들인들 문책을 당할 일은 없을 겁니다. 신분이 높든 낮든 여자는 다 마찬가지입니다. 자, 들어오세요"라며 안으로 들게 해 여러 가지로 대접을 잘해 주었다. 도키와와 어린 아이들은 이제야 되살아난 것 같은 느낌이 들었다. 하지만 앞으로의 일을 생각하니 도키와는 걱정이 되어 잠을 이룰 수가 없었다.

기요모리에게 잡히는 날엔 이마와카와 오토와카는 제법 컸으니 목을 베어 죽이겠지. 우시와카는 아직 어리니 강물에 던지거나 땅 속에 파묻어 죽일지도 몰라. 그렇게 되면 나는 어찌해야 하지.

이런 생각들로 괴로워하며 한탄하는 사이에 날이 밝았다. 그집을 막 나서려는데, 이번에는 남편이 더 있으라며 만류해 줘서 하루를 그곳에서 더 머문 후 사흘째 되는 날에 그 집을 나왔다. 거기서 다시 야마토 지방 우다군 류몬(현재의 나라 현 요시노 마을)에 있는 백부 집으로 가서 당분간 몸을 감추고 있었다.

한편, 도키와의 노모는 로쿠하라六波羅[2]에 인질로 잡혀 도키와와 그 자식들의 행방에 대해 호되게 추궁당하게 된다. 이를 전해들은 도키와는 '죄 없는 어머니의 목숨을 건지고 싶다'는 일념으로 로쿠하라로 출두할 결심을 한다. 이를 전해들은 노

---

2. 가마쿠라 막부가 조정을 수호하고 궁정 귀족 정권을 감시하고 큐슈 지방을 관할할 목적으로 교토의 로쿠하라에 설치한 관청이다.

모는 "나는 늙은 몸이니 이제 살날도 얼마 남지 않아 어린 손주들이랑 딸 대신 죽으려 했는데, 딸이 돌아와 다시 괴로움을 당할 걸 생각하니 괴롭다"며 한탄한다.

　도키와가 출두한다고 알려진 당일, 미인이라는 평판이 자자한 그녀의 모습을 보기 위해 다이라 가문 일족과 무사에 이르기까지 많은 사람들이 로쿠하라로 몰려왔다고 기록되어 있는 걸 보면, 그녀는 상당한 미인이었던 것 같다. 『헤이지 모노가타리』에는,

> 교토에서 용모가 아름다운 여인을 천 명 모은 후 그 가운데서 백
> 명을 고르고, 다시 그 백 명 가운데서 열 명을 골라내었다. 열 명 중
> 에서도 도키와가 가장 아름다웠다. 천 명 가운데 제일이라니 분명
> 아름다웠을 것이다.

라는 내용도 보이는데, 도키와가 열여섯 살에 요시토모의 총애를 받게 되기까지의 경위를 기록하고 있다.

　세 명의 아이들과 도피 행각에서 돌아온 도키와는 이윽고 기요모리 앞에 끌려가 심문을 받게 되었다. 그녀는 "제 남편인 요시토모 님의 남겨진 자식들을 찾아 모조리 죽인다고 하여 외진 시골에 숨어 지냈습니다만, 나로 인해 죄 없는 노모가 죽을 것 같아 노모의 목숨을 건지고자 왔습니다. 어린 것들을 죽이려거든 그 전에 나를 먼저 죽이시오"라며 울면서 호소했다. 그러자 옆에 있던 노모는 "손자와 딸을 죽이려거든 그 전에 이

늙은 것부터 죽이시오"라고 흐느꼈다. 이때 그들을 지켜보고 있던 여덟 살의 이마와카는 눈을 휙 치켜뜨며 원수인 기요모리를 쳐다본 다음 어머니 쪽을 보며, "그리 울면서 말씀을 하시면 알아들을 수 없으니 울음을 그치고 말씀하셔야 합니다"라고 어머니를 타일렀다고 한다. 다이라平 가문 사람들과 사무라이들은 "역시 요시토모의 자식이라, 어리지만 말하는 것이 다르군"이라며 혀를 차며 놀라워했다고 『헤이지 모노가타리』는 전하고 있다.

노모와 자식들을 죽이려면 먼저 자신부터 죽이라는 도키와의 결연한 모습은 비장하였지만 자신이 처한 비극적인 현실 앞에서 흐르는 눈물을 감출 수는 없었던 것 같다. 그런 어머니를 보며 울음을 그치고 좀 더 또박또박 말하라고 타이르는 이마와카는, 『헤이지 모노가타리』의 작자가 말하는 것처럼, 과연 요시토모의 자식다운 당찬 모습을 보여 주고 있다. 이 장면은 『헤이지 모노가타리』 중에서도 가장 감명 깊은 대목이다.

천 명 가운데 한 사람으로 뽑힐 정도의 미인이 모친과 자식의 목숨을 건지고 싶다며 애처롭게 호소하는 모습에 남자인 기요모리가 호의를 품은 건 당연한 일일 것이다. 원문에도 "도키와의 모습을 보신 순간부터 연모의 마음이 생기셨다"고 적고 있다. 기요모리는 마땅히 형을 집행해야 하지만 그렇다고 매정한 처사도 할 수 없다며 도키와 모자를 물러가게 했다. 그러면서 모든 건 도키와 당신 마음먹기에 달렸다고 말한 것이다.

그 후 기요모리는 도키와에게 편지를 보내지만, 도키와는 쌀

쌀맞게 답장도 보내지 않는다. 그러자 기요모리는 화를 내며 자기 뜻에 따르면 "세 명의 어린 것들의 생명을 구해 주겠다. 만일 나의 뜻에 따르지 않으면, 네가 보는 앞에서 죽여 버릴 것이다"라고 써 보냈다. 그래도 도키와는 원수의 뜻에 따를 마음이 없었기에 답장을 보내지 않았다. 그러자 비구니인 모친이 "어린 것과 이 어미의 목숨을 건지고 싶으면 명령에 따르거라"라며 울면서 권유하는 바람에, 도키와는 하는 수 없이 기요모리의 뜻에 따르기로 작정한다. 그 결과, 모친과 아들 세 명은 목숨을 건지게 되었다. 얼마 후 장남인 이마와카는 다이고데라醍醐寺로 출가하고, 차남인 오토와카는 하치죠노미야에게 맡겨져 출가하였으며, 막내인 우시와카는 구라마데라鞍馬寺에 맡겨지게 된다.

기요모리는 전에도 계모인 이케노젠니의 말을 받아들여 요시토모의 삼남인 요리토모[3]를 구해 준 적이 있다. 그 일로 가신들이 "적의 자식을 서너 명이나 계속 도와주시는 연유가 무엇입니까"라고 이의를 제기하자 기요모리는 할 말이 없었다. "누구나 그렇게 생각할 것이다. 하지만 이케노젠니께서 어른스러운 요리토모를 살려주라 하셨기에 그리 했는데, 형인 그를 살려준 이상 어린 동생을 죽일 수는 없지 않겠는가?" 인간 기요모리의 일면을 엿볼 수 있는 명대사이다. 하지만 본심은 아

3. 미나모토노 요리토모(1147-1199). 가마쿠라 막부의 초대 장군으로, 헤이안 말기의 무장인 미나모토노 요시토모의 아들. 도키와가 낳은 세 아들과는 배다른 형제이다. 요리토모는 결국 기요모리 집안을 무너뜨리고 새로운 무사 정권인 가마쿠라 막부를 수립하는 데 성공한다.

름다운 유부녀인 도키와에게 완전히 마음을 빼앗겼던 것이다.
『헤이지 모노가타리』의 작자도,

> 사람은 목석이 아니기에 미인에게 마음을 빼앗기는 것도 무리는
> 아니다. 세 아이의 목숨을 건진 건 도키와가 평소 불공을 드리던
> 기요미즈데라淸水寺의 관음보살님의 영검 덕이긴 하나, 도키와가
> 일본 제일의 미인이었기 때문이기도 하다.

라고 기술한 후, "용모와 자태가 아름다운 것은 행복의 근원"
이라며 이 장단을 마무리하고 있다.

자신의 남편을 죽인 남자에게 몸을 맡긴 결과가 된 도키와
가 과연 행복했는지 어떤지는 알 수 없다. 그러나 그 당시 도키
와에게 미혹된 기요모리는 훗날 자신이 살려준 요리토모와 요
시쓰네(우시와카)에 의해 멸망당하는 운명으로 이어진 셈이니,
그의 미혹은 미나모토 가문에게는 행운의 씨앗이었지만, 다이
라 가문에게는 비극의 씨앗이었다.

『헤이지 모노가타리』의 고활자본에 따르면, 기요모리는 도
키와를 굉장히 사랑하여 그녀를 자기와 가까운 처소에 살게
하였으며, 도키와로 하여금 자신의 처소로 오가게 했다고 전
하고 있다. 그러는 사이에 얼마 안 있어 도키와는 회임하여 딸
하나를 낳았다고 한다. 기요모리의 사랑이 식은 후 도키와는
"이치죠一条에 사는 오쿠라쇼大蔵省[4]의 장관이었던 나가나리長

---

4. 중앙 최고 관청이었던 다이죠칸에 설치된 여덟 개의 중앙 행정 관청 가운

成의 부인이 되어 아이를 여럿 낳았다"고도 전하고 있다.

또한 일설에 따르면, 만년에 남편인 요시토모가 생전에 방랑했던 발자취를 따라 동쪽 지방을 방랑하다, 후와노세키不破関 관문5 부근에서 도적에게 살해당했다고도 전해지고 있다. 바쇼는 『노자라시 기행野ざらし紀行』6에서 다음과 같은 하이쿠를 읊고 있다.

요시토모의	義朝の
심정과 닮았구나	心に似たり
가을날 바람	秋の風

이와 같이 볼 때, 도키와는 절세미인이었다는 이유로 전란에 의해 운명이 뒤틀어진 박복한 여인이었다고 말할 수 있을 것이다.

데 하나로 각 지방에서 세금을 거두어들이는 업무를 관장하였다. 또한 화폐와 도량형, 그리고 시장 가격을 결정하기도 하였다.

5. 기후 현에 위치한 관문이다.

6. 바쇼가 1685년 문인인 치리(千里)를 동반하여 쓴 하이카이 기행문. 에도 후카가와(深川)를 출발하여 이세(伊勢)를 거쳐 고향인 이가우에노(伊賀上野)에 도착, 오우미(近江) · 야마토(大和) · 미노(美濃) · 오와리(尾張. 지금의 나고야)를 거쳐 다시 에도로 돌아오기까지 여행을 하며 느낀 체험이나 견문을 기록한 책이다. 바쇼의 최초의 기행 작품으로 유명하다.

전쟁과 사랑 II

기케이키義経記

『기케이키』[1]에 따르면, 헤이지의 난 이후 교토에 머물던 미나모토노 요시쓰네源義経[2]는 남몰래 사귀던 여성이 무려 스물네 명이나 있었다고 한다(권4). 그 후 이복형인 요리토모의 노여움을 사게 되어 서쪽 지역으로 달아날 때에는 그 가운데 가장 사랑했던 열한 명의 여성을 데리고 "한 배에 타셨다"고 적혀 있다. 열한 명 가운데 요시쓰네의 비극적인 생애와 깊이 관련된 두 명의 여성이 있었으니, 즉 유곽의 여성이었던 시즈카

---

1. 미나모토노 요시쓰네(이름을 음독하면 기케이가 된다)의 생애를 중심으로 그린 일종의 전쟁 소설(군키 모노가타리軍記物語). 기구한 환경에서 자란 미나모토노 요시쓰네의 유년기와 몰락해 가는 만년의 비극적인 운명을 주로 묘사하고 있다.
2. 미나모토노 요시쓰네(1159-1189). 헤이안 말기의 무장. 가마쿠라 막부를 세운 초대 장군인 미나모토노 요리토모의 이복동생이며, 어릴 적 이름은 우시와카이다. 이복형인 요리토모를 도와 다이라(平) 집안을 물리치는 데 혁혁한 공을 세우지만, 후에 요리토모와 사이가 나빠져 그의 추격을 받게 되자 결국 자살하게 된다.

라는 애인과 부인인 고가노히메기미라는 여성이다.

사랑하는 요시쓰네를 위해 순수한 사랑으로 일관한 미모의 무희 시즈카는, 『기케이키』의 기술에 의하면, 열아홉의 어린 나이에 출가하여 그 다음 해에는 "평소의 소망대로 극락왕생을 이루었다"고 전한다. 요시쓰네를 둘러싼 수많은 여성 가운데 시즈카는 가장 널리 알려진 여인이므로 여기서는 생략하기로 하고, 다카다치高館[3]에서 요시쓰네와 함께 비분의 죽음을 맞이한 정처 고가노히메기미에 관해 소개하고자 한다.

고가노히메기미는 고가노오이도노의 딸로 아홉 살에 부친을, 열세 살에는 모친을 여의고 쥬로곤노가미 가네후사兼房에 의해 양육된 불행한 여성이었다. 아름다운 용모와 비단결 같은 성품을 지닌 여인이었다고 『기케이키』는 기록하고 있다.

일설에 의하면, 그녀는 고가노오이도노가 아니라 가와고에노 시게요리川越重頼의 딸이었다고 전하고 있다. 『겐페이죠스이키源平盛衰記』[4] 등에도 시게요리의 딸로 되어 있다. 시게요리는 하타케야마 시게요시畠山重能(시게타다重忠의 부친)의 사촌 동생인 요시타카能隆의 자식으로, 무사시노쿠니 가와고에(지금의 사이타마 현) 사람이었다. 그는 후에 요시쓰네에 연루되어 요리토모에게 영지를 몰수당한 뒤 처형되었다. 그런 점에서 추측하

---

3. 후지와라노 히데히라(藤原秀衡)가 미나모토노 요시쓰네를 위해 건축한 저택으로, 1189년 요시쓰네가 최후를 맞이한 곳으로도 유명하다.
4. 가마쿠라 시대 중기의 전쟁 문학인 군키 모노가타리. 작자는 미상이며, 48권으로 되어 있다. 『헤이케 모노가타리(平家物語)』의 이본(異本)이며, 문학적 가치에 있어서는 『헤이케 모노가타리』에 미치지 못하나 후세 문학에 크나큰 영향을 준 작품이다.

건대 가와고에노의 딸이라는 쪽이 좀 더 설득력이 있는 듯하
다. 어쨌든 그녀는 열여섯 살 무렵까지는 주거도 변변찮은 처
지였는데, 타고난 미인이라는 소문이 요시쓰네의 귀에도 들어
가게 되었고, 요시쓰네는 그녀를 본 순간 첫눈에 반한 것 같다.

한편, 요시쓰네는 서쪽 지방으로 도망가는 도중에 폭풍우를
만나 다이모쓰大物 포구[5]로 다시 밀려오게 되고, 거기서 적군
의 배에 포위되는 등 재난이 겹치게 된다. 이 일을 계기로 전도
가 다난하리라 생각했는지, 시즈카 한 사람에게만 '사모의 정
이 한층 더 깊어진 것인지,' 아무튼 시즈카만 남게 하고 다른
여인들은 전부 본가로 돌려보냈다. 이때 고가노히메기미도 기
산다喜三太라는 시종을 딸려 본가로 돌려보낸다. 그 후 요시쓰
네는 혹독한 추격대의 추적을 피해 요시노 산吉野山으로 몸을
숨기는데, 여기서는 애첩인 시즈카와도 부득이 헤어지게 되며,
다시금 도피행은 계속된다.

『기케이키』 권5에는 「시즈카, 요시노 산에 버려지다」라는
이야기가 있는데, 시즈카를 교토로 모시라는 요시쓰네의 분부
를 받은 시종들이 맡겨 놓은 재물을 속여 빼앗아서는 시즈카
를 산에 버려둔 채 도망치고 만 것이다. 남겨진 시즈카는 체포
되어 가마쿠라로 소환되었으며, 요시쓰네에게는 이전보다 더
혹독한 추격의 손길이 뻗쳐지게 된다.

---

5. 현재의 오사카 북부를 흐르는 요도 강(淀川)의 인공적 지류인 간자키 강
(神崎川) 하구와, 효고 현 아마가사키 시 하구의 가와지리 서편에 걸쳐 있던
포구를 가리킨다.

이럭저럭 분지文治 2년(1186) 정월을 맞이한다. 가마쿠라에
서는 요시쓰네와 관계가 있었던 수많은 사람들이 처벌되었다.
요시쓰네는 점점 신변에 위험이 닥쳐오는 걸 예감하며, 신변의
안전을 위해 히데히라秀衡[6]가 있는 오슈奧州[7]로 도망갈 것을 결
심한다. 그러나 이번에는 위험한 도피행이므로 예전 우시와카
牛若라 불리던 시절에 사금 따위를 매매하는 상인인 기치지吉次
와 걸었던 추억이 깃든 코스로 갈 수는 없었다.

요시쓰네는 "오슈로 가려면 어느 길로 가는 게 좋지?"라며
부하들의 의견을 물어 도피 경로를 의논하였다. 그 결과, 사람
들의 눈을 피해 갈 수 있는 호쿠리쿠도北陸道[8]를 따라 가기로
결정했다. 그러나 문제가 된 건 복장이었다. 출가한 사람의 복
장을 하자는 자도 있었지만, 가장 무난한 수행자 복장으로 하
자는 쪽으로 의견이 모아졌다. 또 다른 문제는 수행자의 모습
으로 가장하여 오슈로 도피하는 중에 다른 수행자들과 만났을
때 산 속의 절을 찾아 수행중이라는 사연을 그들에게 똑바로
응답할 수 있을까라는 점이었다. 하지만 무사시보武蔵坊 벤케
이弁慶의 제안으로 벤케이 자신은 아라사누키荒讃岐라는 승려

---

6. 후지와라노 히데히라(?-1187). 헤이안 말기, 오슈 지방의 호족으로, 그곳
의 지방관을 역임하면서 오슈 지방의 지배자로서 위세를 떨쳤다. 그는 당대
최고 권력을 가진 다이라 집안이 미나모토 집안을 토벌하라는 명령에도 따
르지 않았으며, 다시 미나모토노 요리토모가 권세를 잡은 시기에도 그에 대
항하여 그의 미움을 산 요시쓰네를 보호하기도 하였다.
7. 현재의 후쿠시마(福島), 미야기(宮城), 이와테(岩手), 아오모리(青森)의 네
현과 아키타(秋田) 현 일부를 지칭하는 옛 지명이다.
8. 현재 일본의 중부 지방으로 동해에 면한 후쿠이(福井) 현, 도야마(富山)
현, 니이가타(新潟) 현, 이시카와(石川) 현, 사도(佐島) 섬을 총칭한다.

로 분장하기로 하고, 하구로 산 야마부시羽黑山伏[9]가 구마노熊
野[10]에 참배한 후 다시 하구로 산으로 되돌아간다는 설정을 제
안하여 그리하기로 결정했다.

도피 일행은 주군과 가신, 그리고 시종들을 합쳐 총 열네 명[11]
이었다. 드디어 출발을 하루 앞둔 시점에 요시쓰네가 부인인
고가노히메기미도 동행시키고 싶다는 말을 꺼내 벤케이를 놀
라게 한다. 벤케이는 처음에는 "산 속의 절을 찾아다니며 수행
하는 사람이 부인을 앞세우고 떠난다면 절대로 수행자로는 보
이지 않을 것입니다"라며 주군의 의견에 반대했다. 하지만 생
각해 보면 고가노히메기미는 요시쓰네 외에는 누구 하나 의지
할 데 없는 딱한 처지였다. 그런 그녀를 가엾게 여기는 주군의
마음도 무리는 아니라는 생각이 들었다. 그래서 마음을 고쳐
먹고, "그럼 마님이 계신 곳으로 가셔서 상황을 살펴보시는 것
이 좋을 듯싶습니다"라고 아뢰었다. 그러자 요시쓰네는 굉장
히 기뻐하며, "알았네. 그럼 갔다 오겠네"라며 감색 옷 위에 얇
은 장옷을 뒤집어써 여장을 하고는 이치죠 이마데가와今出川에
있는 부인의 처소로 향했다.

벤케이는 주군인 요시쓰네가 고가노히메기미를 방문하기에
앞서 그녀를 만나 다음과 같이 전한다. "주군께서는 내일 무츠

---

9. 하구로 산(羽黑山)은 야마가타(山形) 현에 위치한 산이다. 하구로 산 야마
부시는 그곳에서 수행하는 자를 말한다.
10. 와카야마(和歌山) 현 서부 무로(牟婁) 군에서, 미에(三重) 현 북부 무로(牟
婁) 군에 걸친 지역의 총칭이다.
11. 일본고전문학전집 『기케이키(義経記)』(小學館)에는 열여섯 명으로 되어
있다.

陸奥 지방으로 출발하십니다만, 여정이 험난하여 마님을 모시고 가 힘들게 하실 수는 없어서 먼저 내려가십니다. 만일 주군께서 살아남으시면, 가을에는 반드시 마님을 모셔 오시겠다고 하셨습니다." 그녀는 그때 마침 임신 중이었는데, 그렇지 않아도 불안한데다 그 말을 듣자 더더욱 불안해져, "교토에서도 감시의 눈을 번뜩이고 있고, 효에노스케兵衛佐(요리토모)는 냉혹한 자라 하니, 내가 임신했다는 소문이라도 저들 귀에 들어간다면 어떤 문책을 당할지 알 수 없네. 내 죽어도 함께 죽으리라 결심하고 있었거늘 어찌 데려가지 않으시는가"라고 한탄하였다. 그러고는 "언젠가는 변하는 무정한 마음이여!"라며 눈물을 흘렸다.

벤케이는 그녀의 굳은 결심을 알아차리고는 그 뜻을 요시쓰네에게 전했다. 이를 전해 들은 요시쓰네는 감동하여 곧바로 그녀의 처소로 가서는 "이 얼마나 조급한 원망의 소린가. 요시쓰네가 이렇게 직접 마중 왔거늘"이라 말하며 저택 안으로 불쑥 들어섰다. 고가노히메기미는 너무나도 뜻밖이라 "꿈을 꾸는 듯하여 뭔가 묻고자 해도 눈물이 복받쳐 올라 어쩔 도리가 없는" 상태였다. 이리하여 오랜만에 감동적인 재회가 이루어진 뒤 그녀의 동행이 결정되었다. 삼 년 후, 그녀는 요시쓰네와 함께 자결하여 죽음을 맞이하게 되는데, 지금의 동행의 결심이 운명을 결정짓는 계기가 된 셈이다. 만일 동행하지 않고 가마쿠라에 남았더라면 또 다른 운명을 맞이했을 지도 모른다.

한편, 고가노히메기미로서는 너무나도 갑작스런 출발이었

으므로 준비하는 일이 이만저만이 아니었다. 키를 넘는 머리도 허리 부근까지 싹둑 자르고 엷은 화장으로 눈썹을 가늘게 그렸으며, 복장은 씩씩한 소년의 모습으로 갖추었다. 준비하는 동안 벤케이는 그녀에게 다음과 같이 어린 소년처럼 행동할 것을 당부한다.

무쓰 지방은 수도자가 굉장히 많은 곳이므로, 꽃가지를 꺾어 "이것을 보라"며 보여 주거나 할 때에는 남자 말투를 배우셔서 소년답게 행동하십시오.

다음 날 아침 동틀 무렵, 드디어 이마데가와[12]를 떠나려 할 때에 고가노히메기미의 보호자 역할을 했던 가네후사가 어떻게 전해 들었는지 그녀가 떠난다는 소식을 듣고 한걸음에 달려왔다. "조상 대대로 모셔 온 주인님이 머나먼 곳으로 떠나신다고 하는데, 처자식 때문에 이곳에 남아 있을 수는 없습니다"라고 말하며 함께 데려가 줄 것을 청했다. 이때 가네후사는 예순여섯의 노인이었다.[13] 백발이 섞인 상투를 풀어 헤치고 간청하는 모습에 주위에 있던 사람들도 그 깊은 충절에 감격의 눈물을 흘렸다. 가네후사도 고로모가와衣川[14] 전투에서 주군을 위해 자신의 목숨을 던질 운명을 이때 선택한 것이 된다.

---

12. 교토 북부에 위치한 마을이다.
13. 일본고전문학전집 『기케이키』에는 예순세 살로 되어 있다.
14. 이와테 현을 남북으로 흐르는 기타카미 강(北上川)의 지류. 이 전투에서 패하여 요시쓰네가 자결을 하게 된다.

총 인원 열여섯 명의 패잔병이 북쪽 지방 길을 따라가는 여정은 예상보다 훨씬 힘겨운 것이었다. 더군다나 고가노히메기미는 도보여행이 익숙하지 않았기에 그 고통은 한층 더 심했지만, 이를 악물고 뒤처지지 않으려 애쓰며 걸었다.

맨 첫 번째 관문인 오쓰大津[15] 포구에서는 그 지역의 거상인 오쓰노 지로大津次郎의 부인이 수상히 여겨 이것저것 캐물었지만, 남편의 온정으로 겨우 빠져나올 수 있었다. 그의 선처는 여기서 그치지 않고, 자기 소유의 배를 내 주어서 그 배를 타고 가이즈海津 포구로 건너갈 수 있었다. 이 포구에서 아라치愛発의 나카 산中山[16]를 넘어 드디어 에치젠 지방으로 들어갔다. 아라치에 있는 미쓰노쿠치三口[17] 관문에서는 요시쓰네와 벤케이를 알고 있다는 미심쩍은 남자를 만나게 되는데, 벤케이는 이 남자의 목을 베어 뒤탈을 피했다. 이리하여 끝없이 이어지는 위기에 처하게 되지만, 그때마다 벤케이의 재치와 담력으로 위기를 모면하면서 목적지를 향해 조금씩이나마 힘겹게 나아갔다.

한편, 뇨이如意[18] 나루터에 다다랐을 때, 요시쓰네는 벤케이

---

15. 시가 현에 위치한 곳이며 교통의 요지로 유명하다.
16. 현재의 시가 현 가이즈(海津)에서 후쿠이 현의 쓰루가(敦賀)로 넘어가는 도중에 있는 산.
17. 후쿠이 현 남부에 위치한 쓰루가라는 항만 도시로 대륙 교통의 요지였다.
18. 도야마 현에 위치한 나루터. 이로써 교토를 출발하여 시가 현을 거쳐 후쿠이 현으로, 그곳에서 이시카와 현을 넘어 도야마 현으로 들어오게 된 것이다.

가 후려치는 부채에 맞아 쓰러지는 수난을 겪게 된다. 사정은
이러하다. 나루터 뱃사공이 요시쓰네를 수상히 여겼던 것이다.
그러자 벤케이는 뱃사공에게 다음과 같은 사정을 털어놓는다.

> "저 자는 하쿠 산白山[19]에서부터 줄곧 함께한 중이오. 그런데 나이
> 가 어린 탓에 다른 사람들이 우리들까지 자꾸 이상하게 여겨 의심
> 을 하니 억울해 죽겠다네."

벤케이는 뱃사공에게 이렇게 거짓으로 꾸며대고는 요시쓰네
를 배에서 끌어내려서는 부채로 마구 후려쳤다. 그때의 위기를
모면한 후에 벤케이는 눈물을 흘리며 요시쓰네에게 "아무리
주인님을 지키기 위한 것이라 해도 주군을 때리다니 천벌을 받
을 짓을 했습니다"라고 말하며 "하염없이 울어 다른 사람들도
눈물을 흘렸다"고 『기케이키』는 적고 있다.

이리하여 지가노시오가마千賀塩釜, 마쓰시마松島, 아네하노마
쓰妹齒松[20] 등을 돌아서 가메와리 산龜割山[21]에 도달했을 때, 갑
자기 고가노히메기미가 해산 기미를 보였다. 가네후사는 안절
부절못하면서도 만일 깊은 산 속에라도 들어갔으면 어찌되었
을까 생각하니 다행이라 여겼다. 그는 산길에서 약 300미터 정
도 숲 속으로 들어가 나무 아래에 모피를 깔고 해산할 장소를

---

19. 이시카와 현과 기후 현에 걸쳐 있는 화산(2702미터). 후지 산(富士山), 다
테 산(立山)과 함께 일본 삼대 영산(靈山) 가운데 한 곳이다.
20. 세 곳 모두 미야기 현에 위치한 명승지이다.
21. 야마가타 현에 소재한 산이다.

마련했다.

고가노히메기미는 진통이 심해 숨이 끊어질 정도였다. 요시쓰네는 "이런 곳에서 당신을 잃는 건 너무 슬프오"라며 눈물을 흘렸다. 그러는 사이에 그녀는 목이 마르다며 물을 찾았으나, 산 속이었으므로 마실 물도 없었다. 벤케이가 가까스로 물을 찾아와 마시게 하자 그녀는 기력을 회복하여 겨우 출산할 수 있었다. 아들을 낳았으므로 이 지역과 연관 있는 가메즈루고젠亀鶴御前이라는 이름을 지어 주었다.

고된 여행 끝에 가까스로 목적지인 히라이즈미平泉에 도달하였다. 요시쓰네 일행은 히데히라의 융숭한 접대와 보호를 받았다. 『기케이키』에는 "다시 남자로 돌아와 영화를 누리셨다"고 표현하고 있다. '남자로 돌아왔다'는 것은 수도자의 몸에서 환속하여 어엿한 무장이 되었다는 의미이다. 고가노히메기미의 처소에도 '열두 명의 여관과 시녀들'을 갖추어 주었으므로 이쪽으로 오면서 겪은 고생스런 나날에 비하면 예전의 영화를 누리던 생활로 돌아왔다고 할 만하다.

하지만 이런 만족스런 생활도 약 삼 년 정도로 종말을 고한다. 의지하고 믿었던 히데히라가 그만 병에 걸려 사망하게 된 것이다. 그의 아들인 야스히라는 부친의 유언에도 불구하고 요리토모의 권유에 따라 요시쓰네가 거처하는 고로모가와衣川의 저택을 공격하고 만다.

히데히라는 죽음을 앞두고, "가마쿠라도노(요리토모)의 감언에 넘어가 요시쓰네 님을 결코 홀대해서는 아니 된다. 가마쿠라에서 전령이 올 경우 목을 베어라. 이 유언을 어기지 않는다면 너희들의 미래는 평온할 것이라 생각해도 좋다"며 울면서 당부해 두었다. 하지만 어리석은 야스히라는 부친의 유언을 어겼기 때문에 훗날 요리토모에게 처형당하고 영지마저 몰수당해 후지와라 일족은 멸망하게 된다.

요시쓰네는 야스히라의 배신을 눈치 채자 둘째 아이 출산 후 아직 일주일밖에 지나지 않은 부인을 불러 자결할 의사를 밝힌다. 그러고는 "옛날부터 여인에게 죄나 허물을 묻는 일은 없으니 어디론가 몸을 피하도록 하시오"라고 권한다. 그러자 부인은 "당치도 않습니다. 당신과 헤어져 잠시 동안이나마 이 세상에 살아남은들 무슨 의미가 있겠습니까. 저를 먼저 죽여 주세요"라며 남편의 곁을 떠나려 하지 않았다. 요시쓰네는 "그럼 누가 먼저 죽거나 나중에 죽는 일이 없도록 함께 죽읍시다"라며 지부쓰도 동쪽 정면에 장소를 마련하고 부인을 들였다.

드디어 야스히라의 부하 나가사키타로 등 오백 명의 병사가 공격해 왔다. 그에 반해 저택 안에 있던 군사는 열 명 안팎이었다. 요시쓰네는 "야스히라 형제들에게는 모르겠지만 졸병들에게까지 활을 쏠 필요는 없다"고 지시한 후 차분히 불경을 계속 읽었다. 고로모가와 전투의 상황은 『기케이키』에 생생하게 묘사되어 있는데, 박력이 넘친다. 특히 벤케이와 가네후사의 분투는 한마디로 눈부셨다. 중과부적으로 결국 힘이 다한 벤케이는 인왕문에 세워놓은 인왕상처럼 적을 노려보는 위압적인 얼굴로 버티고 선 채 전사한다.

요시쓰네는 드디어 때가 되었다고 느꼈다. 품속에 고이 간직하고 있던 칼을 조용히 왼쪽 가슴 아래쪽에 찔러 넣고 고통스러운 숨을 내쉬며 부인에게 다시 한 번 도망갈 것을 권유했다. 부인은 함께 죽고 싶다고 애원하며 가네후사를 불러들여 자결을 도울 것을 요청한다. 그러나 충성스런 가네후사는 어릴 적부터 키워 온 아가씨인 만큼 고가노히메기미에게 칼을 들이댈 수는 없었다. 옆에 있던 주군의 네 살짜리 아들은 "빨리 시데노 산²²에 가요. 가네후사도 데려가요"라며 재촉했다. 너무나도 애처로워 가네후사는 울면서 마님의 오른쪽 겨드랑이 아래에 칼을 찔러 넣고, 이어 같은 힘으로 어린 주군을 칼로 찔렀다.

요시쓰네는 "마님은 어찌 되었느냐"고, 당장이라도 끊어질 것 같은 숨을 내쉬며 묻는다. 이미 자결하셨다고 아뢰자 손으로 더듬어 부인 쪽으로 다가가 안고 아들에게도 손을 뻗어 "어서 집에다 불을 질러라"라는 한마디를 마지막으로 숨을 거두었다고 전하고 있다. 가네후사는 여기저기 뛰어다니며 저택에 불을 질렀다. 그리고 적군 한 명을 말에서 끌어내려 왼쪽 겨드랑이에 끼고 활활 타오르는 화염 속으로 뛰어들어 장렬한 최후를 마쳤다. 그때 요시쓰네 나이 서른하나, 부인은 스물두 살의 젊은 나이였다. 기묘하게도 요시쓰네는 자신의 유년기를 보냈던 곳에서 덧없이 멸망한 것이다.

---

22. 저승에 있다는 험한 산으로, 죽음의 고통을 산에 비유한 것이다.

사기결혼

우지슈이 모노가타리宇治拾遺物語

『우지슈이 모노가타리』[1]는 가마쿠라 시대 초기에 성립된 설화집으로 약 200편의 설화를 수록하고 있다. 이 가운데에는 「도깨비가 혹 떼어 가는 이야기」[2]와 「은혜 갚은 참새 이야기」[3] 등 민화의 원형으로 널리 알려진 것이 대부분이어서, 앞서 소개한 『곤쟈쿠 모노가타리슈』에 이어 귀중한 고전으로 손꼽히고 있다. 지금부터 소개하고자 하는 이야기도 잘 알려진 내용으로, 이 이야기는 현대에 옮겨 놓더라도 이상하지 않은 사기

---

1. 편자는 미상이며, 성립 시기는 여러 가지 설이 있으나 대략 1212년에서 1221년경이라 추정되고 있다.
2. 한국의 「혹부리 영감」과 유사한 내용의 설화이다. 다만 한국 설화에 등장하는 혹부리 영감은 노래를 불러 도깨비들을 현혹시킨 반면, 일본의 설화에서는 춤을 추는 혹부리 영감이 등장하여 차이를 보인다.
3. 이 이야기는 「흥부전」과 유사하며, 「흥부전」이 주인공으로 형제가 등장하는 데 반해, 여기서는 할머니와 그 이웃에 사는 할머니가 등장한다는 차이를 보인다.

결혼에 관한 것이다. 권9 제8화에 수록되어 있는 이야기다.

옛날 도박꾼 아들로 코와 눈을 한곳에 모아 놓은 듯 이목
구비가 가운데로 몰려 있어 보통 사람이라고는 할 수 없는 못
생긴 남자가 있었다. 부모는 어떻게든 아들을 정상적으로 결
혼시켜 제 앞가림을 하며 살아가도록 하기 위해 여러모로 궁
리하였다. 마침 그 무렵, 어느 부잣집에 애지중지 키워 온 딸
이 있는데, 모친이 그 딸과 결혼시킬 잘생긴 신랑을 찾고 있다
는 소문을 들었다. 못생긴 남자의 부모는 재빨리 이 혼담에 응
수하여 "천하에 둘도 없는 우리 미남 아들이 댁의 사위가 되
고 싶다고 하는데 어떠신지요?"라는 뜻을 중신아비를 통해 전
하게 했다. 이목구비가 불균형인 남자를 천하제일의 미남이라
니 당치도 않은 이야기인데, 역시 도박꾼이나 할 법한 수법이
다. 그런데 부잣집에서는 이를 곧이듣고 굉장히 기뻐하며 당장
"사위로 삼고 싶다"며 길일을 택하여 혼인시키기로 결심한다.

약속한 혼례식 날이 다가오자 사위 쪽에서는 의복 등 필요
한 것들을 다른 사람에게 빌렸다. 이윽고 혼인 당일 밝은 달빛
에 못생긴 얼굴이 보이지 않도록 여러 가지 신경을 써 치장을
했다. 도박 친구들도 모여 있어 대단한 집에서 온 사위처럼 보
였기에, 추남인 이 신랑도 일단은 당당하고 기품 있어 보였다.

이처럼 감쪽같이 속여 혼례를 치른 후, 신랑은 밤마다 신부
의 집으로 가 동침하였다. 통혼의 경우, 처음에는 밤에만 부인
의 처소를 방문하였지만, 정식으로 사위가 되었으므로 대낮에
도 함께 동침하는 경우가 생기게 되었다. 대낮이라 추남이라

는 사실을 감출 수 없게 되었으니 큰일인 셈이다. 남자는 어찌할까 하고 궁리한 끝에 다음과 같은 일을 꾀하게 된다. 즉, 함께 도박하는 친구 중 한 명이 부잣집 천장으로 올라가 두 사람이 자고 있는 그 방 천장을 삐걱삐걱 소리를 내어 걸으면서 '엄숙하고 무서운 목소리'로 "천하제일의 미남이여!"라고 부르는 것이었다.

집 안에 있던 사람들은 이를 듣고 무슨 일인가 하고 어쩔 줄 몰라 했다. 신랑은 짐짓 무서워하는 척하며, "세상 사람들이 나를 보고 '천하제일의 미남'이라 말하는 건 들은 적이 있지. 근데 도대체 무슨 일이지?"라고 부인에게 말했다. 그러는 동안 세 번이나 불러댔으므로 신랑은 도깨비에게 대답을 했다. 그러자 사람들은 "어쩔 작정으로 대답을 했지?"라고 의아해하며 물었다. "나도 모르게 그만 대답하고 말았소"라고 남자는 변명을 하면서, 사람들이 내막을 알아챌까 두려워하며 벌벌 떨었다. 도깨비로 가장한 남자와 신랑은 대화를 이어갔다.

도깨비: 이 집 딸은 내가 내 것으로 삼은 지 삼 년이나 되는데, 너는 무슨 생각으로 이리 들락거리느냐?

신랑: 그런 줄도 모르고 왕래하게 되었습니다. 아무쪼록 살려 주십시오.

도깨비: 아니, 용서할 수 없다. 정말이지 밉살스런 놈이다. 혼 좀 내주고 돌아가야겠다. 네 놈은 목숨과 얼굴 중 어느 쪽이 아깝느냐?

그러자 새신랑은 "어찌 답하면 좋죠?"라고 사람들에게 물었다. 그러자 장인과 장모 두 사람 다, "얼굴이 뭐라고. 목숨만 부지한다면야 얼굴 따윈 아깝지 않다고 하게나"라며 권했다. 이에 남자가 장인 장모가 시키는 대로 말하자 도깨비는 "그럼 빨아 먹겠다"며 무시무시한 목소리로 말했다. 그러자 남자는 갑자기 얼굴을 감싸 쥐고 "아아, 아아" 하고 소리를 지르며 아픈 듯이 마구 뒹굴었다. 이윽고 도깨비는 뻐걱뻐걱 소리를 내며 돌아갔다. 주위에 있던 사람들은 "신랑의 얼굴은 어찌 되었을까" 걱정하면서 등불을 밝혀 새신랑의 얼굴을 살펴보았다. 그러자 "눈과 코를 한곳에 모아 놓은 듯한 모양새"였기에, 거기 있던 사람들은 깜짝 놀라고 말았다.

무지함은 놀라운 것이다. 처음부터 이런 얼굴이었다고는 생각도 못하고 이 사람들은 도깨비의 소행이라고만 믿어 버린 것이다. 여기에다 이 이후의 새신랑의 연기가 아주 뛰어났다. 그는 슬픈 듯 울면서 이렇게 말하는 것이었다.

"애당초 목숨을 앗아가라고 말해야 했어. 이런 얼굴로 이 세상을 살아간들 아무런 의미도 없어. 이런 추한 모습이 되기 전 얼굴을 한 번만이라도 보여 주지 못한 것이 너무나 원통하다. 아니지, 애당초 이런 무서운 도깨비가 있는 집으로 장가 온 것이 실수였어."

이렇게 한탄하는 사위의 말을 장인은 그대로 믿었다. 장인은 사위를 동정하면서 얼굴이 형편없이 된 대신에 자기가 지닌 보물을 주겠다며 마음을 다해 못생긴 사위를 귀히 대접하였다. 게다가 집터가 나빠서 도깨비가 나온다고 생각해 다른 곳에다 으리으리한 집을 지어 살게 했으니 남자는 그야말로 더할 나위 없는 행복한 생활을 누리게 되었다고 이야기를 맺고 있다.

당시는 도깨비에 관한 민간 신앙이 꽤 깊었으므로 이런 거짓말 같은 이야기가 실제로 있었던 것 같다. 그렇다 하더라도 과연 도박꾼다운 속임수는 완벽하게 성공을 거둬 천하에 못생긴 남자는 감쪽같이 부잣집 사위가 된 것이다.

불쌍한 건 그런 못생긴 남자를 남편으로 맞은 딸과 막대한 재산을 내주는 입장에 처한 그녀의 부모이다. 하지만 딸에 관해서는 아무 내용도 쓰여 있지 않으므로, 의외로 못생긴 남자의 깊은 애정에 만족하며 남편으로 섬겼는지도 모르며, 부모도 그런 딸을 보고 잠깐 재난을 만난 정도로만 생각했는지도 모를 일이다. 그런 식으로 생각하지 않는다면 이 설화는 비극에 지나지 않는다. 그도 그럴 것이 이 남자는 얼굴이 못생겼다고만 되어 있을 뿐, 성격이 나쁜 악한이라고는 한 줄도 쓰여 있지 않다. 이에 비하면 지금 현재의 결혼 사기는 훨씬 치밀할 뿐만 아니라 질도 나쁘다. 신분을 속여 결혼하거나 재산만을 노려 결혼하고는 결국 상대방을 죽여 버리는 무시무시한 사례도 적지 않다. 그에 비하면 이 작품에 등장하는 남자가 자신의 못생긴 외모를 속여 장가간다는 이야기는 어린애 같은 일면도 있어 그리 밉살스럽지는 않다. 민화란 원래 이런 성격을 지닌 것이다.

이야기는 벗어나지만, 『우지슈이 모노가타리』에는 불교 설화도 많다. 불도와 '남녀의 사랑'이란 주제는 관계가 없는 듯 보이나, 꼭 그렇지 만은 않다는 걸 보여 주는 이야기 두 편을 소개하고자 한다. 첫 번째는 불심을 확고하게 지님으로써 번뇌를 떨쳐 버릴 수 있었던 스님의 이야기이고, 두 번째는 수행을 쌓은 고승도 성욕 앞에서는 무릎을 꿇고 만다는 이야기이다. 권4 제7화는 「미카와뉴도三河入道의 출가」라는 제목의 이야기이다. 미카와뉴도란 시가뿐만 아니라 문장력도 뛰어났던 오에노 사다모토大江定基를 말하는데, 그는 출가하여 쟈쿠쇼寂昭라 칭했으며, 이후 송나라로 건너가 엔쓰 대사円通大師라 불렸다. 이 이야기는 대사가 아직 출가하기 전에 있었던 이야기이다.

사다모토는 오랜 세월 같이 지낸 부인을 저버리고 젊고 어여쁜 여자를 사랑하게 된다. 결국 사다모토는 그 여자를 부인으로 삼아 미카와 지방으로 데리고 간다. 미카와 지방의 지방관으로 취임한 것이다. 일설에 의하면, 그 여자는 유곽에서 일하던 여인이었다고 한다. 미카와로 간 후, 여자는 오랫동안 병을 앓게 되고, 아름답던 용모도 추해져 결국 죽고 만다. 사다모토는 슬픈 나머지 장례도 치르지 않고 밤낮으로 시체와 이야기하고 옆에서 자며 입까지 맞췄다고 하니 무척이나 사랑했던 것 같다. 그러는 사이에 시체가 썩어 들어가자 하는 수 없이 통곡하며 매장했다고 한다.

얼마 안 있어 그는 교토로 상경하여 스님이 되었고, 불도를 몸에 익혀 번뇌를 끊고 깨달음을 얻기 위해 거지 행색을 하고 탁발 수도하였다. 그리고 불심을 터득했을 무렵, 어느 집에서 먹을 것을 희사 받아 앞뜰에서 먹으려고 하는데, 멋진 의상을 걸친 여인이 나왔다. 그런데 그 여인이 바로 자기가 저버린 전 부인이었다. 그 여자는 원망스럽게 말했다. "이 거지 같은 놈, 이런 꼬락서니가 되길 얼마나 바랐는데." 그러나 그는 창피해하지도 괴로워하지도 원망하지도 않으며, "아, 이런 고마운 일이!"라고 말하며 내어준 음식을 다 먹고는 돌아갔다고 한다. "확고한 불심을 지니면 그런 일을 당해도 괴로워하지 않는 법이다"라고 이야기를 맺고 있다. 불심이 잡념을 이겨낸 예화이다.

권4 제8화에는 이런 이야기가 실려 있다. 옛날 신노묘부進命婦라는 여인이 젊었을 때 늘상 기요미즈데라에 공양을 드리러 다녔다. 묘부란 품계가 5위 이상인 여관을 말한다. 이 기요미즈데라의 주지는 사음계를 범하지 않으며, 육식을 금하고 처자도 두지 않은 청렴한 스님으로, 나이는 이미 여든 살로 법화경 팔만사천 부를 독경하신 고승이었다. 그런데 이 노승이 그만 아름다운 신노묘부를 보고 욕정이 동하여 갑자기 병이 나거의 죽을 지경이 되었다. 이에 영문을 모르는 제자들이 이상히 여겨 스승에게 물었다. "편찮으신 상태가 아무래도 심상치 않습니다. 뭔가 골똘히 생각하고 계신 점이 있으시다면 말씀하셔야 됩니다." 그러자 노승은 "실은 내가…"라며 다음과 같은 엄청난 사실을 털어놓는 것이었다.

"교토에서 이 절로 공양을 드리러 오는 여성과 가깝게 지내며 친근하게 이야기를 나누고 싶다고 생각한 지 어언 3년, 음식도 먹을 수 없고, 이젠 축생도에 떨어지려 하고 있다. 괴롭구나."

결국 아름다운 여인을 연모하여 병이 들어 버린 것이다. 그래서 제자 중 한 사람이 신노묘부를 찾아가 이런 사정을 전하자, 그 여인은 얼마 안 있어 스님을 찾아왔다. 병든 스님은 머리도 밀지 않은 채 세월을 보냈으므로 '수염과 머리카락이 은으로 만든 침을 세워 놓은 듯하여 귀신 같은' 모습이었다. 하지만 여인은 조금도 두려워하는 기색 없이,

"오랜 세월 저의 스승으로서 의지하며 모신 마음은 결코 얕지 않습니다. 그것이 무슨 일이건 어찌 말씀을 거역하겠습니까. 이렇게 쇠약해지시기 전에 왜 말씀하시지 않은 겁니까?"

라고 말했다. 노승은 부축을 받아 앉아서는 염주를 들고,

"이렇게 와 주셔서 기쁘오. 이제까지 독경한 팔만여 부의 법화경 가운데 가장 귀중한 문구를 그대에게 드리지요. 아들을 낳게 된다면 관백이나 섭정의 지위에 오를 것이오. 만일 딸을 낳게 된다면 왕세자비나 왕비가 될 것이오. 스님이 된다면 법무를 담당하는 불교계에서 가장 높은 위계인 대승정이 될 것입니다."

라는 말을 끝낸 후 그대로 사망했다. 불심을 몸에 익힌 고승도
색욕을 극복할 수 없었다는 이야기인데, 이 스님은 여인의 진
심에 감사하며 숨을 거두기 직전에 번뇌에서 벗어난 것이다.
얼굴과 마음 모두 어여쁜 이 여인은 후에 후지와라노 요리미
치藤原賴通[4]와 결혼하여 고승이 감사하는 마음으로 들려준 예
언대로 "교고쿠노오토노, 시죠노미야, 미이노가쿠엔자스[5]를
낳으셨다고 한다"는 말로 이야기는 끝을 맺고 있다.

---

4. 992년 출생하여 1074년 사망한 헤이안 중기의 정치가. 후지와라노 미치
나가의 장남으로, 고이치죠 천황·고스쟈쿠 천황·고레이제이 천황 등 3대
에 걸쳐 섭정, 관백이 되어 부친과 함께 후지와라 씨의 전성기를 구축하였
다.
5. 고승의 예언대로 법무대승정의 지위에까지 올랐다.

꿈같은 사랑

겐레이몬인 우쿄노다이부슈建礼門院右京大夫集

고전 작품에 나오는 여성 가운데 겐레이몬인 우쿄노다이부 建礼門院右京大夫는 필자의 마음을 끄는 사람 중 한 명이다. 우쿄노다이부右京大夫라는 것은 후궁으로 출사했을 당시 불렸던 호칭이며, 겐레이몬인建礼門院[1]을 모셨으므로 겐레이몬인 우쿄노다이부라 불렸다. 그녀는 서예가이자 『겐지 모노가타리』의 연구가로 알려진 후지와라노 고레유키와 거문고의 명수였던 유기리 사이에서 태어났으며, 부모의 재능을 이어받아 풍부한 교양을 지닌 아름답고 마음씨 고운 여성으로 성장했다.

겐레이몬인 우쿄노다이부는 젊은 나이에 다카쿠라高倉 천황의 중궁인 다이라노 도쿠시平德子(다이라노 기요모리의 딸로, 훗날의 겐레이몬인)를 모시며, 당시 세력을 떨치던 다이라 가문 사람

---

1. 다카쿠라 천황의 황후(1155-1213). 다이라노 기요모리의 차녀로, 안토쿠(安德) 천황의 모친이다.

들에 둘러싸여 화려한 궁정 생활을 체험한다. 궁정 생활을 시
작할 당시, 그녀는 사랑 따윈 해서는 안 된다며 굳게 자신을
경계하였으나, 전세의 인연이라는 것은 벗어날 수 없는지라 생
각지도 못한 사랑에 빠지고 만다.

상대방은 다이라노 기요모리의 손자이자 다이라노 시게모리
平重盛의 차남이면서 중궁의 조카인 다이라노 스케모리平資盛였
다. 스케모리에게는 이미 본부인이 있었다. 더욱이 그는 그녀
보다 나이도 어렸으며 신분상으로도 격이 달랐기 때문에, 그들
의 사랑은 다른 사람의 이목을 꺼려야만 했던 몰래한 사랑이
었다. 그러나 그녀는 물론이고, 스케모리에게 있어서도 그들의
사랑은 진지하고 소중한 사랑이었다.

『겐레이몬인 우쿄노다이부슈』를 읽다 보면, 그녀가 스케모
리와 연인관계를 맺었던 시기를 전후하여 후지와라노 다카노
부藤原隆信와도 사랑의 관계를 맺고 있었다는 것을 알 수 있다.
하지만 이것은 그녀가 작품에서 밝히고 있듯이 "세상 사람들
로부터 여자를 밝힌다고 소문난" 다카노부가 일방적으로 조작
한 사랑으로, 다카노부는 나이 어리고 재능 있는 그녀를 어떻
게든 자기 것으로 삼으려고 처음 만난 다음 날부터 유혹의 노
래를 보낸 것으로 풀이된다. 이에 그녀는 지적인 답가를 읊어
거부하나, 여성을 다루는 일에 익숙한 다카노부로부터 교묘한
말로 구애를 받자 점차 마음이 기울어 그와 남녀관계를 맺고
만다. 얼마 안 있어 스케모리와의 관계가 이루어지자 그녀는
다카노부와의 관계를 후회하며 다음과 같은 노래를 읊는다.

그와의 사랑	越えぬれば
한탄스럽기만 하네	くやしかりける
후회스러워라	逢坂を
어찌하여 난 그를	なにゆえにかは
사랑하고 말았나	踏みはじめけむ

어찌하여 그런 남자와 관계를 가지기 시작한 것인지 자신이 생각해도 너무나 후회스러울 따름이었다.

하지만 그녀가 사랑했던 단 한 사람인 스케모리와의 관계도 오래 가지는 않았다. 지쇼治承 4년(1180)에 요리토모의 거병, 다음 해 5년에는 다카쿠라인高倉院의 서거가 있었고, 이어 기요모리가 사망하게 된다. 이후 다이라 가문은 급속도로 멸망의 길을 걷게 된다. 쥬에이壽永 2년(1183) 7월에는 어린 안토쿠 천황을 모시고 수도를 버리고 낙향하는 처지가 된다. 연인인 스케모리도 예외는 아니었다. 그는 다이라 씨 일족과 운명을 같이하여 겐랴쿠元曆 2년(1185) 3월, 단노우라에서 바다에 빠져 자살한다. 그의 나이 스물여섯 살이었다.

『겐레이몬인 우쿄노다이부슈』는 겐레이몬인 우쿄노다이부의 노래 약 300수와 그녀 주변 사람들의 노래 50여 수를 모은 개인 가집이다. 이 작품에는 고토바가키²에 해당하는 긴 문장이 노래 사이에 삽입되어 있어 순수한 가집은 아니고, 일기와 같은 성격을 띠고 있다. 이 작품을 정리한 동기에 대하여 그녀

---

2. 노래 앞에 오는 설명문으로, 노래를 읊은 취지를 쓴 글을 말한다.

는 글 첫머리에서 다음과 같이 밝히고 있다.

애처롭고 슬프지만 왠지 잊히지 않는 지난 일들 가운데 문득 마음
에 떠오르는 것을 그때그때 생각나는 대로 적어 두어 나 혼자 읽으
려는 것이다.

"애처롭고 슬프지만 왠지 잊히지 않는 지난 일"이란 단노우
라의 바다 속에 빠져 죽은, 생애 가장 사랑했던 연인인 스케모
리를 향한 사모의 정과 추억일 것이다. 그녀는 사랑하는 사람
을 잃은 슬픔과, 미나모토 씨와 다이라 씨가 격돌한 동란의 세
월을 살았다는 증거를 자기 혼자만의 기념으로 적어 남기려
했던 것이다.

우리들이 체험한 그 불행한 전쟁 가운데 그녀와 비슷한 슬픔
과 근심을 맛본 사람은 적지 않을 것이다. 그만큼 그녀가 남긴
이 인간 기록은 친근한 고전으로서 몇 번 되풀이하여 읽어도
마음에 사무치는 작품이다. 그녀는 작품에서 잊을 수 없는 스
케모리의 인상을 다음과 같이 그리며 회상하고 있다.

눈이 많이 쌓인 어느 날 아침, 그녀는 생가에 내려가 있었다.
겨울이라 손질도 하지 않은 집 앞마당의 황폐한 모습을 바라
보며, "오늘 나 찾는 이"³라는 유명한 노래의 한 구절을 읊조린

---

3. 산촌에 눈이/하염없이 내려쌓여/길도 막혔네/오늘 나 찾는 이/어여삐 맞
이하리(山里は/雪降りつみて/道もなし/今日来む人を/あはれとは見む)라는 노
래의 네 번째 구절을 따서 읊조린 것이다. 이 노래는『슈이와카슈(拾遺和歌
集)』(251번)에 수록되어 있으며 작자는 다이라노 가네모리이다.

다. 폭설이 내려쌓여 길도 막힌 이런 산촌에 자신을 찾아주는 임이 있다면 자신은 진정으로 사랑받는 것이리라 생각한 것이다. 그런데 뜻밖에도 그곳으로 스케모리가 찾아온 것이다. "갈색 바탕에 그 빛깔과는 다른 색실로 짜낸 모양의 평상복 차림이었다. 짙은 적색 상의에다 자색 바지를 입고" 직접 자신이 문을 열어젖히며 갑자기 찾아왔을 때의 모습이 "너무나도 매력적으로" 보였다고 적고 있다. 눈 내린 그날 아침 그의 모습이 그녀에게는 언제까지나 잊을 수 없는 그리움으로 다가오는 것이었다.

스케모리와 우쿄노다이부와의 교제는 지쇼 원년(1177) 늦가을부터 시작된다. 쥬에이 2년(1183) 7월부터 스케모리 등 다이라 씨 일족은 도망가는 신세가 되었으므로, 불과 6년이 채 안되는 짧은 기간이었다. 더구나 이 무렵 스케모리는 구로도노토라는 요직에 있었기 때문에 공무로 다망했다. 또한 정처가 있었으므로 남의 이목을 신경 써야 만하는 사정도 있어 그다지 빈번하게 만나지는 못했을 것이다. 그러는 사이에 세상 돌아가는 모양이 날로 어수선해져 한창 세력을 떨치던 다이라 가문의 명운은 눈에 띄게 멸망의 길을 걷기 시작한다. 그 영화는 꿈이었던 것일까, 환상이었던 것일까, 라며 그녀는 슬픔 속에서 당혹스러워한다.

쥬에이·겐랴쿠 무렵, 세상의 소란스러움은 꿈이라고도 환영이라고도 비참하다고도 그 뭐라고도 형용하기 어려운 때였고, 모든 것이

어떻게 될지 알 수 없던 시절이었다. 그리 쉽사리 떠올릴 수는 없을 것이라 여겼던 그때의 일들이 지금까지도 생생하게 기억이 난다.

그녀는 이미 궁중의 출사를 그만두고 집에 들어앉아 있었는데, 궁정 생활에서 친했던 다이라 가문 사람들이 낙향한다는 이야기를 듣는다. 뭐라 형용할 수 없는 꿈만 같은 일이라 생각되어 차라리 그 놀라움과 슬픔을 떠올리지 않겠다고 생각할 정도였다. 그 무렵 스케모리가 사람 눈을 피해 그녀의 처소로 이별을 고하러 온다.

"보다시피 이런 전란의 세상이니 다시 살아 돌아올 수는 없을 게 요. 오랫동안 애정을 나눈 사이이니 아무쪼록 내세를 위해 공양을 부탁하오. 만일 좀 더 살아 있다손 치더라도 이미 각오를 굳혔으니 소식은 전하지 않으리다. 당신을 소홀히 여겨 연락도 하지 않는다 고는 결코 생각지 마시길 바라오."

이 말을 듣고 그녀는 눈물짓는 것 이외에 어떤 말도 할 수 없었다. 드디어 스케모리는 다이라 가문의 대장으로 출진하였고, 이것이 이승에서의 마지막이었다. 말할 수 없는 힘든 심경 속에서 가을이 깊어 갔다. '시시각각 변하는 하늘 모양' '각양각색의 구름 모양'을 보면서 그녀는 스케모리가 '정처 없이 떠도는 객지'에서 어떤 심정으로 지내고 있을까 하고 사랑하는 사람의 처지를 염려했다.

그 어디에서	いづくにて
내 님 무슨 생각에	いかなることを
젖어들면서	思ひつつ
오늘 저 달 보며	こよいの月に
소맷자락 적실까	袖しぼるらむ

　이런 생각을 하는 사이에 다이라 씨 일족이 모처에서 공격을 당해 모처로 멀리 달아났다는 소문이 들려오자 그녀의 마음은 불안과 슬픔에 잠긴다. 하다못해 한 번만이라도 그분을 만나고 싶다고 계속 생각한 탓일까, 어느 날 밤 그녀는 스케모리의 환영을 꿈속에서 본다. 바람이 세차게 부는 날 꿈속의 스케모리는 평소 입던 평상복 차림에 몹시 괴로워하는 모습으로 뭔가를 보고 있었다. 두근거리는 가슴으로 잠에서 깨어났을 때의 심정은 뭐라 말할 수 없었다.

　다음 해인 쥬에이 3년(1184) 봄, 그녀는 '너무나도 놀랍고 무서운 소식'을 접하게 된다. 가깝게 지냈던 다이라 가문의 사람들이 전쟁에서 죽었고, 완전히 몰라보게 변해 버린 그들의 주검이 교토의 중심 도로 이곳저곳에서 질질 끌려 돌아다니고 있다는 것이었다. 미나모토노 요시쓰네가 이치노타니 전투에서 패한 다이라 가문 무사들의 목을 교토로 가지고 돌아와 하치조가와라에서 효수했던 것을 가리킨다.

　머지않아 비보가 연달아 날아든다. 시게히라平重衡[4]가 생포

---

4. 다이라노 시게히라(1157-1185): 헤이안 말기의 무장으로 다이라노 기요

되었다는 전갈, 기요쓰네清経[5]와 고레모리維盛[6]가 물 속에 투신
자살했다는 비보 등을 접하며, 그녀는 '그분은 뒤에 남아 얼마
나 불안해하실까'라고 생각했다. 그러던 차에 마침 스케모리
에게 자신의 심경을 전달할 수 있는 기회가 찾아와 속마음을
편지에 적어 보낸다. 그 편지 속에 다음과 같은 노래를 덧붙인
다.

여러 가지로	さまざまに
염려스런 마음에	心乱れて
혼란스러워	藻塩草
편지를 적어 보낼	かきあつむべき
마음마저 안 드네	心ちだにせず

  헤어지기 직전에 편지도 전하지 않겠다던 스케모리로부터
"이젠 진정 언제 죽을지 모르니" 이번만은 진지하게 답장을 보
낸다며 전장에서 그의 마지막 편지가 그녀에게 전해진다. 일
년 만에 받아보는 스케모리의 편지가 그녀의 마음속에 그의
모습을 한층 더 깊이 각인시켰다. 그 무렵 다이라 일족은 야시

모리의 아들이다.
5. 다이라노 기요쓰네(?-1183). 다이라노 시게모리의 넷째 또는 셋째 아들로
도 알려져 있어 불확실하다. 부친인 다이라노 시게모리(1138-1179)는 헤이
안 말기의 정치가로 다이라노 기요모리의 장남이다.
6. 다이라노 고레모리(1158-1184). 헤이안 말기의 무장으로 다이라노 시게
모리의 장남.

마屋島[7]로 퇴각하는데, 이는 다이라 가문의 마지막 결전인 단노 우라 전투를 맞이하기 직전의 행보였다.

얼마 후 그녀는 가장 두려워하던 스케모리의 투신자살이라 는 비보를 듣게 된다. 『헤이케 모노가타리』는 그때의 상황을 "고마쓰노신잔미노 츄죠小松新三位中将 스케모리, 고마쓰노신잔 미노 쇼쇼小松新三位小将 아리모리有盛, 조카인 사마노가미左馬頭 유키모리行盛가 서로 손을 잡고 한곳에 몸을 던지셨다"고 적고 있다.

이러한 비보를 전해 들었을 때, 그녀는 이미 각오는 하고 있 었지만, "그저 멍하니 넋이 빠져 있었다"고 묘사하고 있다. 그 리고 멈출 줄 모르는 눈물을 애써 다른 사람에게 보이지 않으 려고 옷을 머리에 뒤집어쓰고 하루 종일 누워서 하염없이 울며 보냈다고 한다. 그녀는 그때의 심경을 다음의 노래에 담고 있 다.

슬프다든가	悲しとも
허망하다든가	またあはれとも
그런 세상의	世のつねに
일반적인 말로는	いふべきことに
표현할 길 없어라	あらばこそあらめ

하지만 그녀는 '꼭 내세를 빌어 달라'던 스케모리의 유언을

---

7. 지금의 가가와(香川) 현 다카마쓰(高松) 시 북동부에 위치한 반도이다.

떠올리며 마음을 다잡는다. 그러고는 예전 스케모리로부터 받은 편지를 물에 녹여 새로이 종이를 만들게 하여 불경을 필사하기도 하고, 예전에 받은 편지를 그대로 얇게 편 후 그 뒤편에 종이를 붙여 지장보살 여섯 좌를 먹으로 그려 공양을 드리기도 했다.

그리고 기타야마北山 부근에 있던 스케모리의 영지를 남몰래 방문하기도 한다. 그곳은 스케모리 생전에 벚꽃이 만발한 봄날이라든지 가을 들녘의 풍광을 보기 위해 둘이서 자주 찾아간 곳이었다. 이제는 저세상 사람이 된 스케모리를 그리며 방문한 그곳에서 그녀는 또다시 눈물짓는다.

또 한편으로 자신이 모셨던 겐레이몬인이 오하라大原[8]에 살고 있다는 소식을 전해 듣고는 사람들의 눈을 피해 방문하기도 한다. 겐레이몬인은 사랑하는 자식인 안토쿠 천황을 품안에 안고 단노우라 바다에 투신자살하지만 구출된다. 그 후 교토로 강제 소환된 겐레이몬인은 삭발하고 오하라에 있는 잣코인寂光院[9]에 머물며 불도에만 전념한다. 예전에 겐레이몬인은 '매화 향기와 달빛'에 비유될 만큼 아름다웠다. 그러나 이제는 딴 사람처럼 수척해진 모습에 잿빛 가사를 두르고 간소한 생활을 하고 있었다. 너무나도 애처로운 겐레이몬인의 모습에 겐레이몬인 우쿄노다이부는 눈물이 앞을 가려 아무 말도 하지

---

8. 교토 시에 위치한다.
9. 교토 시 오하라에 있는 천태종의 비구니 절로 쇼토쿠 태자가 건립하였다고 전한다.

못한 채, 주체할 수 없는 눈물을 흘리며 돌아온다.

지금이 꿈인지	今や夢
옛날이 꿈이었는지	昔や夢と
알 길 없어라	まよはれて
아무리 생각해도	いかに思へど
꿈만 같은 현실이여!	現とぞなき

　그 후 겐레이몬인 우쿄노다이부는 지인의 권유로 천황의 자리에서 물러난 고토바인後鳥羽院[10]을 모시게 된다. 만년에 그녀는 후지와라노 데이카藤原定家가 편집한 칙찬집인 『신쵸쿠센와카슈新勅撰和歌集』[11]에 자신의 노래가 실리는 영광을 얻는다. 그때 어떤 이름으로 자신의 노래를 수록할지를 묻자 "예전 천황의 이름으로"라고 답하였다고 한다. 고토바인 시절의 이름보다는 젊은 시절에 불렸던 '겐레이몬인'이라는 이름 쪽에 훨씬 더 깊은 감회를 품고 있었던 것이다. 그녀는 지난 추억을 소중히 간직한 채 자신이 사랑했던 스케모리를 추모하면서 칠십여 세로 생애를 마쳤다.

---

10. 고토바인(1180-1239). 다카쿠라 천황의 넷째 아들이자 가마쿠라 전기의 천황으로 재위 기간은 1183년부터 1198년까지 이어진다.
11. 고호리카와(後堀河) 천황의 칙명을 받아 후지와라노 데이카가 편집하여 1235년에 완성된 가집이다.

변덕스러운 사랑

헤이케 모노가타리平家物語

『헤이케 모노가타리』는 가마쿠라 시대의 대표적인 군키 모노가타리이다. 미나모토源 집안과 다이라平 집안의 생생한 전투 묘사는 손에 땀을 쥘 정도로 긴박감이 있어 흥미롭다. 하지만 그러한 전쟁담 중간 중간에 불행한 여인들의 가슴 아픈 이야기가 삽입되어 있어 더욱 흥미를 끈다. 제행무상과 성자필쇠라는 주제 하에 결국 다이라 집안은 멸망의 길을 걷게 되는데, 그러한 영고성쇠라는 이야기 사이사이에 삽입되어 있는 여인들의 슬픈 이야기도 이 작품의 주제를 굳히는 역할을 담당하고 있다. 여기에서는 다이라노 기요모리라는 권력가의 그늘에서 비운에 울었던 여성들을 클로즈업해 보고자 한다.

다이라노 기요모리는 천하를 손안에 넣자 '세상의 비난'이라든가 '사람들의 조소' 따위는 무시하고 오만방자한 행동을 일삼았다. 예를 들면, 다음과 같은 일이 있었다. 당시 교토에서 인기가 많은 시라뵤시白拍子 중에 기오祈王와 기뇨祈女라는 자매가 있었다. 시라뵤시란 유행가를 부르기도 하고 춤을 추면서 손님을 즐겁게 하는 유녀를 말한다. 풀을 먹이지 않고 물에 적셔 널빤지에 말린 천으로 된 옷을 입고 춤을 추었으므로 시라뵤시라 불렸다.

기요모리는 자매 가운데 언니인 기오를 총애하여 그녀의 모친에게도 으리으리한 집을 지어 주었으며, 매달 쌀 백 석과 돈 백 관을 선사했다. 동생인 기뇨도 언니 덕에 인기가 있어서 자매 일가는 굉장한 부를 축척해 갔다. 교토에 있는 모든 시라뵤시들은 이 기오의 행운을 부러워하였다. "이왕에 유녀가 될 바에야 누가 뭐래도 기오처럼 되고 싶어요." 기오같이 되기를 갈망하며 자기 이름에 '기祈'라는 글자를 넣어 기이치祈一라든가 기니祈二라 붙이기도 하고 기후쿠祈福, 기토쿠祈德라 붙이는 사람도 있었다고 한다.

이렇듯 기오가 기요모리의 총애를 받은 지 삼 년이 지날 무렵, 다시 교토에 평판이 자자한 시라뵤시가 한 사람 나타났다. 이름은 호토케佛이며 나이는 열여섯 살로 이시카와 현 출신이었다. 신분 고하를 막론하고 온 교토 사람들은 "예전부터 수많은 시라뵤시가 있었지만 이런 춤은 본 적이 없다"며 이구동성으로 칭찬하였다. 이쯤 되자 호토케는 우쭐거리지 않을 수 없었다.

나는 온 천하에 이름이 알려져 유명한데, 저토록 권세를 누리고 계신 기요모리 님께서 부르시지 않으니 참으로 유감스러운 일이다.
유녀의 관례로 이쪽에서 불쑥 찾아뵙는다 해서 문제가 될 건 없어.

이렇게 생각한 호토케는 어느 날 기요모리의 별택이 있는 니
시하치죠西八条로 찾아갔다. "요즘 교토에서 평판이 자자한 호
토케라는 시라뵤시가 뵙기를 청하러 왔습니다"라며 시녀가 기
요모리에게 호토케의 방문을 아뢰었다. 그런데 호색에 관심이
많은 기요모리는 뜻밖에도 언짢은 투로 다음과 같이 호통쳤
다.

"무슨 일인고. 그런 계집은 사람이 청하면 오는 법이거늘. 제멋대
로 들이닥치다니 무엄하다. 무엇보다 기오가 있는 곳에는 신이건
부처건 올 수가 없다. 당장 돌려보내거라."

"신이건 부처건"이라는 표현이 과장되긴 하지만, 그녀의 이
름인 호토케에는 동음어로 '부처'라는 의미가 있으므로 이렇
게 말한 것이다. 호토케는 하는 수 없어 물러나려 하였다. 그러
자 이 이야기를 전해 들은 기오가, "유녀가 찾아오는 건 곧잘
있는 일입니다. 게다가 나이도 어리다고 하는데, 문득 결심하
고 온 것 같습니다. 그냥 돌려보내는 것도 너무 가여우니 춤이
나 노래는 듣지 않더라도 만나 주기만이라도 하세요"라며 기
요모리를 설득한다.
이리하여 호토케는 가마를 타고 저택을 나가려는 찰나에 다

시 부름을 받고 기요모리와 대면할 수 있었다. "만날 생각은
없었지만, 기오가 하도 권하기에 이리 불렀느니라. 이렇게 왔
으니 노래 한 곡 불러 보거라"라고 기요모리가 말하자, 호토케
는 이런 노래를 불렀다.

당신을 처음 본 순간	君をはじめて見る折は
난 천 년이나 수명이 늘어난 듯하네	千代も経ぬべし姫小松
당신 앞에 있는 연못 위에 떠있는 섬에	御前の池なる亀岡に
학이 무리지어 즐겁게 놀고 있네	鶴こそむれゐてあそぶめれ

반복해서 세 번이나 멋들어지게 불렀으므로 듣고 있던 사람
들은 모두 깜짝 놀라고 말았다. 기요모리도 감탄하여 "이 정도
라면 춤도 분명 잘 추겠지"라며 이번에는 춤을 추도록 명했다.
　호토케는 머리 모양이 예쁠 뿐 아니라 얼굴도 예쁘고 목소리
도 고운데다 노랫가락도 능숙하였으며, 물론 춤도 흠 잡을 데
가 없었다. 기요모리는 호토케에게 완전히 마음을 빼앗기고 말
았다. 하지만 호토케의 마음은 복잡했다. 하여 기요모리에게
"저는 부름을 받아 온 게 아니라 불쑥 찾아온 몸으로, 기오 님
의 주선이 없었더라면 돌려보내졌을 것입니다. 저를 곁에 두
신다면 기오 님이 뭐라 생각하실지 면목이 없습니다. 아무쪼
록 저를 그냥 돌려보내 주십시오"라며 간청했다. 그러자 기요
모리는 "기오가 있어 거리끼는 것이냐? 그렇다면 내 기오를 내
쫓겠다"라고 나오는 것이었다. 기요모리는 호토케를 자기 집

에 두기로 결심하고, 그토록 총애하던 기오를 "어서 나가거라"
라며 내쫓았다. 기오는 호토케에게 인정을 베풀었는데, 그것이
원인이 되어 거꾸로 내쫓기는 신세가 되고 만 것이다.

애당초 기오는 언젠가는 이 저택에서 쫓겨날 것이라고 각오
하고는 있었지만, 그때가 이토록 빨리 오리라고는 생각지도
못했으므로 어찌할 바를 몰랐다. 기요모리는 일단 마음이 멀
어지면 냉혹한 인간이라 "어서 빨리 내쫓거라"라며 세 번이나
거듭해서 하인을 보냈다. 기오는 이젠 모든 것이 끝났다고 마
음을 비우고 방을 나가려는 순간, 삼 년이나 살아온 처소인 만
큼 북받쳐 오르는 설움과 아쉬움에 눈물을 흘리며 다음의 노
래를 창호지 문에 적어 놓는다.

싹트는 것도	萌え出づるも
시드는 것도 마찬가지	枯るるも同じ
들녘의 초목	野辺の草
그 어느 것인들	いづれか秋に
가을을 피할 수 있으리	あはではつべき

자신과 호토케를 들판의 풀에 비유하여 일신의 불운을 한탄
한 것이다. 자신의 집으로 돌아온 기오는 울 수밖에 도리가 없
었다. 게다가 매달 선사 받았던 쌀 백 석과 돈 백 관도 끊어져
버렸다. 반대로 호토케 집안 사람들은 잘살게 되었다. 살림살
이가 어려워진 것을 보고 "기요모리 님에게 해고당했으니, 이

번에는 나에게로 오지 않겠는가"라며 편지를 보내오거나 하인을 보내는 남자도 있었지만 기오는 상대도 하지 않았다. 무엇보다도 현재 최고의 권세를 누리고 있는 기요모리의 총애를 받았던 몸으로서 그건 너무나도 굴욕적인 일이었다.

어느덧 한 해도 저물고 새봄이 찾아왔다. 아직 슬픔에 잠겨 있는 기오에게 기요모리로부터 더욱더 굴욕적인 전갈이 전해진다. "호토케가 너무 무료해 하는 것 같으니 이리로 와서 유행가도 부르고 춤도 추면서 호토케를 위로해 주거라." 기오는 답변할 마음도 내키지 않아 무시하고 있었다. 그러자 "정녕 오지 않으려면 그 이유를 아뢰어라. 경우에 따라서는 기요모리 님이 교토 밖으로 추방하실 수도 있다"는 말을 듣게 된다. 기오의 모친은 걱정이 되어 어떻게 해서든 기오의 마음을 돌리려 애썼으나, 기오는 그럴 마음이 없었다.

"설령 교토에서 쫓겨나는 일이 있더라도 슬프지 않습니다. 또한 죽는 한이 있더라도 아쉬울 게 없습니다. 기요모리 님이 한 번 싫다고 내치셨으니 두 번 다시 대면할 마음은 없습니다."

그러자 모친은 거듭해서 타일렀다. "이 나라에서 사는 한은 무슨 일이 있어도 기요모리 님의 명령을 거역할 수는 없단다. 만일 기요모리 님을 찾아뵙지 않으면 우리는 정말로 교토 밖으로 추방당할 게 분명한데, 이 늙은 몸으로 낯선 시골 생활을 한다는 건 너무 힘들 것 같구나. 제발 부탁이니, 교토에서 여생을 보낼 수 있도록 다시 한 번 생각해 주겠니?" 이렇게 애원하는 어머니를 위해 기오는 마음을 고쳐먹고는 울면서 집을 나섰다. 하지만 혼자 가는 건 너무나도 괴로워서 동생인 기뇨를 데리고 갔다. 그래도 역시 비참하고 괴로웠을 것이다. 『헤이케 모노가타리』의 원문에도 "그 심정은 참으로 비통한 것이었다"라며 애처로움을 표하고 있다.

그런데 막상 가보니 예전에 앉았던 장소와는 달리 훨씬 아래쪽에 좌석이 마련되어 있었다. 자신은 아무런 잘못도 없거늘 기요모리에게 버림받아 이처럼 좌석까지 홀대를 받으니 너무나도 서럽고 분하여 하염없이 눈물만 흘러 내렸다. 이를 본 호토케는 가여운 생각이 들어 기요모리에게 "기오 님은 특별한 분이시니, 이쪽(자신과 기요모리가 있는 자리)으로 모시세요. 그렇지 않으면 제가 저쪽으로 가 만나지요"라고 말했다. 그러나 기요모리는 "그럴 수는 없다"며 허락하지 않았다. 그러고서는 기오에게 다음과 같이 무뚝뚝하게 말하는 것이었다. "그간 잘 지냈는가. 요즘 호토케가 너무나도 무료해 하며 적적해 하니, 유행가나 한 곡 부르거라." 기오는 이왕 온 바에야 기요모리의 명령에 따르리라 생각했으므로 복받치는 눈물을 꾹 참고 노래를 불렀다.

부처도 원래는 범부였네	仏も昔は凡夫なり
우리네도 언젠가는 부처라네	我等も終には仏なり
누구나 불성을 지녔거늘	いづれも仏性具せる身を

이렇듯 차별하니 서러워라　　　　へだつるのみこそかなしけれ

　누구나 결국에는 부처가 될 수 있는 성정을 지니고 있거늘, 이처럼 범부(평범한 시라뵤시)와 부처(호토케)를 차별하여 대우하는 것이 너무 서글프다는 의미이다. 울면서 두 번이나 반복해 부른 이 노래에 그곳에 앉아 있던 관리와 시종들은 모두 감동하여 눈물지었다. 한편, 기요모리는 "잘했다. 앞으로는 부르지 않더라도 항상 여기 와서 유행가도 부르고 춤도 춰서 호토케를 즐겁게 해 주거라"라고 말했을 뿐이었다. 기오는 아무 대답도 하지 않은 채 울음을 참고 그 자리에서 물러나왔다.

　기오는 이 세상에 살아 있는 한 서러운 일이 또다시 있을 터이니 차라리 죽어 버릴 생각을 하였다. 하지만 모친을 생각하니 그럴 수도 없었으므로 출가하여 불문에 귀의하기로 결심한다. 그녀는 교토에서 떨어진 사가嵯峨의 깊은 산골에 암자를 짓고 염불에만 열중하며 지냈다. 그러는 동안 그곳에 동생인 기뇨도 언니와 함께 하고 싶다며 머리를 자르고 찾아왔다. 기오는 스물둘, 기뇨는 열아홉의 어린 나이로 출가를 하여 불문에 들어갔으니 애절한 이야기다. 이에 모친도 "어린 것들도 머리를 자르고 출가한 마당에 나이 들어 홀로 산들 무엇하리"라며, 머리를 자르고 두 딸과 함께 염불을 외우며 내세의 행복을 빌며 지내게 되었다.

　이렇게 봄이 지나고 한여름도 지나자 산촌에는 초가을 바람이 불기 시작했다. 언제나처럼 대나무로 엮은 사립문을 닫고

등불을 희미하게 밝힌 채 모녀 세 사람이서 염불을 외우고 있는데, 그곳에 뜻밖에도 호토케가 찾아왔다. 깜짝 놀라는 세 사람을 보고 호토케는 눈물을 흘리며 말했다.

"저는 기오 님의 주선으로 기요모리 님을 모시게 된 걸 괴롭게 생각하며 지냈습니다. 언젠가 '그 어느 것인들 가을을 피할 수 있으리'라 적어 두신 당신의 노래를 보고 과연 그렇다고 생각했습니다. 아무쪼록 저의 허물을 용서해 주시고, 저도 함께 염불을 외우게 해 주세요. 오늘 아침 몰래 집을 나와 이런 모습을 하고 왔습니다."

호토케가 장옷을 벗어젖히자 머리를 자른 비구니 모습을 하고 있었다. 이제 겨우 열일곱의 어린 나이로 그녀도 현생의 영화가 허망하다는 사실을 깨달은 것이다. 이리하여 네 사람은 아침 저녁으로 불전에 향을 올리며 열심히 극락왕생을 빌다가 불행한 생애를 마치게 된다. 분별없는 권력자의 교만이 죄 없는 여성들을 불행으로 내몬 슬픈 이야기다. 『헤이케 모노가타리』의 작자도 "애절한 이야기이다"라며 이 이야기를 맺고 있다.

리력을 지닌 여인의 사랑

고콘쵸몬쥬古今著聞集

『고콘쵸몬쥬』라는 설화집은 가마쿠라 시대 중엽, 정확하게 말하면 겐쵸建長 6년(1254) 10월 다치바나노 나리스에橘成季에 의해 완성되었다. 작자인 나리스에는 직함에 '朝請大夫'라고 적혀 있는 걸로 보아 종5위상 정도의 관리로 신분은 그다지 높지 않지만 놀라울 만큼 박식했던 것 같다. 이 설화집도 헤이안 시대의 문화와 풍습을 전하는 이야기를 집대성한 작품으로 내용은 궁정에서 행하는 정무 및 의식, 와카, 관현과 가무 등, 궁정 귀족 사회의 화제를 망라하고 있다. 거기에다 무사와 관련된 에피소드에서부터 무용담, 무예, 효행, 은혜, 괴기, 초목과 야수에 이르기까지 인생 전반에 걸쳐 폭넓은 이야기를 담고 있다.

설화는 20권 30편으로 구성되어 있으며, 수록된 설화는 총 726화에 이르는데, 이는 『곤쟈쿠 모노가타리슈』 다음으로 방대한 양이다. 이 가운데 권10에 수록된 「오미 지방의 유녀인

가네金의 괴력에 관한 이야기」의 내용을 소개하고자 한다. 이
이야기는 가네라는 이름의 괴력을 지닌 여인이 침실에서 성교
하면서 남편의 바람기를 다그쳐서 그를 거의 죽음에 이르게
한다는 내용이다.

이 이야기는 '요즈음'이라는 말로 시작되고 있는데, 이는 가
마쿠라 시대 초기라 보면 된다. 오미 지방의 가이즈海津라는 곳
에 가네라는 유녀가 있었다. 가이즈는 시오즈塩津, 이마즈今津
와 함께 비와琵琶 호수 북쪽의 삼대 나루터 가운데 한 곳으로
알려진 곳이다. 교통의 요지였으므로 여행객도 많고 자연스레
유녀들도 이곳으로 모여들었던 것이다.

가네에게는 승려인 남편이 있었는데, 그는 오랫동안 가네의
집을 드나들고 있었다. 남편이 생겼으므로 가네는 유녀 생활
을 청산하고 착실하게 이 남자만을 기다렸던 것이다. 그런데
이 남자는 이러쿵저러쿵 소문날 정도로 여색을 밝히는 사람이
었던 것 같다. 아니나 다를까 어느 날 이 남자는 다른 유녀에
게 마음을 빼앗겨 그 여자 집에 들락거리기 시작했다. 당연히
가네의 집에는 발길이 뜸해져 갔다.

가네는 남편이 다른 여자 집에 들락거린다는 소문을 전해 듣
고는 심사가 꼬였다. 부인인 자기를 두고서 다른 여자와 바람을
피우는 남편을 용서할 수 없다고 생각하니 화가 나서 참을 수가
없었다. 원문에서는 "속 편하게 생각지 않았다"고 적고 있지만,
가네의 심사는 그리 간단한 노여움이 아니었던 게 분명하다.

그런 줄은 꿈에도 모른 채, 어느 날 밤 남편은 오랜만에 가네

에게 와서는 동침하려 했다. 남편은 다른 유녀와 놀아난 사실
에 대해 전혀 양심의 가책을 느끼지 않는 태도로 가네를 껴안
고 일을 치르려 했다. 부인이 자신의 외도를 전해 듣고 마음에
상처를 입지는 않았는지, 부인의 심정을 헤아릴 생각은 털끝만
치도 없었던 것이다. 가네로서는 그것이 또한 울화가 치밀어
올랐다. 그런 가네의 마음은 아랑곳하지 않고 이 남편이란 작
자는 평상시대로 가네의 다리 가랑이를 벌리고 위에서부터 덮
쳐 왔다. 그러자 가네는 다리 가랑이에 끼인 남편의 허리를 넓
적다리로 세차게 꽉 조여 댔다.

남편은 처음에는 장난이려니 생각하고 "그만 풀어, 풀어 줘"
라고 말했다. 하지만 가네는 더욱더 세게 쥐어짜듯이 조였다.
"이 나쁜 중놈이 나를 바보 취급을 해. 그것도 하필이면 다 놔
두고 동료 유녀와 놀아나다니 억울하고 분해서 참을 수가 없
어"라며, 가랑이의 힘을 풀기는커녕 '있는 힘을 다해 아주 세
게 조여 댔으니' 남편은 자칫하면 거품을 물고 죽을 판이었다.
괴상할 만큼 힘이 센 여자가 원한을 품고 두 다리로 이 남편의
옆구리(허리의 잘록한 부분)를 조여 댔으므로 남편은 더 이상 참
을 수가 없었다. 잠시 후 남편은 죽은 사람처럼 축 늘어졌다.
가네는 그제야 조였던 남편의 허리에서 다리를 풀었다. 남편은
그제야 겨우 모기가 숨을 내쉬는 정도가 되었다고 적고 있으
니 거의 죽다 살아난 셈이었다. 물을 뿌려댄 지 두 시간 정도가
지나서야 겨우 숨을 제대로 다시 쉴 수 있었다고 한다.

원문의 묘사에는 상당히 음란한 부분이 있다. 그건 그렇다

치더라도 괴력을 가진 여인네가 규방에서 남편의 부정을 응징할 때의 말투는 노골적이고 거친 것이라서 꽤 박력이 있다. 또한 물을 뿌려 겨우 소생했다는 마지막 장면부터는 호색적인 남자의 쓴웃음과 당찬 여인의 의기양양한 모습이 대조를 보이면서 저절로 웃음 짓게 한다. 이 두 사람 사이가 그 후 어찌 되었는지 작품에서는 언급하지 않고 있다. 그런데 이 이야기 뒤에는 가네의 무용담을 한 가지 더 소개하고 있다. 괴력을 지닌 가네가 미친 듯이 날뛰는 말을 꼼짝 못하게 했다는 내용이다.

앞에 소개한 사건이 일어난 지 얼마 지나지 않아, 동쪽 지방의 무사가 오반야쿠大番役의 임무를 수행하기 위해 교토로 상경하는 도중에 이곳 가이즈에 숙소를 잡았다. 오반야쿠란 천황의 거처인 대궐이나 상황이 거처하는 궁궐을 경호하는 역할로, 가마쿠라 막부의 장군을 대대로 모신 가신이 교대로 맡았다. 이 무사는 아직 날이 훤할 때 숙소를 잡았으므로 자신의 말을 비와 호수로 끌고 가 목욕을 시켰다. 그러자 그 가운데 가장 몸집이 크고 힘도 셀 것 같은 말이 뭔가에 놀랐는지 갑자기 날뛰기 시작했다. 여러 명이 부랴부랴 달려들어 막으려 했지만 말은 아랑곳하지 않은 채 사람들을 걷어차고 달아났다. 마침 유녀인 가네가 그곳을 지나가던 참이었다. 가네는 전혀 놀라는 기색도 없이 굽 높은 게다(왜나막신)를 신은 채 정면에서 달려오는 말의 고삐를 꽉 밟아 눌렀다.

말고삐를 밟혔으므로 말은 비틀거리며 힘이 달려 달릴 수가 없었다. 그 순간 가네는 곧바로 말고삐를 잡아채 간단하게 말

을 포획하였다. 그에 해당하는 부분을 원문에서는 "기절초풍
할 정도로 사람들을 깜짝 놀라게 했다"라고 적고 있다. 그때
가네가 신고 있던 게다는 그녀가 힘을 준 바람에 모래 속 깊숙
이 박혀서 '발목까지 묻혔다'고 하니 굉장한 괴력임에 분명하
다. 이 지경이니 그토록 미친 듯이 날뛰던 말도 당해낼 재간이
없었던 건 당연할 것이다.

그 일이 있은 후 가네가 괴력의 소유자라는 소문은 널리 퍼
졌고, 사람들은 그녀를 겁냈다. 가네는 우쭐해하며, "아무리
힘센 남자 대여섯 명이서도 나를 제압할 수 없을 걸요"라며 자
랑했다고 한다. 이 설화집에는 가네에 관한 다음과 같은 이야
기도 소개하고 있다.

하루는 가네가 손을 내밀어 다섯 손가락마다 활시위를 한
줄씩 감고 그것을 한꺼번에 잡아당겼다고 한다. 즉, 다섯 손가
락으로 동시에 다섯 개의 활시위를 잡아당긴 셈인 것이다. 하
나의 활시위를 잡아당기기 위해서 힘센 남자가 혼신의 힘을
쥐어짜내 매달리는 것이 보통이다. 그런데 한 사람이 다섯 개
의 활시위를 한꺼번에 잡아당겼으니, 손가락 힘만 봐도 굉장
한 힘의 소유자였던 것이다. 이렇듯 힘이 센 여자는 자칫 남자
를 향한 마음도 깊어지기 쉬운 건 아니었을까. 그렇기에 남편
의 바람기를 전해 듣고는 남자가 가사 상태에 빠질 정도로 다
그침으로써 반대로 자신의 애정의 깊이를 과시했던 것은 아닐
까. 『고콘쵸몬쥬』에는 힘센 여인에 관한 이야기가 하나 더 나
온다. 이 이야기도 오미 지방에서 있었던 이야기이다.

어느 해 6월 말, 사에키 우지나가라는 스모 선수가 에치젠 지방에서 상경하여 이곳을 지나게 되었다. 이때 아름다운 용모를 가진 여인이 강물을 나무통에 길어서 머리에 이고 지나려던 참이었다. 우지나가는 언뜻 봤을 뿐인데 그녀에게 마음을 빼앗겨 그대로 지나쳐 버릴 수가 없었다. 그리하여 말에서 내려 물통을 받치고 있는 여인의 팔 아래에 손을 대었다. 그러자 여인은 살짝 웃으면서, 싫어하며 피하는 기색도 전혀 없었다.

그래서 우지나가는 그녀가 너무나도 사랑스러운 나머지 여인의 팔을 꽉 잡았다. 그러자 그녀는 물통을 내던지고 우지나가의 손을 자기 겨드랑이에 끼웠다. 그는 자신이 장난삼아 손을 댔는데도 싫어하는 기색을 보이지 않자, 이 여인은 의외로 호색적일지도 모르겠다고 생각하며 잠시 뒤 손을 빼려는데, 여인이 한층 더 조여 대서 아무리해도 손을 뺄 수가 없었다. 원문에 "힘에 부쳐서"라고 묘사되어 있는 걸로 보아, 그는 어찌할 방도가 없어서 한심하게도 여인이 가는 대로 끌려갔던 것이다. 남자를 끌고 여인은 자기 집으로 들어갔다. 집에다 물통을 내려놓은 다음, 그제야 손을 풀고는 웃으면서 물었다. "도대체 당신은 누구시며, 어떤 연유로 그런 희롱을 하신 겁니까?" 그렇게 묻는 여인의 말투와 용모를 바로 코앞에서 보니 더욱더 아름답게 보여서 그는 더 이상 참을 수가 없었다. "나는 에치젠 지방 사람으로, 그 지역 대표 선수로 선발되어 조정에서 열리는 스모 대회에 참가하기 위해 교토로 상경하는 중이오"라고 말했다. 그러자 여인은 고개를 끄덕이며 다음과 같이 말하는 것이었다.

"천만다행입니다. 교토는 넓으므로 세상에서 출중하게 힘센 장사
도 많을 것입니다. 당신이 아주 약하다고는 생각지 않습니다만, 궁
중에서 열리는 스모 대회에 나갈 정도의 장사는 아닌 듯합니다. 그
행사가 열리기까지 아직 시일이 남아 있으니, 이곳에 스무 날 정도
체류하십시오. 그동안에 제가 식사를 해 드리며 체력을 보강해 드
리도록 하겠습니다."

우지나가는 대회가 열릴 때까지는 아직 시간적으로 여유가
있고, 무엇보다도 이 아름다운 여인과 함께 있을 수 있으니 더
바랄 나위가 없다고 생각하여, 여인의 말대로 그곳에 머물기로
결심한다.

그리하여 그날 밤부터 여인은 우지나가에게 찜통에서 찐 찹
쌀밥을 먹였다. 여인이 손수 찹쌀 주먹밥을 만들어 주었는데,
그 주먹밥은 너무 딱딱해서 남자가 입으로 베어 먹을 수 없을
정도였다. 일주일이 지나서야 겨우 베어 먹을 수 있게 되었으
며, 스무 날째가 되자 힘들이지 않고도 먹을 수 있게 되었다.
그러자 여인은 "이제 서둘러 교토로 올라가십시오. 이 정도가
되었으니 이제 누구와 붙더라도 좀처럼 지는 일은 없을 것입니
다"라고 말하며 남자를 상경시켰다고 한다. 원문에서는 "참으
로 별난 일이다"라고 이야기를 맺고 있다. 우지나가의 못된 장
난을 제지한 후, 그를 자신의 집으로 데려가 먹이고 재우며 체
력을 단련시켜 상경하게 한 여인의 행위는 참으로 감탄할 만
하다. 여인의 이름은 오이코라 한다.

한편, 앞에서 소개한 『곤쟈쿠 모노가타리슈』에서는 이 오이코를 도적의 여자 우두머리로 소개하고 있다. 그리고 체력을 보강시킨 남자는 그녀의 정부라고 이야기되어 있는데, 본 『고콘쵸몬쥬』에서는 오이코의 신원에 관해서는 아무것도 적고 있지 않다. 우지나가와 육체관계가 있었는지에 관해서도 불확실하다. 그러나 스무 날 동안이나 한 집에 머물면서 식사를 차려 주었다는 것은 여자 쪽에서도 길에서 만난 그 남자에게 어느 정도 호의를 가졌기 때문이라고 생각된다.

『고콘쵸몬쥬』에는 이 오이코에 관해서 한 가지 더 재미있는 이야기를 소개하고 있다. 내용은 대강 이러하다. 그녀는 논을 많이 소유하고 있었는데, 논에 물을 댈 즈음이면 마을 사람들과 물을 둘러싸고 곧잘 언쟁을 벌이곤 했다. 그러던 어느 해, 마을 사람들이 오이코의 논에 물을 할당해 주지 않았다. 그러자 그녀는 화가 나서 야밤에 커다란 바위로 수문을 막아 마을 사람들 논으로 가는 물을 전부 막아버렸다고 한다. 그런데 이 바위는 백 명이 들어야만 움직일 수 있는 어마어마한 돌이었으므로, 마을 사람들은 "앞으로는 필요한 만큼 물을 끌어가도 좋으니 제발 바위를 치워 주게"라며 손을 들고 말았다고 한다. 그녀는 "그럼 그러지요"라고 말하고, "다시 깜깜한 밤에 몰래 그 바위를 치웠다"고 한다. 그 바위는 오이코의 논에 물을 끌어들이는 바위라 불리었으며, "그곳에 아직도 남아 있다"는 말로 이야기를 끝맺고 있다.

자유분방한 사랑 1

도와즈가타리 とはずがたり

『도와즈가타리』의 작자인 고후카쿠사인 니죠後深草院二条는 가마쿠라 시대 중엽에 귀족의 딸로 태어나 젊은 나이에 고위 귀족 자제들과 애욕의 체험을 거듭하며 분방한 생애를 보낸 여성이다. 그녀가 일인칭으로 엮은 이 사랑의 편력에 관한 이야기는 오랜 세월 구나이쵸宮內庁[1] 서고에 소중히 간직된 채 세상의 빛을 보지 못한 탓에 실재하지 않는 환상의 고전이라 불리어 왔다. 궁정 고위 관리들의 정사情事를 너무나도 리얼하게 적고 있어 불경스런 책이라 간주되었기 때문이다.

이 작품은 활자화되면서 주목을 받기 시작했으며, 주석서 등이 나돌면서 널리 읽혀지게 된 것은 1965년도에 들어서면서부터였다. 『도와즈가타리』[2]라는 제목이 시사하는 바와 같이, 이

---

1. 황실 관계의 국가 사무 및 천황의 국사와 관련된 사무를 관장하며 국새를 보관하는 행정기관이다.

작품은 작자 니죠가 자신의 반생을 회상하며 이야기하는 형식을 취하고 있으며, 완성된 건 가마쿠라 시대 말경이라 추정되고 있다.

　니죠의 부친은 다이나곤인 고가노 마사타다久我雅忠이고, 모친은 시죠다이나곤인 다카치카隆親의 딸이다. 모친은 니죠를 낳고 얼마 안 있어 사망한다. 예전에 모친이 고후카쿠사인後深草院[3]을 모셨던 까닭에 그녀는 네 살 무렵부터 고후카쿠사인이 계신 처소에 출입하였으며, 고후카쿠사인에게 귀여움을 받고 자랐다. 일설에 의하면, 그녀의 어머니는 고후카쿠사인의 첫사랑이었다고도 한다.

　호색적인 고후카쿠사인은 앞에서 소개한『겐지 모노가타리』의 주인공인 히카루겐지가 어린 무라사키노우에를 키워 자신의 이상적인 여인으로 성장시켜 부인으로 삼은 것처럼, 그것을 흉내 내어 남몰래 니죠가 성장하기를 기다려 첫사랑인 여자의 딸과 연인관계를 맺으려 했다. 그래서 그녀가 열네 살이 된 정월에, 본가에 내려가 있던 니죠의 침소로 찾아가 무리하게 그녀를 범하고 만다.

　부친인 마사타다와 그의 새 부인은 이러한 계획을 사전에 알고 있었다. 그녀의 부친은 궁정에서 고후카쿠사인으로부터 "딸을 나에게 주시게"라는 제안을 받고는 영광이라 생각하며

---

2. '도와즈가타리'는 다른 사람이 묻지도 않았는데 자기가 먼저 이야기를 꺼낸다는 의미가 있다.
3. 고후카쿠사인(1243-1304). 가마쿠라 시대 중기의 천황. 고사가 천황의 아들로 재위 기간은 1246년부터 1259년까지이다.

쾌히 승낙한 것이었다. 시녀들이 온 집 안을 예쁘게 꾸미고 니죠에게는 화려한 속옷을 입도록 챙겨주자 그녀는 설날이라 그러려니 하고 있었다. 그런데 밤중에 잠에서 깨어 보니 고후카쿠사인이 옆에 누워 있는 것이었다. 그녀는 깜짝 놀라 "어째서 그런 일을 미리 말씀해 주지 않으신 것입니까? 부친과도 이것저것 상의하고 싶었는데…"라며 울 뿐이었다.

그날 밤 니죠는 밤새도록 토라져서 몸을 허락하지 않았으므로, 고후카쿠사인은 단념하고 돌아갔다. 그러나 그 다음 날 밤에는 "나를 굉장히 거칠게 다루셔서"라고 적고 있는 것으로 보아 거의 폭력적으로 그녀의 몸을 빼앗은 듯하다. 이 밤을 경계로 니죠는 고후카쿠사인의 애인이 되어 여관女官으로서 그를 모셨기에 고후카쿠사인 니죠라 불리게 되었다. 이 작품은 니죠가 고후카쿠사인과 뜻밖의 관계를 맺게 된 분에이文永 8년 (1271) 새봄부터 이야기가 시작되고 있다. 그해 니죠의 나이는 열네 살, 고후카쿠사인은 스물아홉 살이었다.

이리하여 니죠는 고후카쿠사인의 연인으로, 후궁 중에서도 가장 총애 받는 여인으로 인정받게 되었지만, 그녀에게는 이미 '유키노 아케보노'라는 연인이 있었다. 유키노 아케보노는 사이온지 집안의 호주인 사네카네実兼로, 고후카쿠사인보다 여섯 살 적은 스물세 살의 귀족 자제였다. 그녀와의 관계는 아직 순수한 정신적인 연애 정도였던 듯하다.

니죠가 고후카쿠사인의 연인이 된 후에도 아케보노와의 관계는 계속되었다. 고후카쿠사인과 니죠의 사이가 점점 깊어지

는 것을 지켜보던 아케보노가 질투를 느꼈을 것이라는 건 쉽
게 상상할 수 있다. 하지만 아케보노의 질투심이 생각지도 않
게 두 사람을 결합시키게 되는데, 그리 된 건 그 이듬해였다.

그 이듬해, 즉 니죠가 고후카쿠사인의 처소로 출사한 다음
해에 부친인 마사타다는 갑자기 병이 나고 만다. 부친은 "혹시
고후카쿠사인과의 관계가 소원해져 사이가 나빠지더라도, 두
지아비를 섬기지 말고 출가하여 내세의 안락과 부모의 극락왕
생을 빌도록 하라"는 유언을 니죠에게 남긴 채 죽고 만다. 이
때문에 친가에 와 있던 니죠의 처소에 아케보노가 찾아와 두
사람의 관계는 급속하게 가까워지게 된다. 니죠는 고후카쿠
사인의 눈을 피해 정사를 거듭하는 사이에 아케보노의 아이를
임신하게 된다.

고후카쿠사인은 그 사실을 눈치 채고 꼬치꼬치 캐묻지만,
그녀는 임신한 달을 두 달 늦춰 말해 뱃속의 아이를 고후카쿠
사인의 아이인 것처럼 속인다. 그로 인해 팔 개월 만에 출산일
을 맞게 된다. 따라서 이 출산은 비밀스런 출산이 되는데, 그
부분을 다음과 같이 묘사하고 있다. 아케보노는 아이를 낳자
마자 "그런데 딸인가요, 아들인가요?"라고 물었다. 이에 등불
을 들이대어 바라보니 황녀는 배냇머리가 새카맣게 나 있었으
며, 벌써 눈을 크게 뜨고 있었다. 이 뒷부분은 리얼한 묘사이므
로 원문을 그대로 인용한다.

아케보노 님은 그 아이를 옆에 놓아 둔 흰 배냇저고리로 감싸 머리

밑에 있는 단도로 탯줄을 자르셨다. 그러고 나서 아이를 품에 안은 아케보노 님은 아무에게도 알리지 않은 채 밖으로 나가셨다. 그 이후로 두 번 다시 그 아이의 모습을 볼 수 없었다.

마침 같은 시기에 아케보노(사네카네)의 본처가 여자 아이를 낳았는데 출산 후 곧 죽었으므로, 니죠가 낳은 아이를 본처의 아이로 슬쩍 바꿔치기 한 것이다. 그러고서는 고후카쿠사인에게는 유산했다고 거짓을 아뢰었다. 그로부터 얼마 지나지 않아, 한 해 전에 자신이 낳은 고후카쿠사인의 아들이 병으로 사망하고 만다. 니죠는 이래저래 고후카쿠사인에게 면목이 없다는 생각을 하면서도, 다른 한편으로는 그날 이후 아케보노를 향한 그리움도 커져 가기만 했다. 그런 죄 많은 자신을 자책하며 차라리 자기도 사이교西行 법사[4]처럼 속세를 버리고 정처 없이 떠나고 싶다는 생각을 해 보기도 한다.

그런 가운데 니죠는 우연한 계기로 '아리아케노 쓰키'라고 불리는 닌나지仁和寺의 주지인 고승[5]과 관계를 맺게 된다. 첫 만남은 니죠가 궁중의 연중행사에 참여한 어떤 스님으로부터 뜻밖의 구애를 받으면서 시작되는데, 그가 바로 아리아케노 쓰키였다. 그 후 고후카쿠사인이 병에 걸리게 되는데, 그의

4. 헤이안 시대 말기부터 가마쿠라 시대 초기에 걸쳐 생존한 스님. 도바 천황을 모신 무사였는데, 23살 때 무상감을 느끼자 출가하여 전국을 돌아다니며 고행의 길을 걸었다. 와카에 능해 『신고킨와카슈(新古今和歌集)』에 무려 94수나 되는 노래가 실렸는데, 개인으로서 최고로 많은 노래가 수록될 만큼 뛰어난 가인으로 유명하다.
5. 그는 고사가 천황의 아들이며, 고후카쿠사인의 배다른 동생이기도 하다.

병이 낫도록 축원하는 기도를 드리기 위해 아리아케노 쓰키가 궁중에 오게 된다. 아리아케노 쓰키는 축원을 드리는 곳의 바로 옆방으로 니죠를 데리고 가서는 강제로 자신의 뜻을 이루고 만다. 첫 번째 관계를 맺고 나서 아리아케노 쓰키는 "새벽 근행 때 다시 한 번 꼭 만나고 싶소"라고 말한다. 그러자 이번에는 니죠가 자진해서 새벽 기도가 끝날 무렵에 맞춰 사람들 눈을 피해 아리아케노 쓰키의 처소로 가서 관계를 갖는다.

한 번 파계의 맛을 본 고승은 그 이후로 미친 듯이 니죠에게 빠졌고, 니죠도 그 정열에 이끌려 거의 매일 밤 밀회를 즐겼다. 사실, 이 고승은 고후카쿠사인의 동생인 쇼죠性助 황자로, 닌나지로 들어가 고나카오무로御中御室라 불리고 있었다. 그런데 이해할 수 없는 건 고후카쿠사인이 이 두 사람의 관계를 알면서도 오히려 그 두 사람의 정사를 부추기는 듯한 말을 하거나 행동을 한 것이었다. 예를 들면, 일부러 용무를 만들어 니죠를 몇 번이나 아리아케노 쓰키의 처소로 보낸 것이었다.

그러나 이후 니죠는 아리아케노 쓰키의 집착이 너무나도 힘겨워 그와의 관계를 청산하고자 했다. 하지만 그는 '소름이 돋고 마음이 울적해질 정도'의 저주가 담긴 편지를 보내면서도 니죠를 향한 사랑을 단념하지 않았다. 불문에 들어가 여색을 끊었던 아리아케노 쓰키에게 있어 니죠는 첫 여성이며, 그런 만큼 파계승이 되어 버린 데 대한 후회는 없었던 듯하다. 니죠는 그런 아리아케노 쓰키에게 끌려다니며 또다시 그를 받아들이고 만다. 얼마 안 있어 그녀는 아리아케노 쓰키의 아이를 임신하게 되어 남자아이를 낳지만, 예전부터 고후카쿠사인이 다짐했던 대로 아이는 고후카쿠사인이 데려가고 만다. 그 후 아리아케노 쓰키는 악성 유행병에 걸려 허망하게 죽고 만다.

한편, 니죠에게는 정사를 나눈 또 다른 남자가 있었다. 그와의 관계는 아리아케노 쓰키와 뜨겁게 사랑하던 시기와 일치하는데, 니죠의 나이 스무 살 무렵에 만난 남자였다. 그는 고노에후의 고관 대신인 오이도노大殿로, 고후카쿠사인의 주선으로 후시미伏見 궁에서 관계를 맺게 되었다. 니죠는 그 당시를 회상하며 그때의 정사는 "내 자신이 범한 과실은 아니지만"이라고 적고 있는 바와 같이, 고후카쿠사인의 주선으로, 그것도 연인인 유키노 아케보노(사네카네)도 있는 자리에서, 교활한 오이도노에게 억지로 이틀 밤에 걸쳐 니죠의 의사와는 무관하게 무리하게 관계를 가지게 된 것이다.

오이도노와 관계를 맺던 이틀째 밤에는 한술 더 떠 "나(고후카쿠사인)도 혼자 자는 건 적적하니 가까운 곳에서 자 주게"라며, 자신의 잠자리와 창호지 문 하나를 사이에 둔 곳에서 오이도노와 니죠가 정사를 가질 것을 명한다. 오이도노라 불리던 작자는 다름 아닌 다카쓰카사 가네히라鷹司兼平를 말하는데, 그는 당대 최고 귀족이었다.

이렇게 볼 때, 이해할 수 없는 건 고후카쿠사인의 행동이다. 자신의 연인을 동생의 정사를 위하여 상대하게 하기도 하고 고위 귀족의 한 사람에게 성을 접대하도록 시키고 있으므로, 성적으로는 꽤 굴절된 성정의 소유자였던 것 같다. 작자 니죠는 다음과 같은 일화도 고백하고 있다.

고사가인後嵯峨院[6]의 딸로 이전에 사이구[7]를 지낸 젠사이구前齊宮라는 여인이 있었다. 그녀는 고후카쿠사인에게는 배다른 동생이기도 하다. 그녀는 기품 있고 아름다운 여인이었으며, 사이구였던 탓에 남성과 관계를 맺은 적이 없는 처녀였다. 스무 살을 넘긴 이 미모의 여동생에게 호색적인 고후카쿠사인은 갑자기 구미가 당겨, 어느 날 니죠를 앞장세워 사이구의 침소로 몰래 숨어 들어가 그녀와의 정사를 시도한다.

니죠는 부친인 마사타다의 연줄로 젠사이구를 모신 적이 있었다. 두 사람이 서로 아는 사이였다는 사실을 알고 있는 고후카쿠사인이 니죠를 앞장세운 것이다. 물론 니죠는 마음이 내키지 않았다. 하지만 주인의 명령이므로 할 수 없이 안내를 하게 되었고, 고후카쿠사인은 그 덕분에 자고 있던 사이구 곁으로 갈 수 있었다. 니죠는 자는 척하며 사태를 지켜보았다. 젠사이구는 '거의 거부도 하지 않고' 고후카쿠사인이 하는 대로 움직였다. 그것을 본 니죠는 젠사이구가 '매정하게 거부한 채 하룻밤을 지샜다면 얼마나 재미있었을까'라며 아쉬워한다. 고호카쿠사인과 배다른 누이의 근친상간을, 신분상의 소임이라 해도, 휘장 하나를 사이에 둔 곳에서 지켜봐야 했던 니죠의 마음

---

6. 고사가 천황(1220~1272). 가마쿠라 시대 중기의 천황. 쓰치미카도(土御門) 천황의 황자로, 고후카쿠사 천황에게 양위한 후 상황으로서 정사에 관여하였다. 재위 기간은 1242년부터 1246년까지이다.
7. 사이구(齊宮)는 천황이 새로이 즉위할 때 이세 신궁에서 신을 모시는 역할을 담당했던 미혼의 황녀를 말한다.

은 꽤나 큰 상처를 입었을 것이다.

심지어 고후카쿠사인은 니죠로 하여금 거리의 여자를 궁으로 끌어들여 하룻밤 상대할 수 있도록 하는 역할을 맡기기도 하였다. 하지만 그렇다고 해서 니죠가 연달아 다른 남자와 관계를 맺은 것도 퇴폐적인 왕조시대라고는 하나 정상은 아니었다. 고후카쿠사인의 주선으로 억지로 정사를 강요당했던 니죠는 "죽고 싶을 정도로 슬프다"고 한탄했던 오이도노와도 이틀 밤을 함께한 후, 막상 헤어지는 시점에서는 그와의 이별을 아쉬워한다. 그러한 자신을 니죠는 "이건 도대체 언제부터 내 몸에 배인 음란한 습성인 걸까, 스스로 생각해도 이상하게 생각되었습니다"라고 술회하고 있다. 그녀는 남자와 육체관계를 맺을 때마다 슬픔과 고통이 커져만 간다는 사실을 알면서도 구애를 받으면 응하게 되고, 몸을 허락하게 되면 다시금 그 남자에게 애정을 느끼는 자신의 천성을 애석하게 여기는 것이었다.

그러는 사이에 고후카쿠사인과의 사랑도 서로 엷어져 갔다. 니죠는 부친이 사망할 때 자신에게 당부한 "두 지아비를 섬기지 말고 출가하여 명복을 빌어 달라"는 말을 떠올리며 불문에 귀의하려는 마음을 굳혀 갔다. 스물여섯 살 때 궁중을 나온(정확하게는 퇴출당했다) 후, 염원하던 대로 불문에 귀의하여 기온샤祈園社 신사에서 천 일 동안 참배를 한다. 그때 아리아케노 쓰키의 삼 주기 재를 올리기도 했다.

서른두 살 되던 해인 2월, 비구니가 되어 예전부터 생각해

온 대로 동쪽 지방으로 행각승이 되어 여행길에 오른다. 그녀
의 행적은 꽤 광범위하게 걸쳐 있다. 그런데 동쪽 지방에서 다
시 교토로 돌아오는 길에 들른 이와시미즈 하치만구石淸水 八
幡宮[8]에서 고후카쿠사인과 우연히 재회하게 된다. 이를 계기로
고후카쿠사인이 있는 후시미 궁으로 사람들 눈을 피해 만나러
가기도 한다. 하지만 이때 니죠는 이미 비구니의 신분이었고,
고후카쿠사인에 대해서도 이전과 같은 격정적인 감정은 생기
지 않았으므로, 차분히 앉아 서로 이야기를 나누는 정도의 사
이가 되어 있었다.

그로부터 십 년 정도 지나 니죠는 고후카쿠사인이 사망했다
는 소식을 전해 듣는다. 이에 니죠는 궁으로 달려가 앞뜰에서
눈물을 흘리며 하룻밤을 지새운다. 다음 날, 멀리서나마 고후
카쿠사인의 관이라도 보고 싶다고 간청하나 받아들여지지 않
자 장송 행렬이 지나갈 때 맨발로 계단을 뛰어 내려가 그대로
장례 행렬을 따른다. 깊은 슬픔의 밑바닥에서 그녀에게 있어
첫 번째 남자였던 고후카쿠사인을 향한 연모의 정이 새삼 되
살아난 것 같다. 작품 가운데서도 이 장면은 압권이다.

고후카쿠사인의 사망 후, 그를 향한 추모의 정은 나날이 깊
어만 갔다. 그러한 심정은 고후카쿠사인과 아리아케노 쓰키의
명복을 비는 마음으로 승화된 동시에 그녀의 종교적 신앙심의
경지를 깊게 만들었다. 그리고 힘들었던 추억이야말로 그리워
진다는 깨달음에서 호색적인 애욕의 체험을 적고는 "이런 보

---

8. 교토 야와타(八幡) 시에 있는 신궁이다.

잘것없는 걸 적어 남기지만 후세에 남으리라고는 생각하지 않습니다"라고 겸손하게 작품을 끝맺고 있다. 자신의 생애를 이렇게까지 솔직하게 이야기할 수 있는 여성은 확실히 사랑스런 여성이었을 것이다. "후세에 남으리라고는 생각하지 않습니다"라며 이 작품을 맺고 있지만, 그녀의 의도와는 달리 이 수기는 특별한 고전으로서 읽히고 있다.

사랑과 영혼

요쿄쿠 「마쓰카제松風」

　요쿄쿠謠曲[1] 「마쓰카제」는 스마[2] 포구에 살면서 소금을 만들기 위해 바닷물을 길어 나르는 두 자매의 애처롭고 지순한 사랑을 주제로 한 작품이다. 오늘날 전해지고 있는 요쿄쿠는 간아미[3]의 작품을 그의 아들인 제아미[4]가 개작한 것이다. 솔바람

---

1. 등장인물이 가면을 쓰고 나와서 무대의 분위기를 돋우기 위해 연주되는 피리와 북, 장구 등의 반주에 맞춰 대사 중심의 노래를 부르거나 연기하는 가무극인 노(能)의 대본이 요쿄쿠(謠曲)이다. 요쿄쿠는 배우의 대사와 지문으로 구성되며, 내용은『이세 모노가타리』,『겐지 모노가타리』,『헤이케 모노가타리』등 고전문학이나 민간전승 이야기를 소재로 한 것이 대부분이다. 몽환적인 분위기를 자아내는 연출이 돋보이며, 중고 시대, 즉 왕조시대의 아름다움과 우아함에 대한 동경이 엿보인다.
2. 스마(須磨)는 일본 고베 시 남서부에 위치한 해안이다.
3. 간아미(觀阿弥 1333-1384): 일본의 전통적인 가무극인 노(能)를 연기하던 배우.
4. 제아미(世阿弥 1363?-?): 간아미의 아들로, 노를 연기하던 배우 겸 연출가이면서 노의 대본을 집필한 요쿄쿠 작가로 100편이 넘는 요쿄쿠 작품을 남기고 있다. 또한 노와 관련하여 여러 편의 예술 이론서를 저술하였으며, 부

부는 쓸쓸한 스마 해변에, 아리와라노 유키히라在原行平가 예전에 사랑한 마쓰카제松風와 무라사메村雨라는 두 자매의 망령이 물통을 실은 수레를 끌고 나와 달빛 고운 달밤에 바닷물을 길으면서 아리와라노 유키히라가 남긴 의복과 건을 들고 나와 그를 추억하며 눈물짓는다는 내용의 우아하고 고상한 정취를 자아내는 애절한 작품이다.

서두 부분은 다음과 같이 시작된다. 스마 포구를 지나가던 행각승이 그 지역 사람(아이)에게 소나무 한 그루의 유래를 묻는다. 그러자 아이는 "유키히라 님이 이곳으로 내려오셔서 마쓰카제와 무라사메라는 두 자매를 총애하셨는데, 저 소나무는 다름 아닌 그 두 자매의 고적입니다"라고 답하며, 스쳐 지나가는 인연이긴 하지만 아무쪼록 그들의 명복을 빌어주고 가시라며 당부한다.

아리와라노 유키히라는 헤이제이平城 천황의 아들인 아보阿保 친왕의 둘째 아들로, 『이세 모노가타리』의 주인공으로 널리 알려진 아리와라노 나리히라의 형이다. 황실 직계의 귀공자이며 가인으로도 유명하나 관직은 츄나곤에 머물렀으며, 기록에 따르면 간표寬平 5년(893)에 일흔여섯의 나이로 사망한다.

『고킨와카슈』[5]에 "몬토쿠[6] 천황 시절에 어떤 사건에 연루되

친인 간아미의 뒤를 이어 노를 완성시켰다.
5.『고킨와카슈(古今和歌集)』다이고(醍醐) 천황의 명령을 받아 기노 쓰라유키(紀貫行) 등 4명의 편집자에 의해 905년에 완성된 일본 최초의 칙찬 와카집. 천여 수의 와카를 수록하고 있으며, 대부분의 노래는 5/7/5/7/7의 음률을 지닌 형식이 주를 이룬다.
6. 몬토쿠(文德) 천황(827-858): 헤이안 시대 전기의 천황. 재위 기간은 850

어 셋쓰 지방의 스마라는 곳에 물러나 있을 적에 궁중에 근무하던 사람에게 보낸 노래"라는 설명 아래 다음과 같은 아리와라노 유키히라의 노래가 수록되어 있다.

드물게라도	わくらばに
내 안부 묻거들랑	問ふ人あらば
스마 포구에서	須磨の浦に
해초 물 떨어지듯	藻塩垂れつつ
눈물짓는다 전해주오	侘ぶと答へよ

드물게라도 내 소식을 묻는 사람이 있거든 스마 포구에서 소금물에 젖은 해초를 태우며 그 연기에 눈물 흘리며 적적하게 지내고 있다고 전해달라는 내용의 노래다. 아리와라노 유키히라가 이곳 스마 포구로 유배되었을 때, 마쓰카제와 무라사메라는 두 자매를 총애한 것 같다. 몬토쿠 천황 시절 황위 계승 문제를 둘러싼 정변이 있었는데, "어떤 사건에 연루되어"라고 한 것은 아리와라노 유키히라가 부친인 아보 친왕에 연좌되어 실각한 것을 말한다고 생각된다.

결국 삼 년이란 세월이 흘러 아리와라노 유키히라가 사면되어 교토로 돌아가게 되자, 이별의 슬픔에 잠긴 두 자매는 그를 그리며 지냈다. 그런데 얼마 안 있어 그의 사망 소식을 접하게 되자, 그리움으로 반미치광이 상태가 된 그 두 자매는 파도의

_____
년부터 858년까지이다.

물거품처럼 허망하게 세상을 뜨고 만다. 그러한 내력을 들은 행각승은,

"그러고 보니 이 소나무는 옛날 마쓰카제와 무라사메라는 두 자매의 고적이로군. 애처롭게도 그 몸은 땅 속에 묻혔지만 이름은 후세에 남아 그 자취로 언제나 변치 않는 한 그루 소나무가 되어 가을인데도 여전히 초록빛을 간직하고 있구나!"

라고 말한 후 불경을 외우며 그 두 자매의 영혼을 달랬다. 그러는 사이에 짧은 가을 해가 저물었으므로 근처에 있는 소금 굽는 어부의 집에 들러 하룻밤을 보내게 된다. 잠시 동안 얕은 잠을 자고 있자니, 꿈속에 두 여인이 달 밝은 바닷가에 나타나 물통에 바닷물을 푸면서 박복한 신세를 한탄하며 눈물을 흘리는 것이었다.

　가면 음악극인 노能에서는 무라사메와 마쓰카제가 차례로 등장한다. 무라사메는 왼손에 물통을 들고 어린 여자가 쓰는 자그만 가면을 썼으며, 마쓰카제는 젊은 여인의 가면을 써서 청순한 처녀임을 나타내고 있다.

　마쓰카제/무라사메: 바닷물을 실어 나르는 수레를 끌며, 참으로 짧고 힘든 이 세상을 살아가는 허망함이여!

　무라사메: 바로 앞까지 파도가 밀려오는 스마 포구,

　마쓰카제: 달빛마저도 눈물을 자아내 소매를 적시는구나.

두 자매는 서글퍼하면서 달이 떠오름에 따라 차오르는 바닷물을 담는다.

마쓰카제: 아름다워라, 이곳에 살아 너무나도 익숙하지만 언제 보아도 이 스마의 해질 녘은. 어부들이 서로 부르는 목소리가 어렴풋이 들려오는….

바닷물을 물통에 담으며 통 속을 들여다보니 달이 비치고 있다. "기뻐라, 여기에도 달이 있네"라며, 수레에 달을 싣고 바닷물을 길어 나르는 이 일을 힘들게도 여기지 않으며 집으로 돌아간다.

집에 돌아온 두 자매에게 행각승은 하룻밤 재워 줄 것을 간청하나, 너무나 누추한 오두막집이라며 처음에는 거절당하지만, 출가한 처지라고 밝히자 집 안으로 들어오게 한다. 이 행각승이 "저 바닷가에 한 그루의 소나무가 있기에 어떤 사람에게 물었더니 마쓰카제와 무라사메라는 두 자매의 고적이라고 하여, 지나가는 객이긴 하나 이것도 인연이라 생각되어 명복을 빌고 왔습니다"라고 말을 꺼내자, 두 자매는 눈물을 흘리며 자신들이 그 마쓰카제와 무라사메의 죽은 혼령이라며, 조금 전 소나무 그늘 아래서 죽은 영혼을 달래 주셨기에 여기에 모습을 나타낸 것이라 밝힌다.

마쓰카제/무라사메: 유키히라 님이 여기에 계셨던 삼 년간, 뱃놀이

를 하시기도 하고, 달을 보며 마음을 달래시기도 하셨는데, 잠
자리를 함께하는 역할로 우리 두 자매를 고르셨습니다. 마침
그때에 어울리는 이름이라며 우리에게 마쓰카제(솔바람 소리)
와 무라사메(소나기)라는 이름을 지어 주시고는 귀여워해 주
셨습니다.

마쓰카제: 그러는 사이에 삼 년이란 세월이 흘러 유키히라 님은 교
토로 돌아가셨는데,

무라사메: 얼마 지나지 않아 돌아가셨다는 소식을 접하고 나서,

마쓰카제: 너무나도 그리워라. 언제 또다시 만나 뵐 수 있을지 괴
로워 견딜 수가 없습니다.

마쓰카제/무라사메: 변변치 못한 여자의 몸으로, 더구나 미천한 몸
으로 지체 높은 분의 사랑까지 받은 저희는 너무나도 죄 많은
몸입니다. 아무쪼록 추선공양하여 주십시오.

라며 두 사람은 행각승에게 합장한다.

마쓰카제/무라사메: 우리 자매는 연모의 정으로 마음이 혼란하여 정
신을 잃고 신불의 가호도 받지 못한 채 파도의 물거품처럼 애처
롭게 사라진 허망한 신세입니다. 유키히라 님은 교토로 돌아가
실 때 쓰고 계시던 건과 의복을 정표로 주시고 가셨습니다. 그
것을 볼 때마다 더욱더 그리워집니다.

두 자매는 유키히라가 남긴 건과 의복을 손에 들고,

마쓰카제: 밤이 되면 언제나 각자의 옷을 벗고 그분의 옷을 걸치고 자며 그분 생각을 합니다.

라며 목메어 운다. 이윽고 유키히라의 의복을 걸친 마쓰카제는 다음과 같이 말하고서는 실성한 듯 춤을 춘다.

마쓰카제: 이 옷을 손에 들면 그분의 모습이 눈앞에 아른거려 자나 깨나 머리맡에서부터, 혹은 발치에서부터 그리움이 사무쳐 올라와 뭐라 형용할 수 없는 슬픔에 잠깁니다.

그러는 사이에 유키히라의 유품을 몸에 걸친 마쓰카제는 애절한 여심에서 광란 상태가 되어 옆에 서 있는 소나무를 유키히라라 여기며 다가가 안으려 한다. 그러자 무라사메가 이를 만류한다.

마쓰카제: 어머나 반가워라. 저기 유키히라 님이 마쓰카제를 부르며 서 계시니 가봐야겠어.
무라사메: 딱하기도 하네. 그런 마음으로 있으니 이 세상을 향한 집착 때문에 죄에서 벗어나지 못하는 거예요. 저건 소나무예요. 유키히라 님은 여기 계시지 않아요.
마쓰카제: 어머 한심한 소리를 하네. 저 소나무가 바로 유키히라 님이셔. "설령 잠시 헤어져 있더라도 기다린다는 소식을 들으면 돌아오리다"라고 읊으신 노래를 도대체 어찌 생각하는 거야?

마쓰카제의 대사에 나온, 유키히라가 읊었다는 노래는『고킨와카슈』에 수록된 다음의 노래를 일컫는다.

헤어진 후에	立ち別れ
이나바[7] 산봉우리서	因幡の山の
애타게 나를	峰に生ふる
기다린다 들리면	待つとし聞かば
내 얼른 돌아오리	今帰り来ん

이 노래는, '이렇게 헤어져 길을 떠나면 그곳은 이나바 지방. 그 이나바 지방의 산봉우리에 서 있는 마쓰. "마쓰"는 소나무라는 의미와 "기다리다"라는 의미를 지녔으니, 그 말대로 당신이 기다리고 있다는 소식이 들리면 곧바로 당신 곁으로 돌아가리다' 라는 의미이다. 마쓰카제가 이 노래를 가락에 맞춰 읊조리자 무라사메는,

무라사메: 그러고 보니 정말 잊고 있었네. 설사 헤어지더라도 우리
　　들이 애타게 그리워하면 돌아오신다는 말씀을.

이라며 마쓰카제의 말에 동조한다. 이어 "우리가 기다리고 있다는 소식을 유키히라 님이 전해 들으실 때까지, 무라사메의 소매가 눈물로 젖더라도 당분간 소나무 아래서 유키히라 님이

---

7. 이나바(因幡)는 현재의 돗토리 현의 동부 지역에 해당한다.

오시기를 기다려야지"라며 가락에 맞춰 창한다. 마쓰카제와 무라사메는 다시 한 번 행각승에게 "아무쪼록 우리의 명복을 빌어 주세요"라고 간청하며 이별을 고하고 사라져 가는데, 사실 이것은 행각승이 꾼 꿈이었다. 닭 울음소리와 함께 날이 밝자, 소나무를 스치는 바람소리가 거세었다.

행각승은 '꿈속에서 들었던 소나기 내리는 소리는 아침이 되어 보니 소나무를 스치는 바람 소리였다'며 꿈속에서 본 마쓰카제와 무라사메가 새삼 애처롭게 여겨져, "소나무 스치는 바람 소리만이 들리는구나, 소나무 스치는 바람 소리만이 남아 있구나"라며 퇴장한다.

유키히라가 교토로 돌아간 지 얼마 안 돼 세상을 떠났다는 설정은 물론 픽션이지만, 그런 설정이 두 자매의 슬픈 사랑에 애절함을 더해 준다고 생각했을 것이다. 두 자매의 한결같은 연모는 너무나 집착한 나머지 광란의 상태에 이르러 결국 극락왕생할 수 없었다는 애절함과 함께, 꿈에서 깬 행각승의 귓전에는 솔바람 소리의 여운만이 남아 있을 뿐이라는 결말을 보이는 이 작품은 무겐노夢幻能[8] 가운데서도 꽤 인기 있는 작품 중의 하나이다.

---

8. 행각승이 꿈속에서 고인의 망령이나 귀신, 정령(精靈) 등과 만나, 그들의 회고담을 듣고 그들이 추는 춤사위를 본다는 줄거리의 노를 말한다. 이러한 형태의 노는 제아미가 배우로 활약했던 시기에 유행한 형식으로, 행각승으로 분장한 조연 앞에 홀연히 나타난 주인공의 화신이 자신의 회고담을 들려주고 퇴장하는 전반부와 주인공이 본래의 모습으로 돌아가 행각승의 꿈속에 재등장하는 후반부로 구성된 '복식(複式) 무겐노'라 부른다.

유교 사회와 사랑

(17세기~18세기)

나그네 연정

오쿠노호소미치奧の細道

바쇼芭蕉가 『오쿠노호소미치』[1]의 여행 중에 에치고越後 지방[2]의 이치부리市振라는 곳에서 우연하게도 유녀와 같은 숙소에 머물게 되는데, 그때

한 지붕 아래	一家に
유녀와 묵고 있네	遊女も寝たり
싸리와 달빛	萩と月[3]

1. 바쇼는 당시 언어유희에 가까웠던 하이쿠를 예술의 경지로 높였다. 은둔과 여행을 통해 보다 이상적인 하이쿠를 완성하기 위한 방안을 모색하였다. 바쇼는 여행길에서 느낀 감화와 하이쿠를 지어 기행문으로 남겼는데, 『오쿠노호소미치』는 그 가운데 가장 걸작으로 알려져 있다. 그 여정은 지금의 동경을 출발하여 태평양 쪽을 따라 북진하다 동북 지방을 돌아서 동해 쪽을 따라 남쪽으로 내려와, 지금의 기후(岐阜) 현에 위치한 오가키(大垣)까지 무려 6,000리에 달하는데, 바쇼의 나이 46세에 떠난 예술을 위한 여행이었다.
2. 현재의 니가카 현을 가리킨다.
3. 내가 머문 숙소에 마침 유녀도 머물게 되었네. 속세를 떠나 은둔하고 있

이라는 하이쿠(5/7/5의 17음으로 된 정형시)를 읊었다는 에피소드는 너무나도 유명하다. 싸리와 달빛이 아름답고 운치 있는 숙소에서 유녀와 함께 투숙한다고 하면 언뜻 보기에는 너무나도 멋져 보이나, 실은 그런 멋스러운 풍류가 아니라, 바쇼가 "애처로운 생각이 한동안 가라앉지 않았다"라고 적고 있듯이, 인생의 적적함과 서글픔을 담은 애절한 하이쿠인 것이다.

겐로쿠 2년(1689) 3월 27일, 마흔여섯의 바쇼는 문인인 소라曾良와 에도를 출발하여 『오쿠노호소미치』의 여로에 오른다. 총 여정 약 6,000리(2,400킬로미터), 대략 육 개월에 걸친 대장정이므로 여행 도중에 사망할 지도 모르나, 그것을 각오하고 비장한 결의로 장도에 오른 것이다. 바쇼는 여행 내내 줄곧 "몸은 이미 속세를 버리고, 인간 세상의 무상함을 각오하고 있으니, 설령 길 위에서 죽는 한이 있더라도 하늘이 내린 천명이므로 어쩔 도리가 없다"라는 신념을 지녔으며, 이는 목숨을 건 체관諦觀이었다. 지병으로 고생하기도 하고 여독으로 힘들어하면서도, "멀고 먼 전도를 앞에 두고 이런 병으로 지체하다니 애가 탄다"는 안타까움에 기분이 침울해지기라도 하면 "길 위에서 죽더라도 이것은 천명이다"라면서 마음을 고쳐먹고는 여행을 계속한 것이었다.

여행을 떠나기 전부터 "마쓰시마松島의 달이 맨 먼저 떠올

는 나 같은 남자와 아름다운 유녀가 한 지붕 아래 머물다니! 이는 마치 숙소에 피어 있는 싸리와 하늘에 뜬 청명한 달과 같은 모양새로, 어울릴 것 같지 않은 조합이구나.

라"라며, 가슴 설레어 하며 가고 싶어 했던 마쓰시마에서는 정작 "아름다운 풍광에 마음을 빼앗겨" 멋스런 하이쿠는 남기지 않았지만, 대신 빼어난 서경문을 남기고 있다. 히라이즈미平泉에서는 경애하는 요시쓰네와 그의 의로운 가신들의 비운에 눈물을 흘리며,

　나라는 망했어도 산하는 남아
　성엔 봄이 와서 잡초만이 우거졌네

라는 두보의 시를 떠올리는데, 여름풀이 무성하게 자란 눈앞의 들판을 바라보면서 꿈같은 영화의 덧없음을 느끼며 다음과 같은 하이쿠를 읊조린다.

　무성한 들판　　　　　　夏草や
　병사들의 덧없는　　　　兵どもが
　꿈같은 흔적　　　　　　夢の跡

　그러고 나서 남쪽으로 되돌아온 바쇼는 "시간이 지난 다음에 듣기만 해도 심장이 떨릴 정도였다"라고 술회하고 있다. 그럴 정도로 바쇼에게 있어 『오쿠노호소미치』의 여행길에서 가장 무서운 경로로 기억되는 '나타기리토게山刀伐峠'의 험난한 고갯길을 넘어 이번에는 오바나자와尾花沢로 들어간다.
　바쇼는 오바나자와에서 지인의 환대를 받으며 열흘간 체재

하게 되는데, 그사이에 한 번 가보는 게 좋다는 그곳 사람들의 권유를 받자 편도 칠십 리나 되는 길을 다시 남쪽으로 내려간 곳에 위치한 릿샤쿠지立石寺라는 절을 방문하게 된다. 여기서 너무나도 유명한,

한적함이여!	閑さや
바위에 스며드는	岩にしみ入る
매미 울음 소리	蝉の声

라는 아름다운 하이쿠를 짓게 된다. 릿샤쿠지는 원래 예정에 없었던 장소였지만, "한 번 가보라"는 사람들의 열성적인 권유 덕택에 이와 같이 후세에 남은 빼어난 하이쿠를 얻은 셈이다. 그런데 바쇼는 참으로 튼실한 다리를 지녔던 것 같다. 칠십 리나 되는 길을 걷고는 일박만 하고 또다시 오바나자와로 되돌 아온다. 그리고 오이시다大石田⁴라는 마을에서 모가미 강最上川 을 배를 타고 내려와 하구로羽黒 마을로 간다.

장마 소낙비	五月雨を
한데 모아 급물살	あつめて早し
모가미 강	最上川

모가미 강은 급류로 유명한 곳인데, 거기에다 장마철 소나기

4. 야마가타 현 오바나자와 분지의 서쪽에 있는 마을이다.

로 강변의 수위가 더욱 올라 엄청난 급류를 이루고 있는 가운데 배를 타고 하류로 나아가는 호쾌한 여행의 감동을 박력 있고 실감나게 표현한 하이쿠이다.

기요 강淸川에서 배를 내려 하구로 산羽黑山[5]과 갓 산月山,[6] 그리고 유도노 산湯殿山 등 데와出羽[7]에 있는 세 곳의 산사에 들러 참배하고 드디어 동해 쪽 바다로 나와 사카타酒田 항구에 당도했을 때는 이미 7월 29일이 되어 무더운 날이었다.

일반적으로 사카타 항에서 동해 쪽을 따라 남하하는 것이 보통인데, 바쇼는 여기서 한층 북쪽으로 올라가 기사카타象潟 쪽으로 향했다. 기사카타는 마쓰시마에 필적하는 경승지로 유명하며, 바쇼가 경모하는 사이교西行 법사의 유적도 남아 있는 곳이어서 출발할 때부터 그쪽을 목표로 하고 있었던 장소였다. 하지만 여기서는,

산을 넘고 바다를 건너 모래밭을 지나 백 리, 해가 저물 무렵 바닷바람에 모래가 휘날리고 비가 내려 쵸카이 산鳥海山[8]의 모습은 보이지 않는구나.

---

5. 야마가타 현 서부에 위치한 하구로(羽黑), 후지시마(藤島), 다치카와(立川)의 세 마을에 걸쳐 있는 산(414미터)이다.
6. 야마가타 현 중앙에 있으며, 하구로, 다치가와, 니시가와(西川)의 세 마을에 걸쳐 위치한 산이다.
7. 현재의 아키타 현과 야마가타(山形) 현을 가리킨다.
8. 아키타 현과 야마가타 현에 걸쳐 위치하며 동북 지방에서 두 번째로 높은 산(2,236미터)으로 산의 모습이 아름다운 화산이다.

라고 적고 있듯이, 궂은 날씨에다 더위도 굉장히 심해 고생을 한다. 게다가 기나긴 여정의 피로도 쌓여 있었다. 바닷바람에 모래가 휘날리는 모래사장을 비까지 내리는 더운 날씨에 백 리 길을 걸었으니, 여정의 피로가 쌓여 결국 그날은 도중에서 일박하고 다음날 아침 배를 띄워 풍광을 만끽한다.

마쓰시마는 웃는 듯 밝은 면이 있고, 기사카타는 뭔가를 원망하고 있는 듯 어두운 그늘이 있다. 이 고장의 모습은 쓸쓸함에 서글픔까지 더해져 사람의 마음을 울적하게 만드는 것 같다고나 할까.

라고 적고 있듯이, 마쓰시마와는 대조적으로 우수에 싸인 풍경을 접한 바쇼는 중국의 미녀인 서시西施를 떠올리며,

기사카타의	象潟や
비에 젖은 자귀 꽃	雨に西施が
서시 같아라	ねぶの花

라는 감상을 토로하고 있다. 비에 젖은 기사카타는 안개에 싸이고, 자귀나무 꽃은 비를 맞아 꽃잎을 오므리고 있다. 그 오므린 꽃잎이 마치 중국의 미녀인 서시가 슬픔에 젖어 눈을 반쯤 감고 괴로워하는 모습을 떠올리게 한다는 의미이다.

그 후 바쇼는 동해 쪽을 따라 에치고 길을 남하하게 되는데, "더위와 비로 인한 고생으로 아흐레 동안의 여정은 기분도 좋

지 않고 병마저 나는 바람에 여행 중의 감흥도 적어 두지 않았
다"라고 쓰고 있다. 하지만 이치부리 관문에 당도하여서는,

거친 파도여!	荒海や
사도佐渡 섬 저 건너편	佐渡によこたふ
은하수 물결	天の河

이라는 명구를 남겼다는 사실은 너무나도 잘 알려진 바이다.
간략하게나마 『오쿠노호소미치』의 여행을 개관해 보았는데,
여기까지는 서문이고, 이제부터가 본론이다. 이치부리의 숙소
에 다다랐을 때는 부모 자식 간에도 서로 돌볼 수 없을 만큼
몹시 위험한 북쪽 지방 제일의 험한 길을 넘어왔으므로, 바쇼
는 너무 지친 나머지 일찍 잠자리에 들었다.

그런데 창호지 문 하나를 사이에 둔 건너편 방에서 젊은 여
자 목소리가 들려왔는데, 아무래도 두 사람이 있는 듯했다. 거
기다 나이 든 남자의 목소리도 섞여 이야기를 나누는 것을 들
어 보니, 에치고 지방인 니가타에 사는 유녀였다. 일생에 한 번
은 참배해야 한다고 하는 이세伊勢 신궁에 참배하기 위해 이곳
까지 데려다 준 그 남자는 내일 고향으로 돌아가는데, 그 편에
편지를 써서 누군가에게 전언을 부탁하는 참인 것 같았다. 그
후 여자 둘이서 자신의 신세를 한탄하는 소리를 잠결에 들으
며 바쇼는 곤한 잠에 빠졌다. 그 다음 날 아침, 유녀들은 바쇼
일행에게,

"이제부터 이세까지 어찌 가야 할지 몰라 너무 불안하고 막막하니, 멀찌감치 떨어져서라도 뒤따라가고자 합니다. 승려 복장을 하셨으니 스님의 온정으로 부처님의 자비를 저희에게도 나눠 주셔서 불도에 입문하는 인연을 맺게 해 주세요."

라고 간청하는 것이었다. 그러자 바쇼는 측은하다는 생각은 들었지만,

"우리들은 군데군데 들릴 곳이 많소이다. 그러니 같은 방향으로 가는 사람들 뒤를 쫓아가도록 하시오. 분명 이세 신궁의 가호로 무사히 도착할 수 있을 거요."

라며 동행을 받아들이지 않았다. 그렇게 거절하고 난 뒤에도 한동안 가엾은 생각이 가시지 않았다고 바쇼는 기록하고 있다. 서두에 소개한 "한 지붕 아래"라는 하이쿠는 이때 지은 것으로, 이는 세속을 버린 방랑 시인인 자신과 가련한 처지의 유녀가 우연한 기회에 싸리가 피어 있는 달빛 고운 숙소에 함께 머물게 되지만 결국은 서로 각자의 길로 간다는, 회자정리라는 인생의 적적함과 서글픔이 담긴 구이다. 인간 바쇼의 소리 없는 통곡이라 할 수 있다. 이 유녀의 이야기에서 연상되는 작품이 『오쿠노호소미치』보다 오 년 앞서 완성된 『노자라시 기행』에 나오는 에피소드이다.

바쇼는 후지 강富士川 강변에서 서글프게 우는 세 살 정도의

버림받은 아이를 만난다. 이에 바쇼는 "아버지는 결코 너를 미
워하지 않으며, 어머니 또한 너를 싫어하지 않는다. 다만 이건
천명이니, 너의 불행한 태생을 슬퍼하거라"라고 말한 다음, 비
정하게 내버려 두고 지나가면서 다음과 같은 구를 읊는다.

애절한 원숭이 울음소리 들은 이여!　猿を聞く人
버림받은 아이에게 부는　　　　　　捨子に秋の
차가운 가을바람 어찌 보는가　　　　風いかに

　바쇼는 차디찬 가을바람 속에서 울고 서 있는 버림받은 아
이를 어찌할 방도가 없다는 자책감에 마음속으로 통곡하고 있
는 것이다. 유녀의 이야기에서와 마찬가지로 조금 비정하게 보
이기는 하나, 실은 바쇼의 깊은 인간애를 느낄 수 있는 에피소
드라 할 수 있다.
　다시 이치부리에서 만난 유녀의 이야기로 돌아가 보면, 그
장면은 『오쿠노호소미치』에 변화와 생기를 곁들이기 위한 창
작이라는 설이 있다. 이 설에는 동감하지만, 생각해 보면 노인
이라 불리는 나이이기는 하나 아직 마흔여섯의 바쇼가 여행
도중에 우연히 만난 아름다운 여인에게 전혀 관심이 없었다고
는 생각되지 않는다. 그렇다면 '싸리와 달빛'과 같은 유녀의
이야기는 그렇다고 치더라도, 바쇼의 상상력을 유발하는 그러
한 사실이 어딘가에서 일어나 그것이 이러한 픽션을 구성하게
되었다고 생각된다.

그런데 바쇼의 여성에 관한 상상력은 이곳저곳을 떠도는 방랑 시인의 한적함을 추구하는 일상생활이라는 이미지와는 도저히 상상할 수 없을 정도로 분방하고 농염하다. 예를 들면, 『오쿠노호소미치』의 본문에는 남아 있지 않지만, 4월 22일 스카가와須賀川[9]에 위치한 도큐等躬 집에서 개최된 가선歌仙[10] 가운데 다음과 같은 구가 있다.

그분에게 내민 팔/소문 나 속상해라 (소라)

宮にめされし/うき名はづかし

가녀린 나의 팔/그분께 팔베개로/내밀었다네 (바쇼)

手枕に/ほそき腕を/さし入れて

소라의 구는 지체 높은 분의 침소에 불려가 가녀린 팔로 팔베개를 해 드린 그날 밤에 관한 일이 소문이 나서 창피했다는 의미이며, 이 구를 받아 지은 바쇼의 두 번째 구에서는 규방에 있는 여인의 요염한 자태가 연상된다. 팔베개를 해 드린 가녀린 팔이라는 것이 얼마나 관능적인 묘사인가. 바쇼에게서 어떻게 이런 대담한 공상이 나왔는지 놀라울 따름이다.

6월 4일부터 9일에 걸쳐 하구로 산 본산에서 개최된 가선에

---

9. 후쿠시마 현에 위치한 도시이다.

10. 원래 와카를 잘 읊는 사람을 가리키는 말이었으나, 렌가(連歌)와 하이카이(俳諧)에서는 읊은 구(句)의 숫자가 36구인 형식을 말한다.

서는 한층 더 놀랄 만한 농염한 구를 선보인다.

> 달을 보라며/깨우는 그대, 잠든/나의 멋없음! (소라)
> 月見よと/引起されて/恥しき

> 빗질하는 그대는/날개옷 이슬 (바쇼)
> 髪あふがする/うすものの露

달빛 고운 밤, 선잠이 들어버린 귀부인은 창피해져서 얇은
비단 옷만을 걸친 채 시녀에게 머리 손질을 시킨다. 자다 일어
나 흐트러진 모습을 보인 것이 창피하다는 소라曾良의 구도 섬
세한 정취를 보이나, 소라의 구에 덧붙인 바쇼의 구는 그 여성
을 얇은 비단 옷 하나를 걸친 요염한 모습에 비유하고 있다.
아마 목욕을 마친 후 젖은 머리 손질을 시녀에게 맡기고 조신
하게 앉아 있는 여인을 상상한 것 같다.

이는 왕조시대의 아름다운 귀족의 모습을 그린 두루마리 그
림에서나 나올 것 같은 장면인데, 얇은 옷 아래로 들여다보이
는 풍만한 가슴과 요염한 자태의 실루엣도 그림으로 그린 것
이상으로 요염함을 느끼게 한다. 그 후 야마나카山中 온천에서
의 이른바 '야마나카에서 읊은 세 구山中三吟'에도 같은 종류
의 구가 있는데, 바쇼는 대체로 『오쿠노호소미치』의 여행에서
는 의식적으로 이런 대담하고 분방한 착상의 구를 읊고 있다.
새로운 풍의 참신함을 그 지역의 하이쿠 작가에게 과시하려는

의도가 있지 않았나 생각된다. 이렇게 보면, 『오쿠노호소미치』
의 여행은 바쇼의 새로운 멋과 정취를 보태준 여행이었다고
말할 수 있으리라.

자유분방한 사랑 Ⅱ

고쇼쿠이치다이온나好色一代女

　이하라 사이카쿠井原西鶴의 『고쇼쿠이치다이온나』의 권3에
는 베나 무명 따위를 궁중과 관청에 납품하는 포목점에 시녀
로서 고용살이를 하게 된 여자가 주인 부부의 거리낌 없는 성
생활에 자극을 받아 주인을 미인계로 유혹하여 자기 것으로
만들어 버리는 이야기가 있다.

　이 여자는 불행한 운명에 휘말려 여러 남자와 애욕의 체험을
거듭한 뒤, 여자 홀로 사는 건 바람직스럽지 않다고 생각해서
숫처녀인 것처럼 꾸며 시녀로 들어간 것이다. "옛날에는 열두
서넛 또는 다섯을 한창 시녀로서 일할 때라 여겼다"라고 사이
카쿠가 적고 있듯이, 열넷에서 열다섯 살까지가 적절한 연령이
었는데, 주인공은 이미 여덟 명의 아이를 낙태시킨 경험이 있
는 서른 살의 여인이었다. 그런데도 그녀는 숫처녀처럼 행동하
며, '다른 사람이 손을 잡으면 얼굴을 빨갛게 붉히고, 소맷자

락을 건드리면 화들짝 놀라는 척 했으며, 농담을 걸면 한층 더 큰소리를 지르는' 등 여염집 처녀 행세를 하며 주인 옆에서 시중을 들었다.

한편, 주인 부부는 밤이면 밤마다 애정 행각을 벌였는데, 특히 남편 쪽은 남을 전혀 의식하지 않고 있는 대로 소리를 질러댔다. 그들은 머리맡에 놓아둔 병풍이 심하게 요동치고 미닫이 문마저 흔들거릴 정도로 유별난 애정 행각을 벌였으므로, 주인공은 흥분이 되어 더 이상 참기가 어려웠다. 그래서 할 수 없이 일어나 부엌으로 갔더니, 마침 그곳에 그 집에서 오랫동안 일해 온 노인이 한쪽 구석에서 웅크린 채 자고 있는 것이었다. 남자라면 이 노인이라도 상관없다고 생각하고 유혹하려 했지만 도무지 이 노인네는 상대도 해 주지 않았다. 주인공은 아무래도 '이 노인과는 진도가 나가지 않겠다'고 단념하고는 노인의 뺨을 후려치고는 고통스러움에 몸부림치며 자기 방으로 돌아가 날이 밝기만을 애타게 기다렸다.

다음 날 아침, 부인은 어젯밤의 과도한 애정 행위로 아직 잠자리에서 일어나지도 못하고 있는데, 남편 쪽은 얼음을 깨어 세수를 할 정도로 건강하고 정력이 유달리 강한 체질이었다. "부처님께 바칠 공양은 아직 안 됐나?"라고 말하며 손에 정토 신종의 교의를 설명한 책을 들고 있는 주인에게 주인공이 "그 책은 정사에 관한 것인가요?"라고 묻자, 주인은 놀라 어이없어 하며 대답도 못했다. 주인공이 생긋 웃으며, "사랑의 금제가 쓰여 있는 건 아니겠죠?"라며 요염하게 허리띠를 풀어헤치

며 도발적인 모습을 보이자, 주인은 더 이상 참을 수 없어 여자
와 난폭한 성관계를 맺고 만다. 불당의 촛불을 쓰러뜨리는 등
불공 따윈 잊고 서로 부둥켜안고 사랑을 나눈다.

그 이후로는 남몰래 숨어서 주인과 부적절한 관계를 가지며
부인이 시키는 일 따윈 진지하게 듣지도 않고, 끝내는 부인을
주인과 이혼시킬 계획을 짤 정도로 주인공은 무서운 여자였
다. 그러는 사이에 떠돌이 중에게 부탁해 저주를 걸어 부인을
죽이려 했으나 전혀 효험이 없었고, 반대로 주인공이 천벌을
받아 지금까지의 수많은 애정 행각이 발각되어 그 집에서 쫓겨
나고 만다.

집에서 쫓겨난 후로 그녀는 조금씩 실성하기 시작했다. 어제
는 무라사키노紫野를, 오늘은 고죠五条를 꿈인 양 들떠, 오노노
고마치[1]가 광란하여 춤추며 돌아다닌 것처럼, "남자가 필요해,
남자를 원해"라고 노래 부르며 헤매고 돌아다녔다.

얼마 안 있어 교토 후시미伏見에 있는 이나리稲荷 신사의 입
구에서 자신이 알몸이라는 사실을 깨닫고는 제정신으로 돌아
왔다. 그리고 이제까지의 나쁜 마음을 떨쳐버리고 자기 자신
을 되돌아보니, 자신이 너무나도 한심스러웠다. 다른 사람을
저주한 벌은 자신에게로 곧바로 돌아오는 법이라고 참회하기
도 했다. 그리고 여자만큼 허망한 존재는 없으며, 사람으로 태
어나 삼가야 하는 것은 욕정이라고 술회하는 것으로 이야기를

---

1. 오노노 고마치(小野小町)는 헤이안 시대의 가인이며, 절세의 미인으로 알
려져 있다.

맺고 있다.

권3에는 또 다른 이야기가 수록되어 있다. 이 이야기는 미모는 지녔지만 시기와 의심이 많은 무사의 아내와 그 부인을 모시며 머리를 매만지는 일을 하는 여인의 심리적 갈등을 그린 작품이다.

여기에 등장하는 머리를 매만지는 일을 하는 여인은 일 년에 네 번 옷을 지어 받고, 급여로 팔십 몬메[2]를 받는 조건으로 어느 무사 집에서 고용살이를 하게 된다. 주인마님은 아직 스무 살도 되지 않았는데 상냥하고 아름다우며 말투도 조심스럽고 조신해서, '이 세상에 이런 멋진 여성이 또 있을까'라고 생각하며, '같은 여자이면서 부러워 넋을 잃고 바라보게' 된다.

고용살이 첫날, 여자는 '이 집 안에서 일어나는 내밀한 이야기는 어떤 것이라도 밖으로 누설하지 않겠다'는 서약서를 써야만 했다. 나중에 주인마님은 뜻밖의 고백을 한다. "나는 뭐든지 남에게 뒤떨어지는 것은 없지만, 머리숱이 적은 게 제일로 고민이에요. 이것 좀 보세요"라며 머리를 풀자, 머리숱이 많아 보이도록 덧댄 부분의 가발 아래로 머리카락이 거의 없었다. 주인마님은 소매로 눈물을 닦으며, "남편과는 사 년 동안 잘 지내고 있지만, 이런 사실을 알게 되면 정나미가 떨어질 것이라 생각하니 슬퍼 죽겠어요. 절대 다른 사람에게는 말하지 말아 주세요. 여자끼리는 서로 도와야 하는 처지이니까"라고 말하며 걸치고 있던, 옷감 전체에 금박으로 된 문양이 들어간

2. 에도 시대의 화폐 단위로, 1몬메는 금 한 냥의 60분의 1에 해당된다.

웃옷을 주며 여자에게 당부했다.

무척 창피해 하리라 생각하니 가여운 마음이 들어 더 정성을
들여 모셨건만, 마님은 이유도 없이 질투를 하면서 그녀의 길
고 아름다운 머리를 시샘하여 자르라고 명한다. 주인의 명령이
므로 할 수 없이 보기 흉할 정도로 잘랐건만, 이번에는 이마가
훤히 드러나 보일 정도로 머리카락을 뽑으라고 말하는 것이었
다.

아무리 주인마님의 명령이라 하더라도 이건 너무 심한 처사
라 생각되어 그만두겠다고 청하였으나, 그것마저도 받아들여
지지 않고 매일 아침저녁으로 괴롭힘을 당하게 되었다. 그로
인해 몸은 점점 초췌하고 쇠약해져 마님을 향한 원망만이 커져
갔다. 그래서 여자는 어떻게 해서든 마님의 머리카락에 관한
사실을 주인에게 알려 정나미가 떨어지도록 하려고 일을 꾸몄
다. 즉, 기르던 고양이를 길들여 자기의 말아 올린 머리에 매달
리게 했다. 얼마 안 있어 고양이는 매일 밤 여자 어깨 위에 올
라 올린 머리를 발로 치며 장난을 치게 되었다.

그러던 어느 비오는 날 밤, 주인님은 초저녁부터 술상을 차
려 시녀들과 어울려 즐겼고, 마님은 옆에서 거문고를 켜면서
샤미센과 합주를 하고 있었다. 바로 그때 여자가 고양이를 부
추겨 마님에게 덤벼들게 했다. 고양이는 가차 없이 마님 머리
에 달라붙어 장난치며 할퀴더니, 급기야 덧씌운 가발이 벗겨지
면서 남편의 애정도 단번에 식고 말았다. 그 후로는 부부관계
도 소원해져, 남편은 다른 이유를 붙여 부인을 친정으로 보내

버리고 만다. 그 후 여자는 교묘하게 주인님을 유혹하여 자기 사람으로 만들어 버린다.

이와 같이 『고쇼쿠이치다이온나』는 한 여인의 일대기라는 형식을 빌어, 내용 면에서는 겐로쿠[3] 시대를 사는 다양한 타입의 여성들이 겪은 호색적인 체험을 이야기하는 구성으로 되어 있다. 이것은 『고쇼쿠이치다이오토코好色一代男』가 다양한 남자들의 공통된 애환을 주인공인 요노스케世之介에게 집약시켜 그의 일대기로 쓴 것과 동일하다. 근대 소설은 여러 명의 성격이나 체험을 한 사람의 인간성으로 집약하여 주인공을 설정하는데, 사이카쿠가 이미 근세 소설 속에서 그러한 수법을 강구하여 주인공을 설정했다는 사실은 주목할 만하다.

『고쇼쿠이치다이온나』는 교토 사가 산 그늘에 있는 암자에 숨어 사는 늙은 여자가 자신의 과거를 묻는 두 젊은이에게 숨김없이 자기의 호색적인 과거를 이야기하는 형식으로 시작된다. 그녀는 몰락한 귀족의 딸로, 타고난 미인인데다 호색가이기도 했다. 궁중에서 공직생활을 지낸 그녀는 그곳에서 신분이 낮은 무사와 사랑에 빠져 추방당한다. 이것이 권1의 첫 번째 이야기로, 「늙은 여인의 은신처」라는 이야기이다.

추방당하지 않고 몇 년만 잘 근무했더라면 분명 행복하게 될 운명인데, 열한 살 되던 초여름부터 이유도 없이 이성을 잃고 연정을 느끼더니 열세 살 되던 해에는 상대방의 모습보다

---

3. 겐로쿠(元祿)는 에도 시대 중기, 히가시야마(東山) 천황 때의 연호(1688~1704)이다.

사랑의 편지에 마음이 이끌려 어느 지체 높은 분을 모시는 하급 무사와 사랑에 빠지게 된 것이다. 결국, 그 사실이 발각되어 남자는 처형당하게 된다.

남자가 처형당한 날로부터 사오 일간 여자는 꿈인지 생시인 지도 구분이 되지 않는 상태로 지냈으며, 잠 못 이루는 밤에는 머리맡에 한 남자가 말없이 몇 번이나 나타나, 두려운 나머지 차라리 죽으려고 마음먹는다. 하지만 그로부터 며칠 지나지 않아 그 사람 생각은 완전히 잊고 만다. 생각해 보면 여자만큼 몰인정하고 변덕이 심한 건 없다고 말하는 열세 살 여자아이는 사랑의 아픔 또한 치유가 빠른가 보다.

이리하여 그녀는 연애를 도리에 어긋난다고 여기는 봉건적인 도덕관념 하에서 비극의 첫걸음을 내딛기 시작한다. 본가로 돌아가지만 집안이 빈곤하여 무희의 길을 걷게 되는데, 우연히 어느 영주의 첩이 된다. 하지만 그도 잠시 영주가 병에 걸리는 바람에 그것마저도 해고된다. 더욱이 부모가 어떤 상인의 보증을 서 주었는데, 그 사람이 야반도주하는 바람에 그 빚을 떠맡게 되어 그녀는 어쩔 수 없이 시마바라島原의 유곽으로 팔려가 창녀가 되고 만다.

집안과 부모를 위해 희생을 하는 것이 효행이라는 당시의 봉건적인 도덕관념에 비추어 볼 때, 그녀의 비극은 어쩌면 당연한 것인지도 모른다. 유곽에서 십삼 년이라는 정해진 기한이 끝난 후에도 불행한 그녀는 결국 전술한 권3의 제1화에 나온 고용살이 하녀, 성을 파는 비구니, 머리 손질을 하는 시종(전술한 권3의 4화), 시집가는 여인의 몸종, 요릿집에서 손님에게 술을 따르는 작부, 여인숙의 하녀, 매춘부, 여인숙에서 손님을 끄는 유객꾼인 갸쿠히키, 유곽에서 창녀와 손님 사이를 주선하거나 감독하는 야리테가 되어 전전하다가, 마지막으로 밤에 길에 서서 손님을 끄는 매춘부인 요타카로 전락하는 윤락의 길을 걷게 되는 것이다.

하지만 그녀도 예전에는 궁녀로서 근무한 적이 있는, 어쨌거나 교양을 갖춘 여성이었으므로, 때로는 인간다운 평온한 생활을 동경하여 재봉으로 생계를 지탱해 보려고도 했으며, 과거를 청산하고 습자나 예의범절을 가르치는 선생이 되려는 노력도 해 보았다. 하지만 남달리 빼어난 육체와 정욕이 그녀의 생각과는 달리 남자를 원하는 매춘의 길로 빠지게 했던 것이다.

이쯤 되면 이제는 색을 파는 일 이외에는 생계를 유지할 방도도 없어, 결국에는 굶어 죽는 서글픔보다는 십 문(약 구십 엔)의 화대를 받는 요타카로의 전락을 택할 수밖에 없는 것이다. 그러나 그때는 이미 육십을 넘긴 나이로, 아무리 짙은 화장을 하더라도 나이는 속일 수 없어 하룻밤 내내 돌아다녀도 말을 건네는 남자가 한 명도 없었으므로, '이것으로 색을 파는 일도 마지막이다'라며 과감히 그 일을 그만두었다. 그 후로는 내세의 극락왕생을 비는 길이 최선이라 생각하여 다이운지大雲寺에 참배를 드린다. 오백나한상을 지긋이 바라보면서 이 많은 불상 가운데 예전에 자신이 사랑했던 사람과 닮은 모습을 한 불상은 하나도 없다는 생각과 함께, 예전에 자신과 사랑을 나누었던 남자들을 한 사람 한 사람 떠올린다.

그러고서는 "지난 세월 여러 가지 힘들었던 유녀 생활의 기억들을 떠올리면, 나 자신도 그러하지만 몸을 파는 일을 하는 여자만큼 죄 많은 존재는 없다. 한평생 관계를 맺은 남자가 만 명을 넘으니, 이제까지 이토록 오래 살아 있다는 게 창피하다. 볼썽사납다"는 생각에까지 이르자, "가슴은 불처럼 타올라 뜨거운 눈물이 끓인 물방울처럼 흘러내려 갑자기 정신없이" 이리저리 뒹굴며 슬피 울고 있었다. 그때 그 절의 스님들이 다가와 "이 나한상 가운데 죽은 자식이나 배우자와 닮은 얼굴이 있어서 이리 슬퍼하는 것입니까?"라며 친절하게 묻자, 한층 더 창피스러워 대답도 하지 않은 채 빠른 걸음으로 절 문 밖으로 나가는데, 이때 생의 허망함을 깨닫게 된다. 그래서 번뇌로 가득 찬 몸을 과감히 버리고 극락왕생하고자 히로사와 연못에 몸을 던지려는 찰나, 예전에 친분이 있던 사람의 만류로 뜻을 이루지 못한다. 그 사람으로부터 "목숨을 버리는 건 죽음이 왔을 때도 늦지 않으니 그때로 보류하고, 지금까지의 망념을 버리고 정신을 차려 불문에 귀의하라"는 권유를 받아, 초암에 들어가 오로지 염불만을 외우며 살게 된다.

자신의 과거를 털어놓은 주인공은, "어차피 저는 이렇다 할 남편도, 자식도 없는 홀몸 신세. 가슴속 연꽃이 필 때부터 시들 때까지의 일생을 숨김없이 전부 말씀드렸습니다. 이것으로 어두운 미몽에서 벗어나 마음은 달처럼 맑고 깨끗해져 마치 봄밤을 즐기는 심경입니다"라며 밝은 표정으로 참회를 끝맺고 있다.

'가난'과 '욕망'의 놀림감이 된 여인의 슬픔을 이만큼 애절하게 그린 작품은 그리 많지 않다. 하지만 사이카쿠가 진정 말하고자 했던 것은 돈의 위력에 휘둘리는 어리석은 여인이 아니라, 겐로쿠 시대 쵸닌⁴ 사회의 유곽을 중심으로 가난한 여인들을 돈으로 지배했던 자본 계급의 행태였던 것이다. 어쨌든 『고쇼쿠이치다이온나』는 경제적인 부를 축척하여 갑자기 세력이 강력해진 쵸닌 계급 사회 속에서 저속함과 꿋꿋함을 지닌 가난한 여인들의 삶의 모습을 잘 부각시킨 사이카쿠 풍속 소설⁵의 대표작이라 할 수 있다.

---

4. 에도 시대 사회 계층의 하나로, 도시에 사는 상인이나 장인을 가리키는데, 당시로서는 경제적 부는 가졌으나 신분상으로는 가장 미천한 계층에 속했다.

5. 전란과 자연재해로 점철된 중세에는 현세를 '괴로운 세상(우키요, 憂世)'으로 인식하였다. 반면, 에도 시대라고도 불리는 근세에는 중세와는 달리 태평성대를 구가하였다. 따라서 에도 시대 사람들은 발음은 동일하나 담긴 의미는 전혀 다른 '향락할 만한 세상(우키요, 浮世)'으로 인식하게 되었다. 에도 시대에는 그러한 향락적인 생활과 호색적인 풍속 등을 문학 소재로 적극적으로 다룬 사실적인 풍속 소설이 등장하였는데, 이것이 바로 '우키요조시(浮世草子)'라 불리는 풍속 소설이다.

치명적인 사랑 1

신쥬텐노아미지마心中天の網島

『신쥬텐노아미지마』는 도리와 사랑 사이에서 발생하는 갈등을 '신쥬心中(동반 자살)'라는 형태로 미화시킨 작품이다. 에도 시대의 서민 생활을 소재로 다룬 이른바 세속물 죠루리淨琉璃[1]의 대표작으로, 작자인 지카마쓰 몬자에몬近松門左衛門이 사망하기 사 년 전인 일흔두 살, 즉 교호亨保 5년(1720) 12월에 오사카 다케모토 극장竹本座에서 상연되었던 작품이다.

이 작품에는 오산과 고하루小春라는 두 여인이 등장한다. 오산은 오사카 덴마天滿의 오마에 마을에서 종이가게를 하는 지베治兵衛의 부인으로, 지베와의 사이에 두 명의 자식을 두었다. 한편, 고하루는 소네자키신치曾根崎新地 기이노쿠니야紀伊國屋의

---

1. 샤미센 연주에 맞춰 한국의 창처럼 이야기를 전하는 음악의 하나로, 처음에는 무반주(때로는 비파나 부채로 박자를 맞춤)로 이야기를 노래했으나, 나중에는 샤미센이 반주악기로 정착하였다.

유녀로 지베와는 이 년 넘게 정교를 거듭하고 있는 사이였다. 하지만 다른 한편으로 고하루에게는 다헤이太兵衛라는 돈 많은 부자 손님이 따로 있었다.

이렇게 말하면 정 많은 유녀와 처자식이 있는 유객이 궁지에 몰린 끝에 동반 자살을 하는 이야기라고 지레짐작할 지도 모르나, 이 작품의 주역은 다름 아닌 오산 쪽이다. 오산은 고하루에게 미쳐 가정을 소홀히 하는 남편의 빈자리를 지키며 종이 도매상을 하고 있는 착실한 부인이었다. 더군다나 지베가 고하루와 동반 자살을 하기로 약속했다는 사실을 알고는 남편의 목숨을 건지기 위해 남편 몰래 고하루에게 편지를 보내 남편과의 관계를 끊어달라고 간청하는, 남편을 사랑하는 마음이 지극한 여인이었다. 조강지처인 오산의 모습을 원문에서는 다음과 같이 묘사하고 있다.

부인인 오산은 각로에서 선잠을 자고 있는 남편을 위해 머릿병풍으로 바람을 막아 주고, 법회로 사람들 왕래가 많아 밖이 어수선하면 상점과 집을 모두 걸어 잠그면서까지 남편의 잠을 방해하지 않으려는, 남편을 향한 정성이 지극한 여인이었다. 해는 짧아져 벌써 저녁식사 때인데, 시장에 채소를 사러 간 다마는 대체 뭐하고 돌아오지 않는 거지? 이놈의 산고로 자식도 올 생각을 않네. 바람이 차가워 어린 두 아이들이 많이 추울 텐데…

하녀인 다마와 아이를 돌보는 산고로가 날이 저물도록 돌아오지 않자 오산은 초조해 하면서 혼자서 바지런히 움직이며 일하고 있었다. 남편은 어젯밤에도 귀가가 늦었는지 각로에서 선잠을 자고 있다. 그때 숙모와 남편의 형님인 마고에몬孫右衛門이 찾아온다. 오산은 당황해하며, '이렇게 해도 짧은 날 상인이 대낮부터 자고 있는 모습을 보이면 또 기분을 상하게 하겠지?'라고 생각하고는 지베를 깨웠다. 숙모와 형님은 지베가 고하루의 몸값을 치르고 그녀를 유녀의 적에서 빼냈다는 소문을 듣고 놀라 훈계하러 온 것이다. 형인 마고에몬은 어떻게든 아우의 마음을 고쳐먹게 하려고 애를 쓰는, 아우를 생각하는 마음이 지극한 올곧은 남자였다.

　"이봐라 지베, 형인 이 마고에몬을 뻔뻔하게도 속였느냐? 서약서까지 교환하고서는, 열흘도 지나지 않아서, 뭐, 유녀의 몸값을 치르고 빼내? 에이, 네놈은 고하루의 빚을 갚는 기계냐."

라며 지베가 손에 쥐고 있던 주판을 낚아채서는 '앞마당으로 휙 던져버리는' 것이었다. 실은 불과 열흘 전에 지베는 형에게 '고하루와는 연을 끊겠다'고 서약서까지 쓰고 약속했던 참이라 형이 불같이 화내는 것도 무리는 아니었다. 형은 어젯밤 법회에 염불을 하러 갔다가, '기이노쿠니야의 고하루라는 유녀에게 덴마의 유객이 다른 유객을 밀어제치고 오늘 내일 내에 몸값을 치르고 빼내 준다는 이야기'를 전해 듣고는 달려온 것이었다. 그런데 이 덴마의 유객이란 실은 지베의 연적인 다헤

이라는 걸 알게 된 형과 숙모는 안심하고 집으로 돌아갔다. 두 사람이 돌아간 후 지베는,

"다헤이가 몸값을 치러 빼준다면 죽고 말 거야, 라고 고하루는 나에게 말했었지. 그런데 열흘도 지나지 않아 돈에 눈이 멀어 다헤이와 붙다니, 그런 심보 고약한 여자에게 미련은 없지만, 다헤이에게 고하루를 빼앗긴다면 남자로서 면목이 서지 않아. 아이구, 분하고 원통해라!"

라며 한탄했다. 오산도 이 이야기를 듣고는, 고하루가 죽을 각오를 한 것이 분명하다는 생각에 가슴이 두근거렸다. 사실, 지베와 고하루 사이를 갈라놓은 건 오산이었다. 오산은 고하루와 동반 자살할 작정을 한 남편을 구할 요량으로 몰래 고하루에게 남편을 단념해 달라는 편지를 써서 부탁했던 것이다.

고하루는 오산의 간청을 받아들여, "그분은 목숨과도 바꿀 수 없는 소중한 분이지만, 여자끼리의 의리를 지켜 단념하겠습니다"라는 답장을 보내 주었다. 괴롭지만 지베와의 결별을 결심한 고하루는 마음을 냉혹하게 먹고 지베에게 일부러 정나미 떨어지는 행동을 보였던 것이다. 그런 줄도 모르는 지베는 고하루의 냉담한 태도를 본심이라 여기고 유곽 나들이를 막 단념한 때였다.

오산은 편지에 관한 이야기를 남편에게 처음으로 털어놓으며, "두 사람 사이를 끊어 놓은 건 바로 나예요. 당신이 얼떨결

에 죽을 결심을 하기에" 너무 슬픈 나머지, "같은 여자끼리 서로 동병상련의 마음으로 우리 남편과 헤어져 남편이 제발 죽지 않게 해줘요"라고 편지를 보냈다는 것이다. 그리고 오산의 간청을 받아들인 의리 강한 고하루가 당신과의 약속을 깨고 순순히 다헤이와 놀아날 리가 있겠는가. 분명 고하루가 죽을 각오를 한 게 틀림없으니 어서 가서 고하루를 구해 주라고 지베에게 울면서 부탁한다. "아아 슬퍼라. 고하루가 죽는다면 같은 여자로서 체면이 서지 않아요. 일단 빨리 가서 죽지 못하게 말리세요."

고하루는 남편과 자식을 아끼는 오산의 진심에 감동하여 사랑하는 지베와 헤어질 결심을 하였던 것이다. 이런 고하루를 내버려둔 채 죽게 한다면, 이번엔 자신이 같은 여자끼리의 의리를 저버리게 되는 셈이다. 어떻게든 고하루를 살리고 싶다고 생각한 오산은 '남편에게 매달리며 슬픔에 잠겨 우는' 것이다.

지베 역시 죽을지도 모르는 고하루를 구해야겠다는 생각을 한다. 그러나 고하루의 목숨은 새 은화 750개를 쏟아 부어야만 했다. 하지만 지베에게 지금 그런 큰돈은 없다. 어떻게 해야 할지 몰라 하자, 오산은 "고하루에게는 한시가 급하다"며, 옷장 서랍에서 종이 대금에 쓸 새 은화 400개를 골라내고, 나머지 부족한 돈은 자기 두 사람과 아이들의 나들이옷을 모아 "이정도라면 줄잡아 은화 350개는 빌려 줄 거예요," "나랑 아이들은 이런 거 입지 않더라도 괜찮지만, 남자는 무엇보다도 체면이 중요해요. 이 돈으로 고하루도 구하고, 다헤이라 했었나요?

그 작자에게도 남자로서의 체면을 보여 주세요"라며 보자기에 싸서 전당포로 가져갔다.

돈을 마련할 테니 고하루를 살려 남자의 체면을 세우라고 남편에게 청하는 오산의 마음은 감동적이다. 돈을 지불하고 유곽에서 고하루를 빼낸다는 건 부인으로서의 자리가 없어진 다는 것인데, 의리 있는 고하루를 돕고 싶다는 일념만으로 자신의 처지를 전혀 고려하지 않은 것이다.

지베가 오산에게 고하루를 유곽에서 빼돌린 후에 "따로 첩 살림을 차리든, 집으로 데려오든 할 생각인데, 그땐 당신은 어찌 할 거요?"라고 묻자, 그녀는 "글쎄요, 어떻게 하지. 아이의 유모가 되든지, 가정부가 되든지, 아니면 출가라도 하죠"라며 갑자기 엎드려 울었다. 부인으로서 가정을 지켜 온 여인이 유모나 가정부가 될 수밖에 없는 것이다. 그렇다고 고하루가 죽어 가는 것을 못 본 체 할 수도 없었다. 남편과 자식을 향한 사랑 그리고 같은 여자인 고하루를 향한 의리 사이에서 흐느껴 우는 장면은 이 작품의 클라이맥스이다. 이 모습을 보고, 지베는 처음으로 자신의 죄가 크다는 것을 깨닫고는,

"너무나도 행복에 겨워 오히려 천벌을 받을 것 같아 두렵소. 나는 부모님이 내리는 벌, 하늘이 내리시는 천벌, 부처님이 내리시는 벌을 받지 않더라도, 부인의 벌 하나만으로도 내세에는 지옥에 떨어질 것이오. 부디 용서해 주시오."

라고 두 손을 모아 호소하면서 슬퍼하자, 오산은 "당치도 않아
요. 팔다리의 손톱을 다 뽑더라도 모두 남편을 위한 일. 장롱
안이 모두 텅텅 비더라도 아깝다고 생각하지 않지만, 시간이
늦으면 돌이킬 수 없어요. 자, 어서 옷 갈아입고 활짝 웃으며
다녀오세요"라고 눈물을 닦으며 남편의 외출 준비를 도와주었
다. 그곳에 장인이 상황을 보러 와서는,

"이보게 사위, 웬일로 아래위 멋지게 갖추어 입고 허리엔 단도에다,
부자가 나들이 할 때나 걸치는 하오리까지 걸치고 나서시나, 이러
니 종이를 파는 상인으로는 보이지 않는군. 소네자키신치에 있는
유곽으로 출근이신가. 때 빼고 광냈구만, 이제 마누라는 필요 없겠
지? 내 딸과 헤어지게, 딸을 데리러 왔네.

라고 말했다. 지베는 손을 땅에 짚고 머리를 숙여 "설령 빌어
먹는 거지가 되더라도 오산에게는 반드시 상좌에 앉히고 귀하
게 대접해야만 하는 큰 은혜를 입었습니다. 저와 함께 있게 해
주십시오"라고 간청하니, "빌어먹는 거지의 마누라로는 더더
욱 있게 할 수 없네. 이혼장을 쓰게나, 데리고 가겠네"라며 장
인은 허락하지 않았다.

　지베는 난처해하며, "아, 지베의 이혼장은 붓으로는 쓸 수 없
습니다. 이걸 보시오. 오산, 잘 있으시오"라며 옆구리에 찬 단
도에 손을 가져갔다. 그것을 본 오산은 매달려 만류하며, "아
버지, 지베는 남이라 하더라도 아이들은 손자인데 가엽지 않으

세요?"라며 남편을 부여잡은 채 큰소리로 울부짖었다.

두 아이가 잠에서 깨어나 우리 엄마를 어디로 데려가느냐며 할아버지에게 대들었지만, 장인은 강제로 오산을 데려간다. "태어나 이제껏 한 번도 엄마 곁을 떠난 적 없는 아가들아, 오늘 밤부터는 아빠와 함께 자거라"라는 말을 남긴 채 끌려가는 오산의 심정은 이루 말로 표현할 수 없는 슬픔으로 가득했다. 남편을 공경하고 아이들을 잘 돌보며 가게 일을 꾸려온 오산의 진심을 부친은 이해해 주지 않았던 것이다.

한편, 지베는 오산이 내어준 돈을 품에 지니고 유곽인 야마토야大和屋로 가서 고하루를 만났는데, 그때 이미 고하루는 다헤이가 빚을 청산해 주어서 유곽으로부터도 자유로운 신분이 되어 있었다. 하지만 고하루는 다헤이와 같이 살 마음이 없었으므로 죽을 결심을 하고 있던 참이었다. 지베 또한 장인에게 끌려간 오산의 처지와 죽을 결심을 한 고하루의 결단, 그리고 다헤이에 맞선 남자로서의 오기를 생각하면 이제 와서 물러설 수는 없다는 생각에 둘이서 어디든 멀리 달아나 죽기로 결심한다.

날이 어둑할 즈음, 지베가 먼저 야마토야를 나와 집으로 돌아가는 척하며 건너편 집 뒤에 숨어서 고하루가 나오길 기다리고 있는데, 형인 마고에몬이 지베의 아이들을 데리고 지베를 찾으러 온 것이다. 지베는 차마 형과 대면하지 못하고 몸을 숨긴 채 마음속으로 "폐를 끼쳐 미안해요. 이렇게 된 바에는 아이들을 좀 부탁해요"라고 형에게 사죄하며 두 손을 모아 숨죽여 울었다.

　얼마 후 고하루와 지베는 서로의 손을 부여잡고 무사히 유곽을 빠져 나온다.

"그대를 죽이고 나도 죽겠소. 그 원인을 따져보면, 분별이란 것이 저 작은 바지라기의 조개껍데기 한 개 분량도 되지 않는데, 우리는 그 시지미(바지라기)라는 의미를 지닌 시지미바시 다리를 건너다 니. 이 세상에서 짧은 건 우리 목숨과 가을 햇살이구료."

　열아홉의 고하루와 스물여덟의 지베는 그날 밤을 마지막으로 목숨을 끊을 장소를 물색하며 이제 죽어갈 자신들의 운명을 애달파하는 동안, 덴진바시 다리와 덴마바시 다리를 차례로 건너 아미지마網島의 다이쵸지大長寺에 이르렀다. 그 길을 걸어가며 고하루는 오산을 향한 미안함에 울고 만다. 고하루는 지베에게 울면서 다음과 같이 애절하게 호소한다.

"일전에 오산 님이 보내온 편지에 '부디 남편이 죽지 않도록 해 달라'는 부탁을 하시기에, 결코 그런 일은 없을 거라며 댁의 남편과의 관계를 끊겠다고 약조했어요. 한데 오산 님과 주고받은 약조의 편지를 이렇게 휴지 조각으로 만들고 오산 님이 소중하게 여기시는 당신을 부추겨 함께 죽는다면, 세상 사람들은 이런 나를 의리도 없는 못된 인간이라 욕하겠죠. 하지만 그런 건 참을 수 있어요. 다만 오산 님이 저에게 품으실 실망과 온갖 원망을 생각하니 죽더라

도 그것만은 한이 됩니다. 그러니 여기서 저를 죽이고, 당신은 어딘
가 다른 장소를 찾아 나와 멀리 떨어진 곳에서 목숨을 끊도록 하세
요."

고하루는 오산의 마음을 배려하여 지베와 같은 장소에서 죽
는 것을 주저하는 것이었다. 고하루도 의리와 애정 사이에서
갈등하며 목숨을 끊은 가련한 여인이었다. 지베도 또한 두 여
인의 진심에 감동하여 하염없이 울면서 다이쬬지의 종소리와
함께 목숨을 끊는다.

『신쥬텐노아미지마』는 실제 있었던 다이쬬지의 정사 사건
을 불행한 조강지처였던 오산의 비극을 주축으로 극화한 작품
으로, 지카마쓰 몬자에몬의 죠루리 작품 가운데서도 가장 뛰
어난 걸작의 하나로 손꼽히고 있다.

치명적인 사랑 II

우게쓰 모노가타리雨月物語

에도 시대 중엽(1776), 우에다 아키나리上田秋成가 쓴 『우게쓰 모노가타리』에는 아홉 편의 괴담이설이 수록되어 있다. 그 가운데 가장 기괴함이 돋보이며 이야기의 흥미로움이라는 면에서도 눈에 띄는 것이 「기비쓰吉備津 신사의 가마솥」이라는 작품이다.

이 이야기 속에 등장하는 새색시 이소라磯良는 기비쓰 신사의 신관인 가사다 미키香央造酒의 딸이다. "태어날 때부터 아름답고 기품이 있었으며, 부모님을 공경하는 마음 또한 컸으며, 노래에도 재능이 있었고, 특히 거문고 솜씨가 유난히 출중하여" 말 그대로 재색을 겸비한 여성이었다.

그런 이소라는 우연히 인연이 닿아 어느 부유한 농가의 외아들에게 시집을 가게 된다. 결혼한 그녀는 "아침 일찍 일어나 밤늦게 잠자리에 들 정도로 항상 시부모님 곁을 지키며 남편의 습성을 가늠하여 마음을 다해 섬겼다"고 하니 참으로 부족함이 없는 참한 부인이자 며느리였음에 틀림없다. 이렇듯 나무랄 데 없는 어질고 착한 아내가 어째서 복수의 화신이 되어 남편을 죽이고 자기도 원한을 품고 죽었는지에 대한 이야기를 소개하고자 한다.

기비쓰 지방의 니이세庭妹 마을(오카야마岡山 시 니와세庭瀬)에 사는 유복한 농가의 외아들인 쇼타로正太郎는 농사일을 싫어했으며, 주색에 빠져 부모의 훈계도 듣지 않았다. 부모는 한탄하며 '어떻게든 성격도 좋고 용모도 빼어난 처자를 골라 결혼시키면 아들 녀석의 몸가짐도 좋아질 것이다'라고 생각했다. 그러던 차에 중매쟁이가 이소라와의 혼담을 제안하러 찾아온다. 부모는 기뻐하면서도, "상대방은 이 지방에서 유서 있는 가문이고, 우리 쪽은 이름도 없는 농사꾼 집안으로 문벌이 기우는데 상대편에서 승낙을 할런지"라며 걱정했다. 그런 뜻을 전하자 이소라의 부모 쪽에서는, "우리 딸도 벌써 열일곱 살이 되었으므로 조석으로 마땅한 사람이 없는지 찾고 있던 참입니다. 이렇게 된 바에는 빨리 날을 잡아 약혼식을 치르도록 합시다"라며 흔쾌히 응했다.

한편, 이 마을에 있는 기비쓰 신사에는 미카마바라이라는 풍습이 전해 내려오고 있었다. 이는 신전 가마솥에서 물을 끓여 그 끓는 소리로 길흉을 점치는 의식이다. 물이 끓어 올라감에 따라 길조일 때에는 '가마솥이 울리는 소리가 마치 소가 울부짖는 소리와 같고,' 흉조일 때에는 '가마솥에서 아무런 소리가

나지 않는다'는 것이다. 가사다 집안에서는 당장 신관을 불러
모아 점을 치도록 했다. 그 결과, "가을날 풀숲에서 우는 벌레
소리마저도 들리지 않았다"는 것이다. 결국 흉조였으므로 부
친은 딸의 혼담에 반대 의사를 보였으나, 모친 쪽에서는 그 결
과를 무시하고 남편을 설득했다.

"신사의 가마솥에서 소리가 나지 않은 것은 신관들의 몸이 청결하
지 않았던 탓이겠죠. 이미 약혼식도 끝났고, 딸아이는 신랑이 될 사
람이 미남이라는 소문을 전해 듣고 혼례 날만 손꼽아 기다리고 있
어요. 이 혼사가 깨진다면 아이가 성급한 짓을 저지를지도 모르니,
그때 가서 후회해도 소용없어요.

이런 모친의 경솔한 말참견이 나중에 한 가문을 불행하게
만드는 씨앗이 될 줄은 꿈에도 모르고, 부친 역시 부인의 말대
로 딸의 혼례를 성대하게 치러준다.

신랑이 된 쇼타로는 새색시의 앳되고 고운 마음씨를 맘에 들
어 하며 얼마간은 금실 좋은 부부로 살았다. 하지만 쇼타로의
타고난 방탕한 성격은 어쩔 수 없었다. 언제부터인가 도모[1]라
는 항구에 사는 소데袖라는 유녀와 정을 통하는 사이가 돼서
그 여자를 다른 집에 몰래 숨겨 두고 집에는 돌아가지도 않게
되었다.

이에 이소라는 남편을 좋은 말로 타이르기도 하고 원망의

---

1. 히로시마(広島) 현 후쿠야마(福山) 시내를 가리킨다.

말을 늘어놓기도 했지만, 쇼타로는 건성으로 흘려 넘기며 몇 달이고 집에 돌아오지 않았다. 부친은 며느리인 이소라를 가엾게 여겨 아들 쇼타로를 잡아와 광에다 가두고 만다. 그러자 이소라는 그것이 안쓰러워 아침저녁으로 바지런하게 남편 시중을 들었다. 그러는 한편 시부모 몰래 남편이 좋아하는 유녀에게도 선물을 보내는 등 성심성의를 다하고 있었다. 그런 부인의 착한 심성을 이용하여 쇼타로는 어느 날 부친이 출타한 틈을 타 부인을 구슬리며 다음과 같이 말한다.

"당신에게 진심으로 감사하오. 나의 부정을 후회하고 있소. 이렇게 된 바에는 그 여자를 고향으로 돌려보내서 아버님의 노여움도 풀어드리고자 하오. 그 여자는 부모님도 살아 계시지 않는 불쌍한 처지여서 동정심에 가깝게 지냈소만, 나에게 버림을 받게 된다면 또 다시 선착장에 머물며 유녀 생활을 시작할 거요. 그러니 할 수 있다면 에도로 보내 지체 높은 번듯한 사람을 모시도록 하고 싶은데, 나는 이렇게 갇혀 있으니, 그녀는 불편한 생활을 하고 있을 것이 분명하오. 하여 그 여자의 여비랑 의복비 정도를 마련해 주면 좋겠는데, 가능하겠소이까?"

이소라는 남편의 말에 기뻐하며 "그런 거라면 걱정 마세요"라며, 자기의 의복과 세간을 팔기도 하고 친정 부모님에게 거짓말을 해 돈을 빌리기도 하여 쇼타로에게 건넸다. 그러자 쇼타로는 그 돈을 갖고 몰래 집을 빠져나갔다. 그러고는 소데를

데리고 에도로 도망치고 만다. 이렇게까지 남편으로부터 철저
하게 배신당한 이소라는 남편을 원망하며 괴로워한 나머지 중
병을 얻어 몸져눕게 된다.

이소라의 부모는 물론 쇼타로의 부모도 자기 자식인 쇼타로
를 비난했다. 가엾은 이소라의 병을 어떻게든 고쳐 회복시키려
했지만 그녀의 증상은 날로 악화될 뿐이었다. 그러는 사이에
그녀는 음식도 넘기기 어려워져 이제 더 이상 가망이 없는 것
처럼 보였다.

한편, 하리마 지방(지금의 효고 현)에 히코로쿠廖六라는 남자
가 살고 있었다. 그는 소데의 사촌동생이었다. 쇼타로와 소데
두 사람은 일단 그곳으로 가서 당분간 머물렀다. 그런데 히코
로쿠가 말하기를, "에도로 가더라도 의지할 사람이 아무도 없
다면, 차라리 이곳에 머무시는 것이 어떻습니까?"라는 것이었
다. 믿음직스런 그의 말에 두 사람은 안심하고 그곳에 머물기
로 정했다. 히코로쿠는 자기 집 옆에 있는 폐가를 빌려 두 사람
을 살게 했다. 쇼타로도 좋은 말상대가 생겼다며 기뻐했다.

그런데 마침 그 무렵부터 소데는 감기 기운에서 시작된 병세
가 날로 깊어져 이유도 없이 자리에 눕는 일이 잦아졌다. 그러
는 사이에 "뭔가에 홀린 듯 미친 사람처럼 행동했다." 이곳으
로 온 지 며칠도 되지 않아 이런 불행한 일을 당한 것이 슬퍼서
쇼타로는 식사하는 것도 잊은 채 소데를 지극정성으로 간호했
다. 하지만 소데는 소리를 지르며 울 뿐이었다. 가슴을 쥐어짜
는 것처럼 고통스럽고 참을 수 없다는 듯 몸부림치며 괴로워

했다. 하지만 열이 내리면 이내 아무 일도 없었던 듯 평상시와 다름없는 상태로 돌아오곤 했다.

쇼타로는 '이게 바로 산 사람의 원령이 재앙을 내린다는 것인가 보다. 고향에 두고 온 이소라의 원령이 원한을 품어 재앙을 내리는 것임에 분명해'라고 생각하며 혼자서 몹시 걱정했다. 심란해하는 그를 보고 히코로쿠는 "어떻게 그런 일이 있겠는가. 전염병은 잠깐 동안은 고통스러우나, 열이 좀 내리면 씻은 듯이 말끔해질 걸세"라고 힘을 북돋았다. 하지만 소데의 병세는 순식간에 악화되어 일주일 후 허망하게 죽고 말았다. 쇼타로는 자기도 따라 죽겠다며 넋을 잃고 울고만 있었으나, 상심하고만 있을 수도 없었기에, 히코로쿠의 도움을 받아 소데의 장례식을 치른다.

그런데 이 사건은 확실히 한을 품은 이소라의 원령이 저지른 소행이었다. 원령이 된 이소라는 우선 남편의 애인을 죽여 남편을 향한 원한을 풀던 셈이다. 조강지처에서 복수의 화신이 된 이소라는 소데를 죽인 것만으로는 부족해서 이번에는 죽은 혼령이 되어 남편의 목숨을 노리게 된다.

쇼타로는 자신의 어리석음이 초래한 불행인 만큼 누구를 원망할 수도 없었다. 고향을 떠올리면 그곳은 소데가 있는 황천길보다도 더 멀게 느껴졌다. "이러지도 저러지도 못하는 난감한" 심경으로 낮에는 줄곧 잠을 자고 밤이 되면 하루도 거르지 않고 소데의 무덤을 찾았다.

그러던 어느 날 무덤에서 한 여인을 만나게 된다. 그런데 그

녀가 말하기를, 자기가 모시던 주인님도 돌아가셨는데, 마님이
너무나 슬퍼한 나머지 중병에 걸려 마님 대신 매일 이렇게 향
이랑 꽃을 올리고 있다는 것이었다. 또 말하기를, "마님은 이
웃 지방까지 소문이 난 미인이신데, 지금은 영지를 잃고 이 들
판 언저리에서 쓸쓸하게 살고 있습니다"라는 것이었다. 그러
자 쇼타로는 또다시 본성인 바람기가 마구 솟구쳐 올랐다. 그
래서 그 여인에게 서로 같은 처지의 사람들끼리 슬픔을 나누
고 싶으니 마님 계신 곳으로 안내해 줄 것을 부탁한다. 그녀를
따라 마님이 산다는 집을 찾아가 보니, 마치 유령이 나타날 것
같은 다 쓰러져 가는 초가집이었다. 잠시 기다리고 있자, 낮은
병풍 뒤에서 얼굴을 내민 사람은 다름 아닌 여위어 홀쭉해진
창백한 얼굴의 이소라의 망령이었다.

"참으로 기묘한 곳에서 만나 뵙는군요. 저에게 하신 가혹한 처사에
대한 대가를 갚아 드리죠."

쇼타로는 순간 '으악' 하는 외마디 비명과 함께 기절하고 말
았다. 잠시 후 제정신으로 돌아와 주위를 살펴보니 집이라고
생각했던 곳은 묘지 가운데 죽은 이의 명복을 빌기 위해 세운
작은 당堂이었다. 쇼타로는 얼른 자기 집으로 도망쳤다. 쇼타
로가 히코로쿠에게 이소라의 망령을 만났다는 이야기를 하자,
그는 "아니, 여우에게라도 홀린 거 아니오?"라며 도무지 믿으
려 하지 않았다.

하지만 쇼타로가 너무나도 심각하게 걱정하기에, 히코로쿠는 그의 마음을 안심시키기 위해 음양사에게 데리고 갔다. 그랬더니 음양사는 쇼타로에게 다음과 같은 말을 한다.

"액운이 이미 코앞에 닥쳐 있으니 쉽지 않습니다. 당신은 오늘 밤 아니면 내일 아침에 죽을 것입니다. 이 귀신이 세상을 떠난 게 일주일 전이니, 앞으로 42일 동안 문을 단단히 걸어 잠그고 진중하게 재계하여야만 합니다. 저의 말씀을 잘 듣고 따른다면 구사일생으로 살아남을 것입니다. 잠깐 동안이라도 그 계율을 어긴다면 살아남지 못할 것입니다."

이렇게 말한 후 음양사는 붓으로 쇼타로의 등에 주문의 글자를 쓰고는 종이에 붉은 색으로 적은 부적을 잔뜩 주면서, "이것을 모든 문에 붙이고 염불을 외우십시오. 계율을 어기고 방심하여 몸을 망쳐서는 아니됩니다"라고 말했다.

쇼타로가 염불을 외우며 집 안에 들어앉아 있자니, 음영사가 말한 대로 새벽녘에 이소라의 망령이 나타나는 것이었다. 소나무를 스치는 바람은 물건을 쓰러뜨릴 정도로 세차게 불어댔고, 게다가 비마저 내리는 섬뜩한 어둠 속에서 망령은 쇼타로를 저주하며 사납게 날뛰었다. 이 장면은 원문으로 감상하는 편이 훨씬 생동감이 있고 스릴이 넘친다.

(쇼타로 집 창호지에) 휙 붉은 빛이 비치며, "어머나, 얄미워라. (부

적이) 여기에도 붙어 있네"라는 목소리가 한밤중에는 한층 더 섬뜩하여 소름이 끼칠 정도로 무서워 한동안은 정신을 잃고 말았다. 날이 밝으면 밤에 있었던 무시무시했던 일들을 히코로쿠에게 들려주었고, 날이 저물면 날이 밝기를 목이 빠지게 기다리며 지낸 열흘이 마치 천 년의 세월보다도 길게 느껴졌다. 원령도 매일 밤 집 주위를 돌기도 하고 어떤 날은 지붕의 용마루에서 소리를 질러댔는데, 날이 갈수록 그 원한의 목소리는 더욱더 커졌다. 이리하여 이윽고 마지막 42일째 밤이 되었다.

이로써 42일째를 채우는 마지막 밤을 맞이하였다. 점점 날이 밝아오자 쇼타로는 긴장이 풀리면서 힘이 빠져, 옆집에 있는 히코로쿠에게 벽 너머로 말을 걸어 보았다. 그러자 신중하지 못한 히코로쿠가 "이제 무슨 일이 있겠소? 이쪽으로 오시오"라며 자기 집 방문을 여는 순간, 옆집에서 '으악' 하는 날카로운 비명소리가 들려왔다. 히코로쿠가 깜짝 놀라 쇼타로의 집으로 가려고 보니, 분명 날이 밝았다고 생각했었는데 밖은 여전히 어둡고 달은 아직 중천에 걸려 있는 것이 아닌가. 등불을 들고 쇼타로를 찾아보니, 문 옆 벽에 선혈이 흥건하였으나 그의 시체와 뼈는 보이지 않았다. 눈을 크게 뜨고 달빛을 의지하여 보니 처마 끝에 뭔가 걸려 있었다. 이상하게 여긴 히코로쿠가 등불을 비추어 보자 남자 머리의 상투 부분만 대롱대롱 걸려 있고 다른 것은 아무것도 없었다. 날이 밝은 후 가까운 야산을 뒤져 봐도 결국 그의 흔적조차 찾을 수 없었다. 악귀가

된 이소라가 물어뜯어 끌고 간 것이었다. 쇼타로의 것으로 보이는 남자의 상투만이 남겨져 있었다니 참으로 잔혹한 복수였다. 세상 사람들은 기비쓰의 가마솥이 예견하는 길흉은 역시 맞았다고 전하고 있다. 『우게쓰 모노가타리』의 작자인 우에다 아키나리도 "기가 막히면서도 그 참혹함은 이루 다 표현할 수 없다"라는 말로 이야기를 끝맺고 있다.

지은이 후기

　일본의 어느 고전을 읽더라도 거기에는 '사랑의 마음'과 '사랑의 모습'이 각 시대를 배경으로 생생하게 그려져 있다. 그것들은 아름답고 애절하게 또는 안타깝게 독자의 마음에 젖어든다. 시대를 거슬러 멀리는 『고지키古事記』·『니혼쇼키日本書紀』·『만요슈万葉集』가 제작된 그 옛날부터 오늘날에 이르기까지 '사랑'은 영원한 문학의 테마인 것이다.

　나는 진작부터 고전 감상에 조금이나마 도움이 되고자 고전 작품 속 '사랑의 에피소드'를 골라내어 원전原典의 맛을 살리면서 나름대로의 소설적 해석을 가미하여 알기 쉽고 재미있게 소개하고 싶다는 생각을 하고 있었다. 그 소망이 뜻밖에도 이런 형태로 실현될 수 있었던 것은 전국의 교직원을 독자로 하는 월간 문예지 『문예광장文芸広場』의 편집장인 가미야마 무쓰오上山睦雄 씨 덕분이다.

벌써 사 년 전 일인데, 가미야마 씨로부터 고전 작품 속에 그려진 남녀의 애증에 관한 이야기를 「고전 속 남과 여」라는 타이틀로 연재해 보지 않겠느냐는 권유를 받았다. 나는 처음엔 주저했다. 고전 작품 속에 그려진 사랑의 정신을 짧은 지면 안에 압축하여 재구성하는 일은 용이한 일이 아니다. 게다가 나는 당시 모 신문사의 시민 교양 강좌를 담당하고 있던 터라 그 권유를 수락할 계제가 아니었다.

그러나 오래된 나의 소망을 이루기에는 좋은 기회라 생각을 고쳐먹고 권유를 받아들이기로 했다. 이렇게 「고전 속 남과 여」는 1982년 5월호부터 2년 6개월간 30회에 걸쳐 『문예광장』에 연재되었다. 그중에서 25편을 골라 새로이 손을 보아 한 권의 책으로 엮은 것이 본서이다.

뒤돌아보면 이같이 끈기를 필요로 하는 작업은 가미야마 씨의 거듭된 격려가 없었다면 도중에 그만두었을지도 모른다. 가미야마 씨에게는 진심으로 감사의 말을 전한다.

요즘 들어 고전을 즐기는 사람들이 많이 늘어나서 각지에서 개최하는 시민 교양 강좌 가운데 고전 강좌는 어느 곳이나 성황을 이루고 있다. 또한 대학과 전문대학 등에서는 일반 교양 과목으로 '문학'이라는 강좌를 개설하고 있는데, 이를 수강하면서 고전을 접하게 되는 학생들도 많을 것이다.

이처럼 평생 교육을 하는 곳이나 대학교와 고등학교에서 고전을 배우는 사람들을 위해 주요 부분은 원문을 싣고, 거기에 알기 쉽게 현대어로 해석을 달아두었다. 그리고 문학사적으로 해설을 덧붙여 고전 감상의 입문서와 같은 역할을 담당하고자 노력하였다.

본서가 계기가 되어 원문으로 고전 작품을 감상하고 싶다는 생각이 든다면 더할 나위 없겠다. 마지막으로 졸저를 권위 있는 산세이도三省堂 선집의 한 권으로 넣어주시고 줄곧 힘을 보태 주시며 애써 주신 나카노 소노코中野園子 씨에게 깊이 감사드린다.

1986년 12월

나카자토 후미오